W0272655

Bankraub

# Bankraub

Ein Roman
von
Konrad von Scheyenholz

Wolfbach

1. Auflage 2022
Erschienen im Wolfbach Verlag, Basel, Zürich, Roßdorf
eine Marke der Sentovision GmbH
www.wolfbach-verlag.ch
Alle Rechte vorbehalten
Copyright © 2021 Wolfbach Verlag, Basel, Zürich, Roßdorf
Lektorat: Carol Chiffelle, Alex Beckmann

Gesamtgestaltung/Herstellung: FontFront.com
Vertrieb durch Synergia Auslieferung
www.synergia-auslieferung.de
Printed in EU
ISBN: 978-3-906929-58-3

Bibliografische Information der Deutschen Bibliothek
Die Deutsche Bibliothek verzeichnet diese Publikation in der deutschen Nationalbibliografie; detaillierte bibliografische Daten sind im Internet unter http://dnb.de abrufbar.

# Inhaltsverzeichnis

Dies ist eine wahre Geschichte.
Sie spielt in einer Stadt irgendwo in der Schweiz Ende der 1980er Jahre.
Die Geschichte basiert auf Recherchen, Interviews und Berichten.
Alle Namen wurden geändert.
Aus dramaturgischen Gründen wurden Szenen und Figuren hinzugefügt oder auch weggelassen.

Für Carol.

# Der Einfall

Als Markus an diesem Morgen aufwacht, weiss er, er wird die Bank ausrauben, bei der er angestellt ist. Kein Überfall mit Pistole und Sturmhaube. Er wird mit einer Tasche voller Geld die Bank verlassen. Niemand wird vom Überfall was mitkriegen. Da ist er sich sicher. Er überlegt, warum er gerade jetzt auf diese Idee gekommen ist. Er liegt im Bett und sieht vor seinem geistigen Auge, wie er die Bank erleichtert. Als würde er sich an etwas erinnern, das bereits geschehen ist. Glasklar sieht er die Tat an diesem Morgen vor sich. Er wird es tun. Davon ist Markus überzeugt.

Er steht auf, wäscht sich den Kopf, duscht kalt, danach freut er sich auf sein kleines morgentliches Ritual. Er trinkt zwei schwarze Espressi und geniesst den Blick aus dem Fenster. Die Stadt erwacht nur langsam. Frische Luft strömt ins Zimmer, während er seinen Kaffee trinkt. Zu Fuss spaziert Markus durch die Altstadt Richtung Bank. Um halb acht tritt er durch die Drehtür in die Schalterhalle. Eine halbe Stunde benötigt er, um seinen Arbeitsplatz vorzubereiten. Pünktlich um acht öffnet die Bank. Markus sitzt am Schalter und spult seinen Dienst ab.

Markus führt ein Doppelleben. Keiner in der Bank hätte vermutet, dass er mit Drogen dealt. Die einzige Gemeinsamkeit zur Arbeit bei der Bank, war der Umgang mit Banknoten. Ob auf der Szene oder am Schalter: Markus mochte es, wenn Noten durch seine Hände wanderten.

Meistens verabschiedet er sich früh in den Feierabend. Der Schalter schliesst bereits um halb fünf. Dann muss er noch abrechnen und um fünf ist er weg. Für ihn war das ok.

Die Krawatte zieht er noch in der Bank aus. Einerseits hasst er das Ding. Aber es gehört sich nun mal so für einen Schalterangestellten. Kleider machen schliesslich Leute. In seinem Garderobenschrank hängen sechs Krawatten. Den Knoten hat er perfekt drauf, den hat ihm sein Vater beigebracht.

Nachdem er den Film *Wall Street* mit Michael Douglas gesehen hatte, dachte er, so möchte ich auch mal werden. Ein smarter Typ, der im weissen Hemd mit Krawatte todschick aussieht. Zudem verdiente dieser *Gordon Gecko* an der Börse mächtig Kohle. Seit diesem Film, erscheint er nur noch in weissen Hemden zur Arbeit. Früher trug er auch mal weinrote Hemden oder blaue. Seit *Wall Street* würde er solche Fetzen nicht mehr anziehen.

Das Hemd hängt er oft auch gleich in den Schrank. So verlässt er die Bank in Jeans und T-Shirt. Manchmal trinkt er noch im Café nebenan ein Bier und blättert in der Zeitung. Meistens aber, geht er direkt nach Hause.

Seine Wohnung nennt er: „seine Loge“. Es war ein Riesenglück, dass er diese Wohnung bekommen hatte. Markus wohnt erst seit vier Monaten hier und zahlt 690 Franken im Monat. Das ist fair für eine eineinhalb Zimmerwohnung. Sie liegt im ersten Stock eines alten Fachwerkhauses.

Er mag es, am offenen Fenster zu sitzen und runter zu schauen. Den Kopf streckt er an die Sonne, in der Hand eine Zigarette, dabei beobachtet er die Leute unten auf dem Trottoir. Manchmal kennt er sogar jemanden, winkt und fragt wie‘s so läuft. Es hat schon fast dörflichen Charakter in diesem Quartier.

Die Wohnung befindet sich im ältesten Quartier der Stadt. Hier wurden vor 800 Jahren bei der Stadtgründung die ersten Häuser gebaut.

Statt geteert, ist die Strasse mit Pflastersteinen ausgelegt. Das sieht schön aus, macht aber Lärm, wenn Autos durchfahren. Alles kann man schliesslich nicht haben, denkt Markus. Den Lärm nimmt er in Kauf, dafür ist er in zwei Minuten zu Fuss am Fluss.

Markus beschreibt seine Loge in drei Worten: Bijou, zweckmässig, praktisch. Eine Frau war noch nie bei ihm. Eine weibliche Besucherin hätte zu seiner Loge gesagt: Typische Junggesellenwohnung. Die Matratze liegt auf dem Boden, die Bilder lehnen an den Wänden, die Kleider lagern noch in Kisten.

Er hat ein Büchergestell, welches zur Hälfte mit Büchern, zur andern mit Schallplatten gefüllt ist. Daneben steht seine *Marantz* Stereoanlage. Zwei passende *Marantzboxen* sorgen für einen fetten Sound. Auf diese Anlage ist er stolz. Sie sieht modern aus und die Musik klingt klar, wie im Auditorium Stravinski in Montreux.

Ein wenig abgetrennt gibt es eine kleine Küchenecke. Die Küche hat einen Nachteil: Wenn er sein scharfes *Chicken Madras* kocht, riecht die Wohnung wie beim Inder.

Auf einen Fernseher verzichtet Markus. Wenn er sich informieren will, liest er Zeitung oder schaltet das Radio an. Die Sendung *Echo der Zeit* um achtzehn Uhr auf Schweizer Radio DRS verpasst er fast nie. Das Echo hörte er schon früher oft zusammen mit seinem Vater. Er fand das immer toll. Zusammen stillsitzen und Radio hören. Noch heute gilt: Nach der Sendung weiss er, was auf der Welt passiert ist. Wenn die Sportnachrichten beginnen, schaltet er das Radio aus.

Markus legt *Kashmir* von Led Zeppelin auf. Die Bässe poltern, als würden Fässer von der Decke fallen. Als die Stimme von Jimmy Page einsetzt, tanzt er einige Schritte. Bei jedem vierten Bassschlag geht er leicht in die Knie und wirft dabei seinen Kopf in den Nacken. Er ist im Feierabend angekommen. Hinter dem Büchergestell kramt er eine Schatulle aus Holz hervor.

$$$

Markus zieht sich um und geht zu Fuss ins Stadtzentrum auf die Szene. Die Szene war früher ein Park, wo sich Menschen trafen, um die Aussicht auf die Alpen zu geniessen. Heute wird dort Cannabis verkauft. Für Jugendliche ist es ein Ort, um abzuhängen. Oder rumzuhängen, wie sein Vorgesetzter von der Bank sagt. Markus fühlt sich auf der Szene wohl. Erst kam er, um für sich selbst Hasch zu kaufen. Anfangs besorgte er sich höchstens fünf Gramm aufs Mal.
Mit der Zeit lernte er neue Leute kennen. Er merkte rasch, je grössere Mengen er kaufte, umso billiger bekam er die Ware. Er war Banker, er rechnete und bald kaufte er das Doppelte ein. Das passierte abseits der Szene. Er traf sich mit dem Dealer in dessen Wohnung. Das war sicher und lief immer gleich ab. Er kam dienstags auf die Szene. Wenn er den Dealer sah, vereinbarten sie einen Termin für den nächsten Abend. Er klingelte bei ihm, übergab ihm das Geld und bekam dafür ein Kilo Hasch. Um den Handel abzuschliessen rauchten sie zusammen einen Joint.
Bei sich zu Hause zerkleinerte er das Haschisch für den Verkauf auf der Szene. Er hielt es über die Flamme seines Gasherds, bis er es von Hand biegen konnte. Danach schnitt er es mit dem Messer in kleine Stücke. Diese fünf- und zehn-Gramm Stücke verkaufte er mit Gewinn weiter.

Stück heisst auf Englisch piece. Deshalb spricht man auf der Gasse von einem Piece. Das waren fünf Gramm Hasch. Markus meinte zu Beginn, Piece stehe für Frieden. Die Aussprache ist schliesslich dieselbe. In einer schier endlosen Diskussion hatte ihn sein Dealer mal aufgeklärt: Beim Hasch ging es um das Stück, nicht um den Frieden.

Aus seiner Sicht war diese Dealerei ein Kinderspiel. Es war ungefährlich und effizient. Er verdiente sich so im Monat bis zu 5000 Franken schwarz dazu. Manchmal sogar mehr. Es gab Zeiten, da rissen ihm die Kunden den Stoff buchstäblich aus den Fingern. Markus ging ab und zu sogar mittags auf die Szene. Da konnte es schon mal vorkommen, dass zehn Personen auf der Suche nach Hasch waren und er der Einzige war, der anbot. In solchen Momenten verkaufte er innert zehn Minuten mehrere hundert Gramm Hasch. Mit den Taschen voller Scheine kehrte er zurück an seinen Arbeitsplatz. An solchen Tagen freute er sich auf den Feierabend. Da hiess es, so schnell wie möglich runter in die Loge, Nachschub holen und wieder rauf auf die Szene. Es kam vor, dass er Mitte Woche „ausgeschossen" war. Das Geschäft lief wie geschmiert.

Menge und Preis bestimmten seinen Gewinn. Das Risiko war klein. Er hatte schon Stunden auf der Szene verbracht. Meistens standen oder sassen sie rum, quatschten und rauchten. Wenn die Polizei kam, warf er seine Ware in hohem Bogen die Böschung runter. Diesen Stoff schrieb er ab. Das ging bisher immer gut. Die Polizei hatte aus seiner Sicht Wichtigeres zu tun. Es gab noch die harte Szene, ein paar Tramstationen stadtauswärts. Die traf sich im Metzgerpark. Das war ein anderes Kaliber. Dort hingen die abgestürzten Typen rum. Es wurde Heroin und Koks verkauft. Damit wollte er nichts zu tun haben.

$$$

Auf der Szene lernte Markus Rashid kennen. Anfangs sahen sie sich nur ab und zu. Mit der Zeit wusste Markus, der ist ok. Rashid ist Marokkaner und jünger als Markus. Rashid dealt nicht, hängt aber regelmässig auf der Szene rum. Markus verkaufte ihm ein paar Mal Haschisch. Bald war Rashid Stammkunde. Oft erhielt er den Stoff billiger als irgendwelche unbekannten Strassenkunden. Als sie sich besser kannten, besuchte er Markus in dessen Wohnung. Dort taten sie das Übliche: Musik hören, bisschen plaudern und einen rauchen.

Rashid lebt seit er fünf ist in der Schweiz. Er spricht Schweizerdeutsch mit franco-marokkanischem Akzent. So beschreibt es jedenfalls Rashid. Markus hat da so seine Zweifel. Jedes Mal, wenn er mit ihm Französisch parlieren will, weicht Rashid aus. „Markus, ich hab keine Lust mit dir Französisch zu sprechen. Das erinnert mich zu stark an meine Kindheit." Markus macht sich über ihn lustig, dass er gar kein Französisch spreche. Das Einzige was an Rashid französisch sei, sei das rollende „R".
Rashid sah aus wie ein Banker. Er trug stets Bundfaltenhosen, frisch gebügelt aus dem Kleiderschrank. Er sah Rashid nie in Jeans oder Shorts. Immer sah er aus, wie aus dem Ei gepellt, dachte sich Markus. Die Haare mit Gel streng gegen hinten gestrichen. Als hätte er das Haar mit einem Nudelholz plattgedrückt. Kein Härlein stand ab, fast ein wenig schleimig. Manchmal lief Rashid in weissen Hosen auf. Das passte so gar nicht zur versifften Szene. Markus zog ihn auf, ob er direkt von der Bank käme. Das waren aber bloss harmlose Sticheleien. Er mochte es, mit Rashid abzuhängen. Kleider waren ihm Wurst. Markus sagte immer: „Wer Leute wegen deren Kleider verurteilt, wie reagiert so jemand, wenn einer eine andere Hautfarbe hat?" Mit dem Satz konnte Markus alle schachmatt setzen. Zum Beispiel, wenn jemand Witze über seine weissen Socken machte.

$$$

„Hast du mir noch ein Bier, Markus?" Rashid sitzt auf dem sofaähnlichen Reissack beim Fenster.
„Ja klar, einen Stüpper nehmen wir noch."
„Ein Bier hab ich gesagt, keinen Stüpper."
Für Markus war klar, dass Rashid nicht wusste was ein Stüpper ist. Ein Stüpper ist eine Eisenstange, welche auf Baustellen benutzt wird, um eine Etage abzustützen. Da auf dem Bau viel getrunken wird, nannte man eine Flasche mit 0,58 Liter Lagerbier Stüpper. Oder noch witziger: Stüpper 58. Markus hatte seine helle Freude an solchen Bezeichnungen.

Beide haben bereits zwei Flaschen getrunken. Die Luft in Markus' Wohnung ist dick. Markus steht vor dem Kühlschrank: „Kannst du mal die Nebellampen einschalten?“ Er lacht als er Rashids erstauntes Gesicht sieht. „Oder mach das Fenster auf. Die Sicht ist übel hier drinnen.“
„Prost!“ Beide trinken einen Schluck aus der Flasche. „Markus, von mir aus gesehen, siehst du gar nicht aus wie ein Banker.“
„Wie sollte ich denn aussehen, he?“
„Zieh dich doch schöner an! Bisschen mehr Stil, weißt du Markus.“ Er hasste es, dass Rashid in jedem Satz seinen Namen wiederholte. Es klang so übermotiviert freundlich.
„Aussen nix. Innen fix.“ Markus tippt mit dem Zeigefinger auf die Brust: „Es reicht, wenn ich in der Bank diese beschissenen Klamotten tragen muss. In meiner Freizeit geht mich das Ganze nichts an.“
„Was machst du denn so auf der Bank?“ Markus nimmt einen Schluck aus der Flasche. Dann noch einen und noch einen. Das Bier stösst ihm auf, er schluckt leer und windet sich dabei wie ein Schwan, der ein zu grosses Stück Brot verschlungen hat. „Ich sitze tagsüber am Schalter und bediene schöne Frauen.“
„Bedienen?“ Rashid schneidet eine Grimasse und wedelt dazu obszön mit der Zunge. Er erstickt fast an einem Lachanfall.
„Idiot!“, erstens hatte Markus keine Erfahrung mit solchen Praktiken. Zweitens empfindet er die Bemerkung als Beleidigung für seine Kunden. Beide trinken. „Die Leute kommen zu mir an den Schalter. Zahlen Geld ein, oder ich zahle ihnen Geld aus. So einfach ist das.“
„Wie viel Geld hast du heute ausgezahlt?“
„238'730 Franken.“
„Auf einmal?“
„Nein du Banause! Im Verlauf des Tages. Warst du noch nie auf einer Bank?“
„Doch, klar Markus. Du könntest doch mal ein Bündel Noten in deine eigenen Taschen stecken!“ Markus zieht die Brauen hoch. Schaut ihn

an und winkt mit dem Zeigefinger wie ein Polizist in einer Einbahnstrasse: „Nein, nein, nein. Auf gar keinen Fall. Vergiss das. Sag mal, bist du doof?"
„Du arbeitest auf der Bank und hast jeden Tag tausende von Franken in den Händen und getraust dich nicht mal was zu nehmen?"
„Meinst du das ernst? Das würde sofort bemerkt." Was denkt sich dieser Marokki[1] bloss? Denkt sich Markus. Wer war denn hier der Banker?
„Die Kasse wird jeden Abend gezählt. Da darf kein Fünfer fehlen, sonst merken die das auf dem Hauptsitz. Ich rechne jeden Tag den Umsatz ab. Eine Kopie der Abrechnung erhält die Hauptfiliale an der Steghausgasse. Wenn was fehlen würde, wäre ich meinen Job los."
„Hör Markus..."
„Sag mir nicht bei jedem Satz Markus! Ich weiss, wie ich heisse."
„Schon gut. Aber Markus, ihr habt doch einen Tresor in der Bank."
„Ach, lass da. Schau mal!" Er nimmt einen Schluck Bier. Die Flasche war fast leer. Als er die Flasche abstellt, kippt sie um. Auf dem Boden bildet sich ein klitzekleiner See. Markus putzt die Stelle mit seinen weissen Socken trocken. „Schau. Ich weiss, wie man bei der Bank an die grosse Kohle kommt. Und da spreche ich nicht von den paar Tausendern, welche bei mir am Schalter rumliegen. Nee, nee, um an die grosse Knete zu kommen, muss man anders vorgehen. Ganz anders." Rashid lehnt sich nach vorne, blickt ihn konzentriert an: „Komm Markus, wir rollen noch einen Joint und du kannst mir das in Ruhe erklären." Markus rülpst laut, beide lachen. Rashid hebt die Hand zu Gimme Five. Sie klatschen ab. Markus holt noch ein Bier aus dem Kühlschrank. Zusammen hecken sie einen Plan aus.

---

1 Marokki: Abschätzige Bezeichnung für einen Marokkaner

# Im Militär

„Aufstehen!“ schreit der Feldwebel. Markus denkt: Scheisse, geht das schon wieder los. Noch drei Wochen durchhalten, dann ist die Rekrutenschule vorbei. Endlich. Wie jeder 20-Jährige schiebt Markus Dienst fürs Vaterland. Siebzehn Wochen dauert die Ausbildung vom Rekruten zum Artilleriesoldaten. Seine Anstellung bei der Bank läuft während der Rekrutenschule weiter.

Aufwachen in einer Militärkaserne fühlt sich madig an. Markus ist kein Morgenmensch. Aufstehen ist für ihn etwas vom Schlimmsten was es gibt. Er braucht am Morgen Zeit für sich. Er mochte es, wenn er nach dem Erwachen erstmal ungestört war. In der Rekrutenschule läuft der Morgen hektischer ab. Es ist nicht seine Welt. Bis er sich abends ins Bett legt, muss er gehorchen. Ein Vorgesetzter brüllt Kommandos und er muss diese ausführen. Den ganzen Tag. Auch nach vierzehn Wochen hat er sich nicht daran gewöhnt.

Wie die anderen Rekruten im Zimmer steht er auf und schlüpft in seine Adiletten[2]. Im Waschraum brummt es wie in einem Bienenstock. Wasserhähne laufen, Rekruten husten, singen oder unterhalten sich. Markus steht vor dem längsten Reihenwasserhahn der Welt, darunter ein kilometerlanger Waschtrog aus Blech. Hinter jedem Wasserhahn ein Rekrut mit nacktem Oberkörper. Die einen putzen die Zähne, andere gurgeln, rasieren sich oder seifen sich ein.
Markus hält beide Hände zu einem Becher geformt unter das kalte Wasser. Er schöpft sich Wasser ins Gesicht, reibt sich die Augen, rubbelt Stirn und Wangen. Zum Abschluss streckt er den Kopf unter den Hahn bis seine Haare nass sind. Dann wirbelt er in einem Ruck hoch, schüttelt den Kopf und streicht sich die Haare nach hinten. Wie mit

2 Adiletten: Badelatschen von Adidas in blau-weiss

einem Kamm fährt er sich mit den Fingern durchs Haar. Ein Spiegel fehlt. Den musste er sich vorstellen. Gegenüber stochert einer rechts und links mit Wattestäbchen in den Ohren. In beiden Ohren gleichzeitig! Er fragt sich, wie ein solcher Haufen bloss die Schweiz verteidigen soll. Er trocknet sich ab und latscht zurück in den Schlafsaal.

Der Rest ist Routine. Arbeitsuniform anziehen, runter zum Frühstück. Dieses besteht aus Brot, Butter und Vierfruchtkonfitüre. Seit 14 Wochen dieselbe Konfitüre. Er hat genug von dieser Grütze. Einige Rekruten sind schon in Hochform und labern um die Wette. Er sucht sich einen Sitzplatz am Rand und hofft, ungestört frühstücken zu können. Er stopft das Brot in sich rein, dazu schwachen Kaffee oder Kakao. Der Kakao war dünn. Nicht mal ein Aal hätte die Schokolade darin gerochen.
Im zivilen Leben hätte er sich nach dem Frühstück noch eine weitere Tasse Kaffee gegönnt. Schritt für Schritt hätte er so seine Betriebstemperatur erreicht. In der Armee war dafür keine Zeit. Kaum hat er den letzten Bissen runtergeschluckt, hetzt er zwei Stockwerke hoch zu den Schlafsälen und Waschräumen. Innerhalb von zwei Minuten hat er seine Zähne geputzt und die Marsch-Schuhe geschnürt.

Zwanzig Minuten nach Frühstücksbeginn steht er auf dem Kasernenplatz. Die Rekruten warten in Reih und Glied. Markus steht wie ein Pfahl zwischen den anderen Rekruten. Der Kommandant brüllt über den Platz. Namen werden aufgerufen, Rekruten melden sich mit: „Hier!“
„Rekrut Stoller?“ Markus ruft so angewidert er kann: „Hier.“ Es sind die Namen der Rekruten, welche für die Sonntagswache bleiben müssen. Er hatte damit gerechnet. Jeder Rekrut muss mal eine Sonntagswache übernehmen. Das war klar. Seine Gedanken schweifen zur Bank.

Denen werde ich es zeigen. Die werden mich noch kennenlernen. Denkt er sich, als er auf diesem Betonplatz vor der Kaserne steht. Je länger er steht, umso mehr Blut läuft in seine Füsse. Es kribbelt. Markus schaut auf den Rücken seines Vordermannes, hält die Arme hinter dem Rücken gekreuzt, eine Hand am Handgelenk. Bald wird er diese kratzige Armeeuniform nie mehr anziehen. Mit „Linksumkehrt Marsch!" holt ihn der Leutnant aus seinem Tagtraum zurück. Sämtliche Rekruten auf dem Kasernenplatz marschieren los. Hundert Fersen stampfen im Takt über den Platz. Das Geräusch der Schritte hallt von der Kaserne zurück. Markus marschiert mit. Zehn Schritte geradeaus. Der Leutnant schreit: „Naaach rechts!" Sie biegen ab. Seit 14 Wochen marschieren sie über den Platz. Egal ob es aus Eimern giesst oder ob die Sonne brennt. Zugschule heisst dies im Militärjargon. Morgens, mittags und abends marschieren die Rekruten zu denselben Kommandos.
Markus versucht in Gedanken von seinem Platz am Bankschalter den Weg zum Tresorraum zu finden. Keine Chance. Er kann nicht im Schritt marschieren und gleichzeitig einen Bankraub planen. Er beginnt vor sich hin zu zählen: „Eins, zwei, drei, vier. Eins, zwei, drei..." Er war im Tritt.

$$$

Markus und fünf Rekruten schieben Sonntagswache auf einer Alp in der Zentralschweiz. Sie vertreiben sich die Zeit mit Karten spielen, kiffen und Schnaps trinken. Es fühlt sich fast an wie Urlaub. Der diensthabende Leutnant ist meistens weg. Der ist runter ins Tal gefahren und übernachtet mit seiner Freundin im Hotel. Wenn der auftaucht, wird es hektisch. Sobald der Wachrekrut ein Auto kommen sieht, schlägt er Alarm. Ihnen bleiben etwa vier Minuten, um Schnapsflasche und Joint verschwinden zu lassen. Sie schaffen das mit links.

Wenn Markus von der Kaserne gegen Norden schaut, leuchten die Hügel grasgrün. Nur die Metallpfeiler des Skilifts passen nicht ins Landschaftsbild. Wie ein Skelett hängt der Skilift am Berg. Noch schlimmer als der Skilift ohne Schnee, ist die Kaserne, denkt sich Markus. Er blickt auf die Felswand gegenüber des Skilifts. Wuchtig ragt diese Bergkante nach oben. Der Fels glänzt schwarz, darüber tiefblau der Himmel.
Markus atmet die Bergluft ein. Es riecht nach Frühling. 1200 Meter über dem Meeresspiegel verwandeln sich die abgeschabten braunen Matten in grüne Wiesen.
Das sind die guten Seiten des Militärdiensts, findet Markus. Er lernt Orte kennen, an die er nie im Leben hinreisen würde. Andere bezahlen für einen Kuraufenthalt in den Bergen. Er geniesst Sonne und Bergluft umsonst auf der Sonntagswache.

Der Wachdienst ist entspannt. Ein Rekrut sitzt in einem Glaspavillon beim Haupteingang der Kaserne. Er wacht darüber, dass niemand Unbefugtes das Kasernenareal betritt. Der andere Wachposten liegt gut zehn Kilometer weiter oben beim Schiessplatz. Markus hat sich freiwillig für die Schiessplatzwache gemeldet. Der Höhepunkt der Wache ist die Fahrt mit dem Jeep zum Schiessplatz. Unter der Woche werden die Rekruten von einem Fahrer hochgefahren. Auf der Sonntagswache dürfen sie selbst den Jeep fahren.
Da sieht man, wer fahren kann und wer noch Nachhilfe braucht, denkt Markus. Ein Jeep mit Baujahr 62 verlangt einiges an Können. Man braucht ein Gespür für die Tourenzahl, schalten will gelernt sein. Um vom ersten in den zweiten Gang zu schalten, muss er den Schalthebel fast bis hinter die Rückenlehne schieben. Obwohl dieser Jeep bereits 26 Jahre auf der Haube hat, tuckert der Motor flott vor sich hin.
Markus fährt hoch zum Schiessplatz. Kaum ist er ausser Sichtweite, verlässt Markus den Feldweg und rotzt mit dem Jeep querfeldein. Er umklammert das Steuer mit beiden Händen. Die Federung gibt jeden Schlag nach oben. Er brettert über Erdlöcher und Maulwurfhügel. Der

Jeep hüpft, quietscht, wirft ihn beinahe aus dem Sitz. Er muss lachen. Er schreit in den Wind. Zum Glück ist der Armeejeep schier unzerstörbar. Er beschleunigt, um wieder zurück auf den Feldweg zu kommen. Wie ein Elefant drückt er das Gaspedal durch. Als der Jeep über die Grasnarbe auf den Feldweg schiesst, fühlt es sich an, als hebe er ab. Er denkt an Steve McQueen in *Gesprengte Ketten*. Den Rest der Strecke bleibt er auf dem Feldweg.

Oben angekommen ist er von dem Ritt ausser Atem. Sein Sturmgewehr hat sich unter dem Sitz verkeilt. Markus kramt es hervor. Dabei flucht er über die Flinte, den Jeep und den Sauhaufen in der Armee.
„Hallo, hier ist die Wachablösung", ruft Markus zu Rekrut Tobias. „Was ist denn mit dir los?"
„Ach nichts. Musste ein bisschen Gas geben, sonst hättest du noch länger Wache schieben müssen. Hahaha."
Tobias entlädt sein Gewehr, steckt das Magazin in seine Beintasche und befestigt das Gewehr in der dafür vorgesehenen Halterung im Jeep. Er steigt ein und fährt runter zur Kaserne. Leise wie einen VW Golf, lenkt er den Jeep ins Tal. Markus winkt Tobias hinterher, neben seinen Füssen auf dem Kies, liegt sein Gewehr.

Auf der Wache sitzt er während vier Stunden allein an einem Waldrand. Nach rechts blickt er auf den Schiessstand, gegen links runter ins Tal. Die Wache ist aus seiner Sicht ein kompletter Leerlauf. Er sitzt in einer Bretterbude. Neben ihm, sein geladenes Gewehr. Schiessen ist verboten. Der Kommandant sagte deutlich, geschossen werde nur im Ernstfall. Auf wen sollte er schiessen? Höchstens ab und zu ein Wanderer kommt mal vorbei. Manchmal winken sie von weitem. Der Wanderweg führt ein paar hundert Meter weiter drüben am Waldrand vorbei. Seine Aufgabe ist es, die Panzerhaubitzen zu bewachen, welche unten auf dem Schiessplatz stehen. Er passt auf Panzer auf, die niemand stehlen will.

Tobias hat ihm eine angebrochene Flasche Zwetschgenschnaps dagelassen. Er schraubt den Deckel ab, riecht und nimmt einen ersten Schluck. „Hoppla“, echt stark der Trank. Nach Zwetschgen schmeckt das zwar nicht, dafür brennt es die Kehle runter. Auf der Flasche klebt kein Etikett. Bestimmt selbst gebrannt, denkt er sich, vielleicht sogar schwarz. Er muss grinsen. Das sind die Vorteile, wenn man mit Bauern Dienst schiebt. Er als Städter hat höchstens zwei, drei Dosen Heineken im Gepäck. Dieser klare Zwetschenschnaps ist was anderes. Er nimmt noch einen Schluck und rülpst so laut er kann in die Bergwelt raus. Darauf folgt ein jodelähnlicher Jauchzer: „Juu-Huuuu!“ Als nächstes rollt er sich einen Joint.

Wenn er eines in dieser Rekrutenschule gelernt hat, dann wie man schnell einen Joint dreht. Das klappt sogar, wenn er liegend das Sturmgewehr im Anschlag hält. Oben über dem Ladehebel hat‘s eine kleine schwarze Fläche, halb so gross wie eine Packung Zigaretten. Dieses Stück Eisen ist glatt und eignet sich bestens, um ein Blättchen auszubreiten. Innert Sekunden hat er dort Tabak und Hasch draufgestreut, Filter rein, drehen, zukleben. Schneller hatte er noch nie eine Tüte gebaut. Und das waren einige.

Während er raucht, schlendert Markus am Waldrand entlang. Den Lauf seines Sturmgewehrs legt er lässig in die Beuge seines linken Ellbogens. Die andere Hand hält er am Kolben. Als würde er ein Baby auf seinem Arm tragen. Wie Old Surehand wankt er mit der gekreuzten Flinte vor dem Bauch durch den Wald. Er denkt an seinen Plan. Er ist sich sicher, dass er nie wieder Wache schieben wird. Eines Tages wird er mit einer Million Schweizer Franken die Bank verlassen. Endlich hat er Zeit seinen Gedanken nachzuhängen. Er wird in ein Land auf der anderen Seite der Erdkugel fliegen. In ein Land, wo das Leben billig ist und die Frauen schön. Dort kann er von seinem Geld leben und muss nie mehr arbeiten. Was soll dabei schiefgehen?

Bei der Ecke des Waldrands bleibt Rekrut Markus stehen. Hinten rechts, ein wenig versteckt steht eine Holzhütte. Die hatte er noch nie gesehen. Wie in einem Indianerfilm pirscht er sich an. Eine Holztreppe führt rauf zur Tür, das Holz scheint morsch. Aufpassen, sonst bricht es. Er tritt nur auf die äusseren Enden der Stufen. Er schiebt die Tür auf. Drinnen modert es nach feuchtem Holz. Er steigt wieder raus. Ein Tourist würde dies wohl für ein Chalet halten. Das ist bloss ein alter Holzschuppen oder vielleicht war's mal ein Speicher, um Heu zu lagern.
Gleich hinter dem Schuppen steht eine Beige mit Steinen. Der Steinhaufen ist fast einen Meter hoch. Es sieht aus, wie ein Grab aus der Steinzeit. Markus schreitet um die aufgeschichteten Steine, bleibt stehen, mustert den Ort, als würde er etwas Bestimmtes suchen. Er misst mit Schritten die Distanz vom Steinhaufen zum Waldrand. Zehn Schritte. Vom Wald aus betrachtet er Steine und Schuppen. Was für ein gutes Versteck das wäre, er überlegt, reibt sich das Kinn und zündet sich nochmals seinen Joint an. Dann kehrt er zurück auf seinen Posten.

Markus setzt sich auf ein Holzbrett, geniesst die Aussicht. Die grünen Matten, der Wald, das Tal, rechts von ihm der Berg. Genüsslich bläst er den Rauch in die Bergwelt. Dabei pfeift er leise durch die Zähne.

# Die Bank

Die siebzehnwöchige Rekrutenschule ist vorbei. Markus arbeitet wieder in der Bank am Schalter. Die dreijährige Lehre zum Bankkaufmann hatte er vor einem Jahr auf derselben Bank absolviert und mit Erfolg abgeschlossen. Bei der Abschlussprüfung bekam er die Note 4,9. Damit lag er im Durchschnitt. Wenn er an die Schulzeit dachte, musste er lachen. Vor, während und nach der Schule rauchten sie Joints, als gäbe es dafür eine separate Note. Für ihn war es ein Witz, dass er trotzdem stressfrei durch die Abschlussprüfung kam.

Der Lehrlingsmeister bei der Bank war mit seinen Noten unzufrieden. „Was solls", sagte ihm Markus bei seinem Lehr-Abschlussgespräch. „Hauptsache, ich habe bestanden. Wer fragt schon nach der Note?" Die Antwort auf diese Frage gab er dem Lehrmeister gleich selbst: „Niemand." Da war er überzeugt. Dafür waren sie mit seiner Arbeit bei der Bank zufrieden. Er arbeitete fast fehlerfrei. Seine Kasse stimmte immer auf den Rappen. Er grüsste stets freundlich, zudem mochte er den Kundenkontakt.
Die Frontarbeit mit den Schalterkunden fand er spannend. Spannend, weil er sich bei jedem überlegte, wie hoch der Kontostand des Kunden war. Die Kunden schätzten es, am Schalter von ihm bedient zu werden. Besonders die älteren Kundinnen weigerten sich, beim Geldautomaten Geld zu beziehen. So kamen sie an den Schalter, um Geld abzuheben oder einzuzahlen.

Er teilte die Kunden in drei Kategorien ein. Weniger als 50'000 Franken auf dem Konto. Das waren arme Schlucker, wie er einer war. Die mit einem Kontostand über 200'000 waren die Reichen, dazwischen die Normalos. Je länger er am Schalter arbeitete, umso exakter konnte er seine Kunden einschätzen.

Einmal fragte er sich, ob eine Kundin mit ihm flirtete. Als diese Frau zur Tür reinkam, hoffte Markus, dass sie zu ihm an den Schalter kommt. Das tat sie. Markus musterte sie, er schätzte ihren Kontostand auf hoch, diese Frau sah teuer aus. Ihre Frisur sass perfekt, ihre Lederjacke schien teuerer als ein Gebrauchtwagen. Solche Kundinnen stehen leider viel zu selten vor ihm, dachte er sich. Sie reichte ihm ihre Bankkarte unter der Panzerglasscheibe durch. Er beugte sich leicht nach vorne und nahm ihr Parfum wahr. Was für ein Duft! Das war edler als 8x4, das roch nach einem teuren Wasser. War das Moschus? „Ich hätte gerne...", sie stockte, überlegte kurz: „Geben Sie mir bitte 200 Franken."

Wie jedes Mal, wenn er Geld auszahlte fragte er, welche Noten sie wünschte: Grosse Noten, kleine Noten. Er schätzte die Frau auf Anfang 40. Sie schaute ihm direkt in die Augen. Er hielt ihrem Blick stand und fragte: „Wie hätten Sie es denn gerne?" - „Ganz langsam und möglichst gross", hauchte die Frau. Er wendete den Blick ab, hörte sich noch sagen: „Klar, mach ich. Einen Moment, bitte." Seine Stimme zitterte, er drehte sich zum Bildschirm. Er konnte das blind: Mit der rechten Hand gab er die 11-stellige Konto-Nummer ein. Enter. Er tippte 200,00 und drehte sich zur Schublade mit den Banknoten. Er starrte auf die Bündel von Noten und spürte wie seine Hände feucht wurden. Er hoffte, nicht rot anzulaufen. Was hatte sie gesagt? Was meinte sie mit gross und langsam? Er versuchte, das Offensichtliche auszublenden. Es ging nicht um Sex, die wollte Geld, aber so hörte es sich an. Er nahm vier Fünfzigernoten und drehte sich wieder zu dieser Frau. Sie sah aus wie die jüngere Schwester von Sophia Loren. In solchen Momenten sollte man das Leben mit einem Knopfdruck kurz anhalten können. Er würde in eine Rolle schlüpfen, in die Schalterhalle zu ihr gehen. Sie würden sich umarmen und küssen, und für immer zusammen glücklich sein. Aber er hatte keinen solch magischen Knopf.

Er verwarf den Gedanken und schaltete zurück in den Bankmodus: „Fünfzig, hundert, hundertfünfzig, zweihundert. Ich hoffe das ist gross genug.“ Als sie die Noten entgegennahm, berührte sie ihn kurz mit dem Nagel ihres Mittelfingers. Dabei blickte sie ihm in die Augen und strahlte ihn an wie die Julisonne. „Das passt schon so. Vielen Dank Herr Stoller. Einen schönen Nachmittag noch.“ Sie drehte sich um und verliess die Schalterhalle. Markus schaute ihr nach. Die Glasschiebetür war wieder zu. Er sah, wie sie draussen nach links bog, dann war sie weg. Boah! Was war denn das? Er beugte sich runter zum Rand des Panzerglases, schnupperte und sog die verbliebenen Parfumschwaden ein. Er setzte sich auf, zog seine Krawatte zurecht. Erst jetzt warf er einen Blick auf ihr Konto: 98‘268 Franken. Er blätterte nach unten, um zu sehen, was diese Frau verdiente. 8‘680 Franken wurden jeden Monat auf ihr Konto überwiesen. Potztausend! Von wo das Geld kam, sah er nicht. Diese Frau schien dick drin zu sein.

Unter dem Strich gefiel es ihm an diesem Bankschalter. Zu gerne hätte er häufiger solche Kundinnen bedient. Was hätte er ihr bloss antworten sollen? Hätte er sie auf einen Kaffee einladen sollen? Die hätte ihn doch ausgelacht. Sie war bestimmt zwanzig Jahre älter als er. Er muss sich für einen nächsten Fall eine Antwort parat legen. Leider war er nicht spontan genug, um in einer solchen Situation, eine witzige Antwort zu liefern. Aber wer war das schon? Er nimmt sich vor, bei seinem nächsten Joint über mögliche Antworten zu sinnieren.

$$$

Neben der Laufkundschaft hat Markus regelmässigen Kontakt zu Stammkunden. Ums Eck befindet sich ein Einkaufszentrum. Der Kassier des Einkaufszentrums, Martin, bringt ihm jeden Morgen die Einnahmen des Tages. Der Betrag schwankt zwischen 180‘000 und 300‘000 Franken, je nach Saison und Wochentag. Das Geld versorgt

Markus in einer Schatulle unter dem Schalter. Daneben gibt es weitere Shops und Läden, welche die Tageseinnahmen vorbeibringen. Dies passiert immer morgens bis zehn Uhr.

Es war eine Routine, welche Markus manchmal surreal erschien. Heinz kam stets in Jeans und T-Shirt in die Schalterhalle spaziert. Heinz war ein paar Jahre älter als Markus, so um die siebenundzwanzig. In der Hand trug er eine abgewetzte Plastiktüte, drinnen die Einnahmen des gestrigen Tages. Heinz arbeitete in einer Bijouterie, hatte aber das Auftreten eines Briefträgers. Keiner der ihn sah, ahnte, dass in dieser Plastiktüte bis zu 120'000 Franken steckten. Deshalb überbrachte er so das Geld. Einmal kam er daher mit einer zusammengefalteten Zeitung in der Hand. Mit einem breiten Grinsen öffnete er am Schalter die Zeitung. Drinnen lagen 85'000 Franken. Markus nahm das Geld entgegen und sagte: „Die Zeitung kannst du gerne hierlassen."
Heinz meinte nur: „Geht nicht, die will ich noch lesen. Aber das Geld kannst du behalten." Beide lachten über den ungewollten Scherz. Das Geld blieb auf der Bank, dafür erhielt Heinz von Markus eine Quittung. Einmal sagte Markus zu Heinz im Spass: „Morgen habe ich frei. Du kannst mir das Geld trotzdem bringen. Komm doch um halb zehn zu meiner Wohnung."
„Kein Problem. Wo wohnst du?"
„Schiffbauerdamm 13. Unten in der Altstadt."
„Klar doch, mach ich. Dann bis morgen."
Als Heinz gehen wollte, bemerkte Markus, dass Heinz die Ironie nicht verstand.
„Heinz, das war ein Witz. Ich hab zwar morgen frei, bring aber das Geld trotzdem hier vorbei. Frau Franke wird es entgegennehmen. Sonst käme ich plötzlich noch auf dumme Gedanken."
„Ok, dann komm ich morgen wieder."
Er verabschiedete sich und ging. Markus war baff. Der hätte ihm glatt die Tageseinnahmen in seine Wohnung geliefert.

Wenn Markus in einer ruhigen Minute über diese Geldübergaben nachdachte, fand er es erstaunlich, wie ihm grosse Summen anvertraut wurden. Für ihn, wie für Heinz und alle anderen Geldboten war das selbstverständlich. Es gehörte zum Tagesgeschäft. Sie gingen mit dem Geld um, als wäre es das Normalste der Welt. Er hätte ihm auch Buchungsbelege bringen können. Er hätte die mit der gleichen Selbstverständlichkeit entgegengenommen und in der Schatulle verstaut. Die Schatulle legte er in den Tresorschrank unter seinem Pult.
Wobei Tresor in dem Fall mehr Sicherheit vortäuschte als es war. Unter seinem Pult befand sich ein Schrank mit einer metallenen Schiebetür. Die wurde stets abgeschlossen. Im Verlauf des Morgens brachte Markus das Geld zur Nationalbank. Manchmal trug er einen Koffer mit fast einer halben Million zur Nationalbank. Dabei wurde er von einem Sicherheitsbeamten begleitet.

Regelmässiger Gast am Schalter war Nicole. Nicole arbeitete als Rezeptionistin im Hotel Sonne. Dieses befand sich im selben Gebäude wie die Bank. Nicole kam fast jeden Tag. Entweder brauchte sie Kleingeld fürs Hotel oder sie tauschte Fremdwährungen von Touristen um. Sie war ungefähr gleich alt wie Markus. Auch für sie war es die erste feste Anstellung nach der Lehre. Nicole brachte ihm oft einen Kaffee mit. Beide standen sich am Schalter gegenüber und hielten einen Schwatz. Man konnte meinen, Nicole habe die Sprache erfunden. Ihr kam zu jedem Thema etwas in den Sinn. Sie redete ohne Punkt und Komma, aber langweilte nie. Sie erzählte von Hotelgästen, die Sachen in ihren Zimmern vergessen hatten. Banales wie Uhren, Unterwäsche oder Bücher. Neulich liess ein Gast einen Koffer stehen. Das Zimmermädchen hatte den beim Aufräumen entdeckt. Der Koffer stand unter dem Tisch, fast hätte sie ihn übersehen. Am liebsten hätte ihn Nicole an der Rezeption geöffnet. Sie war überzeugt, dass der Koffer voller Banknoten war. Oder Drogen. Leider durften sie das nicht. Sie riefen den Gast an, der holte den Koffer umgehend ab. Er überreichte ihr 50 Franken Finderlohn für das Zimmermädchen und

sie. Sie lehnte den Finderlohn ab. Das hatte sie in der Hotelfachschule gelernt. Es sei selbstverständlich, dass ein vergessener Gegenstand dem Gast gemeldet werde. Dafür nehme sie weder ein Trinkgeld noch einen Finderlohn an. Der Gast liess sich nur schwer dazu überreden keinen Finderlohn zu zahlen. Umso mehr war Nicole überzeugt, dass der Koffer voller Geld war.
Nicole war ein Sonnenschein, immer gut gelaunt. Für Markus war sie ein heimlicher Höhepunkt des Arbeitstages, er freute sich auf ihre Besuche. Im Gegenzug schaute er ab und zu bei ihr vorbei. Wenn er am Samstag oder abends in der Stadt war, brachte er ihr manchmal ein Eis oder ein Nuss-Croissant mit.

$$$

Die Bank war ähnlich wie eine Raiffeisenkasse. Es gab sie überall in der Schweiz. Der Hauptsitz war in Basel. In jedem grösseren Kaff gab es eine Filiale. Von seinen Freunden kannte keiner die Bank. Es war keine Grossbank. Die hiessen Schweizerische Kreditanstalt, Bankverein oder Bankgesellschaft. In der Stadt gab es eine Haupt- und eine Zweigfiliale. Auf der Hauptfiliale arbeiteten rund dreissig Personen. Markus arbeitete in der Zweigfiliale. Diese hatte ein Büro und eine Schalterhalle. Mehr nicht.

$$$

Neben ihm arbeiteten in der Filiale zwei Frauen um die fünfzig und der Filialleiter. Der hiess Herr Schenker und war über 30. Mit dem war er per Sie. Herr Schenker war als Vorgesetzter in Ordnung, privat würde er es keine Minute mit ihm aushalten. Er war ein Spiesser, ein typischer Schweizer Bünzli. Er wohnte rund zwanzig S-Bahn Minuten auf dem Land. Filialleiter Schenker kam jeden Tag im Anzug zur Arbeit, als wäre er in einem Anzug zur Welt gekommen. Jeden Mittwoch spielte Herr Schenker Tennis, was für ein Yuppie-Klischee. Statt mit der Aktentasche, stolzierte er dann mit einer Slazenger-Tasche zur Bank raus. Zum Tennis fuhr er mit seinem Audi Coupé. Dafür gab ihm Markus einen Pluspunkt. Das war zwar ein typisches Bankerauto, aber eines mit Stil. Eins für Leute die gut verdienen und noch auf dem Weg nach oben sind. Den Audi wäre er gern mal gefahren. Schenker war morgens immer als erster in der Bank. Soll er, dachte sich Markus. Er ist der Boss.

Es lief alles förmlich ab auf der Bank. Auch mit den beiden Frauen war er per Sie. Die waren lockerer drauf als der Filialleiter. Frau Franke arbeitete morgens, Frau Weber übernahm die zweite Tageshälfte. Mit ihnen sprach er auch mal über was anderes als über die Bank. Montags wollte Frau Franke meistens wissen, ob er ein schönes Wochenende gehabt habe. Seine Standardantwort war: „Klar, es ist immer schön, wenn ich nicht arbeiten muss." Den Satz schloss er stets mit einem glucksenden Lacher ab. Er wusste nie, ob sie diesen Running Gag verstand. Er hoffte es. Manchmal erzählte er einen Schwank vom Wochenende. Aber nur, wenn es zu seinem Bankleben passte. Zum Beispiel, er sei im Kino gewesen oder mit Freunden an den See gefahren. Dass sie dort vor allem Bier tranken, illegales Kraut rauchten und sich wie Neo-Hippies aufführten, liess er weg. Die Leute in der Bank wussten kaum Privates über ihn. Sie kannten ihn als netten Angestellten, den ehemaligen Lehrling, der die Abläufe in der Bank beherrschte.

Nach der Rekrutenschule wurde Markus zum stellvertretenden Filialleiter befördert. Seine Ernennung glich einer Notlösung. Er wurde nicht wegen seinen Fähigkeiten ernannt, sondern weil sie sonst niemanden hatten. Sie vertrauten dem jungen Mann mit Krawatte. Zum Glück. Eine Bank muss all ihren Angestellten vertrauen. Es dreht sich schliesslich alles um Geld. Ihm war das recht. Es passte zu seinem Plan.

# Guido

Am Freitag ist bereits um vier Uhr Schalterschluss. Da ist Markus jeweils besonders fleissig. Die Abrechnung hat er vorbereitet, so kann er sich eine halbe Stunde früher ins Wochenende verabschieden. Am Abend trifft er sich mit Guido in der Stadt, um ein, zwei Bierchen zu trinken.

Guido und Markus sind Freunde. Sie verbrachten ein Jahr zusammen in einem Internat in der französischen Schweiz. Sie begegneten sich dort zum ersten Mal. Sie waren im Internat, um ihr Französisch aufzubessern, ins Internat ging niemand freiwillig. Die Eltern schickten die Jungs dorthin. Neben dem Französisch sollten sie dort auch reifer werden, reifer für das Berufsleben. Das Internat war streng. Markus und Guido fanden schnell zueinander. Guido wohnte in der Stadt. Markus kam aus einer Agglomerationsgemeinde, das Internat schweisste sie zusammen.
Markus‘ Beziehung zum Internat war eine Hassliebe. Die Lehrer waren streng, es herrschte Disziplin und Ordnung. Er verabscheute das. Andererseits gefiel ihm die Gleichheit aller Schüler. Keiner kannte den anderen, jeder war neu, alle sassen im selben Boot. In der Schule hatte er das anders erlebt. Ständig wurde er von den Klassenkameraden gehänselt und geneckt. In seiner Klasse war er der Einzelgänger, hatte keine Freunde. In den letzten Schuljahren musste er unten durch. Für Markus war das die schlimmste Zeit seines Lebens. Er wurde ausgelacht, hatte das Gefühl, dass die gesamte Klasse auf ihm rumritt. Er wurde zum Klassendeppen gestempelt. Weshalb bloss? War es wegen der Brille? Weil er unsportlich war? Weil er sagte, was er dachte? Im Internat war das anders. Da war Markus einer unter vielen, konnte neu beginnen, keiner zeigte mit dem Finger auf ihn. Zum Glück lernte er Guido kennen.

Nach dem Internat entschied sich Guido für eine handwerkliche Lehre. Er lernte Schreiner. Ihm gefiel die Arbeit mit dem Holz und das Handwerk. Er hatte zwei rechte Hände. Markus begann seine Banklehre zur selben Zeit.

In der Lehrzeit verbrachten sie oft freie Zeit zusammen. Beide liebten Musik. Über den Blues kamen sie zum Rock. Nebenbei hörten sie Disco und Funk. Mit siebzehn dachten sie, die Welt gehöre ihnen. Die Wochenenden verbrachten sie in Diskotheken. Damals fuhren die Jungs mit dem Moped in die Disco. Die Disco war unten am Fluss. Ein kleiner Raum, paar farbige Lichter, ein DJ legte Italo-Disco- und Funkplatten auf. Drinnen tanzten Jugendliche zwischen sechzehn und achtzehn Jahren. Der Eintritt kostete drei Franken. Die Disco war alkoholfrei, um Mitternacht war Schluss. Alkohol entdeckten sie Schritt für Schritt. Bier war ihnen zu bitter, also tranken sie Bier verdünnt mit Zitronenlimonade, genannt Panaché. Manchmal tranken sie vor dem Discobesuch ein, zwei Panaché oder sie kauften im Supermarkt Wodka und mischten den mit Orangensaft. Je mehr sie tranken, umso lustiger wurde der Abend in der Disco. Nach dem Alkohol kamen sie mit Haschisch in Kontakt. Guido erinnert sich noch gut an seinen ersten Joint. Unten am Fluss, bei der Treppe gleich neben der Disco. Ein Typ brachte was zum Rauchen mit. Guido sog am Joint, doch der erhoffte Flash blieb aus. Die älteren Jungs meinten, die ersten drei Male spüre man nichts. Erst danach fahre das Zeugs so richtig ein. Guido zog weiter am Joint, inhalierte den Stoff. Später wurde es ihm übel und er erbrach einen Mix aus Wodka-Orange und Gallensaft in den Fluss.

Bevor sie Auto fahren konnten, waren Markus und Guido Tag und Nacht mit dem Moped unterwegs. Klar, frisierten sie ihre Mopeds. Statt der erlaubten 30 Stundenkilometer, brausten sie mit 50 durch die Gegend. Sie frästen Fenster in den Kolben, bohrten den Vergaser

aus, wechselten Zahnräder und montierten Rennsätze. Sie rasten mit ihren aufgepeppten Mopeds um die Wette. Das oberste Credo war, auf keinen Fall von der Polizei erwischt zu werden.
Auf ihren Mopeds fühlten sie sich wie Wyatt und Billy im Film *Easy Rider*. Sie waren jung, wild und frei. Sie wohnten bei den Eltern, bekamen weder Rechnungen noch Steuern. Sorgen waren etwas für Erwachsene.

Nach dem Moped kam das Auto. Nach dem Funk der Hiphop, als dieser mit elektronischen Beats vermischt wurde, tanzten sie nächtelang auf Partys in leerstehenden Lagerhallen. Neben Cannabis warfen Guido und Markus auf so einer Party erstmals Ecstasy ein. Eine Nacht, die beide nie mehr vergessen sollten. Die elektronischen Beats fesselten sie an den Dancefloor, sie glaubten mit der Musik zu verschmelzen. Die Bässe wummerten, Markus und Guido tanzten bis die Sonne aufging. Danach fuhren sie auf den Hügel mit dem Fernsehturm. Von dort blickten sie benommen auf die Stadt und waren glücklich.

An diesem Freitag treffen sie sich im Pub. Als Markus reinkommt, steht Guido an der Bar und trinkt ein Bier. Überpünktlich wie immer, denkt sich Markus. Sie begrüssen sich mit Handschlag, wie zwei Halbstarke: Ein Handschlag mit angewinkeltem V-Arm vor der Brust. „Hey Kusi. Wie geht's so?" Guido nennt Markus nie beim richtigen Namen.
„Endlich Wochenende. Ach, war das wieder eine Schinderei auf dieser Scheissbank. Und bei Dir, alles im grünen Bereich?"
„Klar. Nimmst du auch ein Bier?"
„Ist der Papst katholisch?" witzelt Markus. Guido stösst ihn mit dem Ellbogen in den Oberarm und bestellt zwei Bier. Markus stürzt in einem Zug das halbe Glas runter. „Ahhh, tut das gut. Und, was läuft noch heute?"
„Ich hab noch nichts gegessen. Wir könnten zum Aperitif einen rauchen und dann auf der Piazza eine Portion Pommes essen. Du hast bestimmt was zum Rauchen dabei."

„Super Idee." Markus greift in seine Hosentasche. Dabei stösst er auf zwei Piece Hasch. „Ach Shit, das hatte ich total vergessen. Ich hatte Rashid noch ein Piece versprochen. Komm, wir gehen erst auf die Szene, rauchen eins, danach ziehen wir uns die Pommes rein. Ok?"

Guido gefällt das nicht. Er geht nur auf die Szene, wenn Markus ihn dorthin mitschleppt. Erstens braucht er nie Hasch, weil alle rund um ihn stets genug zu kiffen bei sich haben. Zudem war es ihm auf der Szene nie behaglich. Er mochte Markus gut, fand es aber schwach, dass er dealte. Rashid hatte er einige Male gesehen. War gar nicht sein Typ. Ihm schien der stets einen Tick zu gut gelaunt. Zudem war Rashid ein Schmarotzer, fand er.
Guido erinnert sich noch gut an den Samstag, als sie sich trafen um Markus' neue Wohnung zu streichen. Bevor er einzog, wollte Markus Wände und Fenster weiss malen. Er bekam so die Wohnung ein paar Franken billiger. Guido half Markus dabei. Die Wohnung war noch leer, er brachte einen Gettoblaster und gemixte Kassetten mit. Guter Sound bei der Arbeit war für ihn wichtiger als die Farbe. Markus und Guido deckten erst Balken und Kanten mit Zeitungen ab, dann malten sie. Rashid kam während sie am Arbeiten waren zur Tür reingeschneit. Er wusste, dass Markus am Streichen war. Statt mit anzupacken, setzte sich Rashid in die Mitte des Zimmers und gab Anweisungen: „Da müsst ihr besser abdecken, das ist zu wenig. Nimm weniger Farbe auf den Pinsel. Dort musst du noch ein weiteres Mal nachbessern." Guido nervten diese Kommandos. Er sagte ihm: „Entweder du nimmst einen Pinsel oder haust ab." Worauf sich Rashid wie eine beleidigte Socke verzog.
Wegen Rashid müssen sie jetzt noch auf die Szene. „Also gut, wenn's sein muss." erwidert Guido. Sie leeren ihre Gläser und gehen zu Fuss Richtung Szene.

Die Szene war in ihrer Nähe. Die beiden sind zügig unterwegs, Markus marschiert im Stechschritt. „Warum stresst du so?", im Gegensatz zu

Markus war Guido sportlich. Er verstand nicht, weshalb Markus wie ein Junkie auf Entzug durch die Stadt hetzte. „Erstens habe ich den Deal mit Rashid vergessen. Zweitens stresse ich nicht. Ich gehe nur schnell." Schon biegen sie den Weg zur Szene hoch. Die Szene war auf einem kleinen Hügel im Park angesiedelt.

Oben auf der Szene winkt Rashid von weitem. „Hey Jungs! Na Markus, alles gut? Ach, sieh an. Hallo Guido, lange ist's her. Wie läuft es bei dir?"

„Auch schlecht, danke. Und dir?" Rashid reicht Guido die Hand und schüttelt sie, ohne hinzuhören meint Rashid: „Alles perfekt, fast alles. Abgesehen davon, dass ich eine halbe Stunde auf Markus warten musste." Rashid schüttelt weiter Guidos Hand, sieht aber an ihm vorbei, er wendet sich direkt an Markus: „Hab mir fast den Arsch abgefroren hier oben. Markus, warum kommst du erst jetzt? Hast du das Piece dabei?" Geh doch nach Marokko, denkt sich Guido. Dort ist es bestimmt wärmer. „Ja, klar. Komm gib mir die Kohle. Weil du Armer warten musstest, sind 40 ok."

Guido schaut zu wie Drogen und Geld Besitzer wechseln. Er kommt sich überflüssig vor, ihm war klar, dass diese Aktion illegal war. Je mehr er daran dachte, umso unwohler fühlt er sich.

„Habt ihr's endlich?"

„Keine Panik Guido, passiert schon nichts." Rashid steckt das Piece in seine Hosentasche. „Markus gibt mir bloss meine wöchentliche Ration."

„Dann ist ja gut. Los, hauen wir ab."

In dem Moment als Guido das sagt, eilen plötzlich drei Männer auf sie zu. Rashid erkennt die Lage als erstes. Er dreht sich um und sprintet wie ein Flügelstürmer zum anderen Ende der Szene. Markus rennt hinten nach. Guido will auch türmen, doch einer der Männer hält ihn am Arm fest. „Hiergeblieben junger Mann! Stadtpolizei Wenger, guten Abend. Was machen sie hier?"

Zwei Polizisten bleiben bei ihm stehen, der dritte verfolgt Markus und Rashid.
„Nichts. Wir haben uns bloss unterhalten. Mehr nicht."
„Haben Sie Drogen gekauft? Haben Sie geraucht?"
„Nein. Wir haben vorhin ein Bier getrunken. Der andere wollte sich mit jemandem treffen. Das wars."
„Können Sie sich ausweisen?"
Guido kramt seinen Auto-Ausweis aus seinem Portemonnaie hervor und gibt ihn dem Polizisten.
„Leeren Sie bitte ihre Taschen."
Guido tut wie befohlen. Ausser einem Schlüsselbund und einem Taschentuch hat er nichts in seinen Hosentaschen. Der Polizist sucht mit der Taschenlampe den Boden ab. Da er nichts findet fragt er weiter:
„Wie hiessen die zwei, welche mit Ihnen hier waren?"
„Der eine heisst Matthias, den habe ich vorhin im Pub kennengelernt. Der andere war schon hier, den hatte ich noch nie gesehen." Der Polizist gibt Guido seinen Ausweis zurück. „Da haben Sie nochmals Glück gehabt. Auf Wiedersehen."
Die Polizisten gehen weiter in die Richtung, in die Markus und Rashid geflohen sind, Guido schaut ihnen nach. Kaum zu glauben. Er, der sonst nie auf dieser Szene verkehrt, wird von der Polizei angehalten. Die Stammgäste machen sich aus dem Staub. Guido beschliesst zurück in den Pub zu gehen, er hofft, dass er Markus dort trifft.
Er trinkt ein Bier und wartet. Da Markus nicht auftaucht, will er sein Glück auf der Piazza versuchen. Sie hatten geplant, dass sie nach der Szene dort Pommes essen gehen. Guido verlässt den Pub. Als er um die Ecke biegt, kommt ihm Markus entgegen. Dieser hebt die Hand zu Gimme Five. „Hat euch der Typ noch erwischt?"
„Mich auf jeden Fall nicht. Rashid ist nach rechts abgezweigt, ich links. Glaube der Typ hat ihn verfolgt. Keine Ahnung, wo die nun stecken. Aber ich sag dir. Ich brauchte echt ne Weile, um mich zu erholen."
„Komm, gehen wir Pommes essen."
„Und du, bist du auch gerannt?"

„Als ich gecheckt hab was los ist, standen die zwei schon neben mir. Aber alles easy. Die haben nur meinen Ausweis kontrolliert, paar blöde Fragen gestellt und mich dann laufen lassen."
Während sie gehen nimmt Guido Markus in den Arm und meint: „Dir ist klar wer heute das Bier bezahlt?"

Eine Viertelstunde später sitzen Markus und Guido im *Twelve O'Clock*. Solche Restaurantnamen findest du nur in verschlafenen Städten wie hier, denkt Guido. Die Stühle waren abgewetzt. In die Tischplatte eingeritzt war ein Herz. Mit einem Messer ins Herz geritzt stand „Gabi & Pet". Man musste aufpassen, dass sich von der Tischkante kein Holzsplitter in den Unterarm bohrte. Im hinteren Teil sassen die Alkis. Sie soffen Bier und Schnaps und husteten unappetitlich laut. Es war ein übler Schuppen, dafür waren die Pommes die besten der Stadt. Das war für einmal ein Punkt in dem Guido und Markus gleicher Meinung waren. Zudem wurden die Pommes mit einer grossen Portion Currymayonnaise serviert.

Die beiden haben einen Heisshunger. Sie stürzen sich auf die Frites und besprechen nochmals das eben erlebte. Für Guido war es das erste Mal, dass er von der Polizei auf Drogen kontrolliert wurde. Markus hatte das schon mehrmals erlebt. Bisher war er immer schneller als die Polizei gewesen. Auch heute hatte er während er rannte, ein Stück Haschisch weggeworfen. Als Markus fertig gegessen hat, leckt er genüsslich die Mayo- und Salzresten von seinen Fingern. Guido schaut ihm dabei zu und denkt an die Alkis hinter ihnen. Sie unterschieden sich kaum von denen. Sie bestellen noch zwei Bier. Guido wechselt das Thema: „Wir fahren ans Joe Cocker Konzert nach Zürich. Kommst du mit?"
„Wer ist wir?"
„Wir sind eine lustige Truppe. Die meisten kennst du. Hast du Lust?"
„Klingt super. Bin dabei. Was kostet das Ticket?"

„32 Franken. Das Konzert ist im Hardturm Stadion Zürich. Open Air. Wird bestimmt der Hammer."
Guido gibt einen Teil seines Lohnes für Konzerte aus. Er war bei einem der ersten Depeche Mode Konzerte im Zürcher Hallenstadion dabei. Mitten im Konzert fiel der Strom aus, worauf Computer und Synthesizer verstummten. Für die Kritiker war das Grund genug, die Band in Grund und Boden zu stampfen. Es sei keine echte Musik schrieben die Journalisten, weil Depeche Mode mit elektronischen Instrumenten spielten. Er fand das Konzert etwas vom besten, was er je gesehen hatte. Er hatte Tina Turner gesehen, Eric Clapton und Frankie Goes To Hollywood. Auch Bands wie Pink Floyd und Eurythmics. Nun kam Joe Cocker nach Zürich. Den fand er gut. Vor allem die alten Sachen von Cocker gefielen ihm. „Hat Joe Cocker noch was Neues rausgebracht seit *With A Little Help From My Friends*?" Markus schaffte es immer wieder, Guido mit solchen Fragen zu erstaunen. „Schon mal was von *Unchain My Heart* gehört?" Guido stimmt kurz den Refrain an: „*Unchain My Heart*! Dä-dä-däääm".
„Nee, noch nie gehört. Aber Du singst wie eine Kuh, die kalbt, hahaha." Guido wusste, dass Markus die Welt um sich herum ausblenden konnte. Als lebte er wie ein Einsiedler. Bei der letzten Fussball-WM in Mexiko, hatte Markus keine Ahnung, gegen wen Deutschland im Final spielte. Wie konnte einem das entgehen? Das gleiche mit *Unchain My Heart*. „Hörst du nie Radio?"
„Doch. Aber nur Nachrichten."
Sie trinken aus, zahlen und sehen sich nach der nächsten Bar um.

Die Stadt scheint wie ausgestorben an diesem Freitagabend. Sie steuern ins *Vegas*. Zwei Typen in Lederjacken hocken an der Bar. Beide glotzen die Barfrau an. An einem Tisch sitzt eine ältere Frau vor ihrem Café. „Super Stimmung hier." Markus winkt der Barfrau und ruft durchs Lokal: „Bringst du uns zwei Bier, Natalie?"
„Was für ein müdes Kaff! Die Kneipen sind leer und wenn wir was erleben wollen, müssen wir an Konzerte in Basel oder Zürich." So

war es. In ihrer Stadt gibt es nur kleinere Konzerte in Sälen mit bis zu 1000 Leuten. Manchmal spielte dort sogar eine gute Blues- oder Rockband, aber die grossen Namen machten einen Bogen um ihre Stadt.
Nach dem vierten Bier wird Markus' Zunge schwer. Guido hatte kurz Angst, dass Markus plötzlich einnickt. Wäre nicht das erste Mal gewesen. Doch dann sagt dieser zu Guido: „Weißt du was? Ich hätte mal Lust, so... einfach mal abzuhauen. Weg von hier. Mal was anderes kennenlernen."
„Gute Idee. Wohin willst du denn?"
„Was weiss ich? Hauptsache weg. Ans Meer. An die Wärme."
„Ich war mal am Atlantik. War super. Aber für Wärme müsstest du weiter weg", kommentiert Guido trocken. Markus läuft sich warm: „Bei uns geht's immer um Leistung. Immer liefern. Immer schaffen. Erst war'n wir in der Schule. Dort büffelten wir für gute Noten. Dann Internat. Dort wurden wir gedrillt und mussten Französich lernen. Nach dem Internat kam die Ausbildung, drei Jahre später die Lehrabschlussprüfung. Kaum hast du die Prüfung hinter dir, musst du ins Militär. 17 Wochen Militärdienst zu einem Sold von fünf Franken pro Tag. Siebzehn verdammte Wochen fürs Vaterland!" Er haut mit der Faust auf den Tisch. „Und ab jetzt sollen wir arbeiten bis wir 65 sind?"
„Fahr einen Gang runter, Mann. Nimm dir mal einen Monat unbezahlt. Oder gleich drei Monate. Bei uns im Geschäft hat das einer gemacht. Der ist jetzt in Australien am Surfen. In sechs Wochen kommt der nach Hause."
„Ich will aber nicht wieder zurück in den gleichen Trott die ganze Zeit."
„So nimm dir Zeit. Wohin möchtest du denn verreisen?"
„Mal schauen. Nach Kairo? Oder nach Tel Aviv? Oder Südamerika: Brasilien klingt schön. Hauptsache weg."
„Was willst du denn in Kairo? Verstehst du Arabisch? Oder für Südamerika wäre spanisch noch praktisch."
„Besonders für Brasilien, gell."

„Dann halt noch portugiesisch. Das wäre eine gute Idee: Geh reisen. Die Sprache kannst du unterwegs lernen. Das ergibt sich fast von selbst. Das mache ich auf jeden Fall mal. Aber zurzeit hab ich zu wenig Kohle." Sie trinken.

Markus schwankt rüber zur Bar und kommt mit einer Schale Erdnüssen zurück. Er stopft sich eine Handvoll in den Mund. „Einen Guten."

„Was würdest du dir kaufen, wenn du im Lotto eine Million gewinnen würdest?", will Markus wissen.

„Hmm, ich würde nach New York reisen, die Welt entdecken. Ein halbes Jahr nach Hawaii fahren oder mit einem Segelschiff um die Welt segeln. Den Winter über wäre ich in Kanada am Heli-Snowboarden. Und du?"

„Ich würde das Geld gut anlegen. Dann würde ich in ein Land ziehen, wo das Leben fast gratis ist. Dort würde ich bis ans Lebensende in der Matte hängen. Einfach so."

„In Kairo?"

„Klar, wär doch gut. Ich war noch nie dort."

„Ich ginge lieber nach Honolulu."

„Was willst du in Honolulu?"

„Surfen, was sonst. Dann mach doch das. Geh mal für eine Weile nach Kairo."

„Aber ich habe keine Million."

„Dann musst du halt sparen." Guido nimmt einen Schluck Bier, während Markus die letzten Nüsse aus der Schale pickt. Markus setzt zum entscheidenden Schlag an: „Sparen ist was für Spiesser. Ich hab da so eine Idee. Weißt du? Ich werde mal noch ein grosses Ding drehen."

„Aha." Bei gross denkt Guido an grosse Mengen von Stoff. Shit, Piece oder Hasch. „Was willst Du? Mal ein Kilo oder mehr verticken und abhauen?" Markus blickt Guido an, denkt sich: Der hat doch keine Ahnung. Er sagt zu Guido, als wäre er sein Lehrling: „Was soll ich mit einem Kilo? Das mach ich doch ständig."

Guido hatte von Drogen wenig Ahnung. Er zog zwar dann und wann an einem Joint, konnte sich aber nie merken was das Zeugs kostete. Bezahlte man für ein Gramm einen Zehner oder gab's für einen Zehner zehn Gramm? Er wusste es nicht und es war ihm schnurz. Er hatte noch kaum je einen Joint gebaut. Die um ihn rum waren jeweils schneller mit drehen. Bis er mühsam einen zusammengeklebt hatte, drehte Markus deren drei. Guidos Joints sahen aus, als hätte diese ein Sechsjähriger gebastelt. Markus' Joints waren fast zu schön zum Rauchen.

„Ich werde mal ein grosses Ding drehen. Ich werde es all den Ignoranten zeigen. Ihnen zeigen, dass ich anders kann. Du wirst noch sehen." Guido leert sein Bierglas in einem Zug. „Ja, ja, schon gut. Mach das. Und ich gewinne dafür im Zahlenlotto. Komm, hauen wir ab. Du brauchst frische Luft." Guido springt auf, winkt der Barfrau zum Abschied und wartet draussen. Markus schaut noch ein paar Sekunden in sein leeres Bierglas. Als linste er in ein Kaleidoskop. Dann steht er auf und verlässt das *Vegas*.

# Der Audi 100

Als Guido an dem Abend nach Hause geht, bleibt er noch kurz hängen an Markus' Plänen vom „grossen Ding". Für ihn war das reines Geschwafel. Sie hatten zu viel Bier getrunken. Zudem verband Guido „das Ding" eher mit einem Deal, einem Millionen-Deal. War Markus so dumm, dass er statt mit weichen Drogen, künftig mit harten Sachen dealen wollte? Wohl kaum. Er lässt diesen Gedanken wieder fallen. Markus ist sein Freund aber auch ein Luftikus. Oft faselte er von Dingen, die er nie tat. Markus wollte schon so manches: Gleitschirmfliegen lernen oder um die Welt reisen oder sich endlich ein eigenes Auto kaufen. Nichts von dem setzte er um. Guido war das egal. Er wusste, dass Markus viel träumte und manchmal in einer Scheinwelt zu leben schien.

Autos waren so eine Sache. Markus hatte lange kein eigenes Auto. Umso mehr liebte er es, mit dem Audi 100 seines Vaters anzugeben. Wenn der Vater gewusst hätte, wie Markus den Audi drückte. Unter „drücken" meinte Markus das Gaspedal. Laut ihm, fuhr der Audi wie auf Schienen. Ständig musste er beweisen, wie schnell er diese oder jene Kurve fahren konnte. Jeder andere wäre längst auf die Bremse gestiegen. Markus war überzeugt, dass der Audi am Boden „klebte".

So auch auf einer Fahrt über Land. Es geschah an einem Samstagnachmittag. Die Jungs sassen zu zweit im Wagen. Markus lenkte. Das Ziel war ein Hügel, um oben die Aussicht zu geniessen. Auf der Fahrt dahin schätzte Markus eine Linkskurve falsch ein. Er fuhr zu schnell. Das Heck brach aus. Der Audi 100 verliess die Schienen und schleuderte. Das Hinterteil schien die hintere Sitzbank zu überholen. Wie ein Kreisel wirbelte der Wagen über die Strasse hinaus, drehte sich um sich selbst und kam mitten auf dem Feld zum Stillstand. „Uhuuu!", schrie Markus. Er trommelte mit den Händen aufs Steuerrad,

als feierte er ein geglücktes Manöver. Guido hing mit beiden Händen am Türgriff. Mit den Füssen stemmte er dagegen. Als würde er auf eine unsichtbare Bremse treten.
Das Auto stand auf einem Feld. Keine Beule, sie hatten Glück. Als wäre er ein geübter Rallyefahrer, legte Markus den ersten Gang ein und drückte das Pedal durch. Der Motor heulte, während sich die Räder ins Feld einfrassen. Sie sassen fest. „Leg mal den zweiten Gang ein, du Anfänger!", rief Guido. „Was soll ich mit dem zweiten Gang?!", halste Markus zurück. „Bei Schnee, Glatteis oder Matsch solltest du im zweiten Gang anfahren, wobei dafür ist es jetzt zu spät. Hahaha", sagte Guido trocken. Auch mit dem zweiten Gang blieb das Auto stecken. Die Jungs stiegen aus und begutachteten die im Dreck festgefahrene Karre.

„Erst mal einen rauchen." Markus gab Guido Hasch und Blättchen. Guido setzte sich auf die Kühlerhaube und versuchte einen Joint zu drehen. Sie waren auf einem Feld etwa zwanzig Kilometer ausserhalb der Stadt. Nachdem sie den Joint geraucht hatten, versuchten sie den Audi aus dem Dreck zu stossen. Nach langem Zureden, willigte Markus ein, dass sich Guido ans Steuer setzt. Einerseits schien sich der besser mit rutschigem Terrain auszukennen, andererseits sollte Markus ruhig bei der Drecksarbeit mithelfen.
Markus versuchte zu stossen. Vergeblich. Damit das Auto hinten schwerer wurde, setzte sich Markus in den Kofferraum. Das Auto blieb stehen. Markus warf sich mit hochrotem Kopf und aller Kraft ans Heck. Er schnitt eine Fratze wie ein Gewichtheber, um den Audi aus dem Dreck zu stossen. Ohne Erfolg. Markus' Hosen waren vollgespritzt mit Schlamm und Kuhmist. Bei jedem Versuch spie der Audi eine weitere Dreckfontäne nach hinten. Es rauchte und stank nach verbrannter Kupplung. Sie gaben auf. Aber sie mussten da raus.

Sie schauten um sich. Sie waren in der Pampa gelandet. Was in der Schweiz fast nie vorkommt: weit und breit kein Haus in Sicht. Nicht

mal ein Bauernhaus. Nichts. „Wenn kein Auto kommt, muss einer von uns zu Fuss bis zum nächsten Haus. Oder zu einer Tankstelle und holt Hilfe.“ Sagte Guido.
„Was für Hilfe willst du denn holen?“ fragte Markus schnippisch. „Etwa den Pannendienst?“
„Entweder zieht uns ein Bauer mit einem Traktor raus oder wir rufen jemanden, der das kann.“
„Ich kenne keinen, der uns rausziehen könnte.“
„Marc zum Beispiel. Der hat ein Auto und bestimmt ein Abschleppseil, aber hey! Wir sind sicher 30 Meter weg von der Strasse. Wie soll der uns rausziehen? Das ist unmöglich.“
„Wir brauchen einen Bauer mit einem Traktor. Sonst bleibt der Audi für immer auf dem Feld.“
„Der Bauer freut sich bestimmt.“
„Dann drücken wir dem einen Fünfziger in die Hand, der hilft uns schon.“ Geld war für Markus nie ein Problem.

Nach langem Diskutieren zottelte Markus los. Er ging die Strasse zurück in die Richtung, aus der sie gekommen waren. Nach einer Viertelstunde kam ein Auto. Er hüpfte und winkte wild wie ein Hampelmann. Der Wagen hielt und chauffierte ihn zum nächsten Bauernhof. Der Bauer schimpfte, als er das Auto auf seinem Feld sah: „Wie blöd muss man fahren, um an dieser übersichtlichen Stelle ins Schleudern zu kommen?“ Markus wetterte: „Dieser Audi ist halt ein wenig schneller unterwegs als Ihr Traktor. Wir wären froh, wenn Sie uns gütlich rausziehen könnten. Wir haben schliesslich noch was anderes vor.“
„Ach frech werden auch noch! Du Lümmel, Du!“
Bevor es sich der Bauer anders überlegte, nahm sich Guido Markus zur Seite. Guido redete beruhigend auf den Bauer ein. Markus legte noch einen Fünfziger drauf. Eine halbe Stunde später stand der Audi 100 wieder auf der Strasse. Die Jungs stiegen ein, Markus fuhr für einmal sachte los. Der Bauer schüttelte den Kopf und fluchte leise vor sich hin, als die Jungs Richtung Stockhöchilauenen davonfuhren.

Zwei Monate später fuhr Markus den Audi zu Schrott. Es passierte auf einem Ausflug in den Jura. Markus fuhr, als sein Beifahrer rief und nach links zeigte: „Schau mal dort oben diese Burg, fahren wir dort hin.“ Markus nahm die Anweisung wörtlich, riss das Steuer rum. Sie prallten mit einem korrekt entgegenkommenden Auto zusammen. Verletzt wurde zum Glück niemand, doch der Audi 100 erlitt Totalschaden. Danach kaufte Markus‘ Vater ihm einen Gebrauchtwagen, einen gelben Volvo 440. Der war langsamer.
Markus sagte später lapidar, der Volvo sei seine Rettung gewesen. Davor sei er immer wie eine gesengte Sau gefahren.

# Andreas

Seit Markus die Berufsschule abgeschlossen hatte, hat er keinen Kontakt mehr mit den Schülern seiner Klasse. Bis auf einen: Mit Andreas trifft er sich regelmässig alle paar Monate.

In der Berufsschule sassen sie drei Jahre zusammen in derselben Klasse. Andreas sagte nie viel. Er war ein Träumer. Seine kaufmännische Ausbildung machte er bei einem grossen Detailhändler für Elektrogeräte. Bei Radio TV Flückiger. Die Ausbildung und die Arbeit langweilten ihn. Er hatte Grösseres vor, wollte Pilot werden. Pilot konnte er erst lernen, nachdem er seine Lehre abgeschlossen hatte. Zudem benötigte er Berufserfahrung.
In seiner Freizeit verbrachte er Stunden mit seinen Modellflugzeugen. Er lötete, klebte und bemalte seine Flieger. Zuerst Segelflieger, später einmotorige Flieger, die er per Fernsteuerung über den Feldern kreisen liess. Er war ein Bastler. Oft flickte er während Stunden im Kellerraum an seinen Fliegern rum, dabei vergass er die Zeit und die Welt um sich.
Wenn er seine Flieger „ausflog", wie er es nannte, war er am liebsten allein. So musste er niemandem was erklären, keiner stellte dumme Fragen. Er tat, was er am liebsten tat: Er flog.
Mit Markus hatte er sich in der Berufsschule langsam angefreundet. Einmal fragte Markus ihn, was er am Wochenende so treibe. Er antwortete, dass er fliegen gehe. Markus wollte darauf alles über sein Hobby wissen. Schliesslich nahm er ihn mit. Sie fuhren auf einen Hügel. Er zeigte Markus welche Flieger bei starkem oder wenig Wind am besten geeignet waren. Andreas liess seinen neusten Segelflieger steigen. Der Modellflieger hatte eine Spannweite von zwei Meter zwanzig. Wenn der Flieger hoch oben schwebte, konnte man ihn kaum von einem echten Segelflieger unterscheiden, so gross war er.

Markus war beeindruckt von den Fliegern. Auch wie ruhig Andreas auf diesem Hügel stand, wie er mit sachten Fingerbewegungen seinen Flieger kreisen liess. Andreas strahlte auf ihn eine Ruhe aus, wie ein Fischer, der am Wasser seinen Zapfen beobachtet. Sie standen im Gras und schauten stumm dem Segelflugzeug zu.

Sie wurden Freunde. Trafen sich auch mal an berufschulfreien Tagen auf ein Bier, oder sie gingen ins Kino. Andreas kannte den Rest von Markus' Freunden nicht. Sie sahen sich stets zu zweit.

$$$

An einem Samstag treffen sich die beiden in der Stadt. Andreas hatte sich auf das Treffen gefreut. Neben Markus hatte er keine weiteren Freunde. Er hatte seine Flugzeuge, das reichte ihm.

Andreas ist selten in der Stadt. Er wohnt auf dem Land, ist kein Stadtmensch. Wenn er sich wie jetzt, mit Markus in der Stadt trifft, war er ein klein wenig aufgeregt. Sie sitzen in einem Tearoom als Markus sagt: „Ich brauche noch neue Schuhe." Andreas blickt ihn lange an. Denkt sich, warum will der bloss Schuhe kaufen? Jetzt wo wir uns endlich mal sehen. „Aha. Schuhe willst du kaufen? Warum ausgerechnet jetzt?" Er hat keine Lust Markus beim Schuhe kaufen zu begleiten.
„Ach komm. Ich hatte das vergessen. Keine Panik, das geht bei mir zügig. Ich zeig dir, wie ich das mache."
„Wie du meinst." Gibt Andreas klein bei. Er sollte gleich sehen, wie sich Markus Schuhe „kauft".
Eine Quergasse weiter, treten sie ein ins Schuhgeschäft.
Markus probiert verschiedene Schuhe bis er den passenden gefunden hat. Er fragt die Verkäuferin überfreundlich nach dem rechten Schuh. Sie bringt ihm den. Er zieht beide an. Läuft ein wenig im Laden umher. Passt. Er probiert noch einen anderen Schuh. Und noch einen. Andreas schaut sich derweil im Laden um. Er trägt meistens

Turnschuhe. Höchstens im Winter gegen die Kälte nimmt er ein wärmeres Paar aus dem Schrank. Insgesamt besitzt er vier Paar Schuhe. Er bestaunt aus braunem Leder gefertigte Cowboyboots, als ihm Markus signalisiert, er sei fertig.
Markus zieht wieder seine eigenen Schuhe an. Nimmt das neue Paar in die Hand, begiebt sich zur Kasse. Wie ein Kunde, der nicht fündig geworden ist, spaziert er an der Kasse vorbei. Noch drei Schritte bis zur Schiebetür. Schon sind sie draussen. Andreas wundert sich: „Ich dachte du wolltest die Schuhe kaufen."
„Hab ich doch." Markus lacht. In der Hand hält er seine eben geklauten Schuhe.

„Echt? Sonst noch alles klar bei dir? Spinnst du? Wie viel verdienst du jeden Monat auf der Bank? Und du klaust ein Paar Schuhe für..."
„74 Franken und 70 Rappen." triumphiert Markus: „Das Geld ist mir egal. Es geht ums Prinzip. Je offensichtlicher man klaut, desto weniger fällt es auf. Hast du doch gesehen! Nicht mal du hast es bemerkt!"
„Logisch, wie sollte ich auch! Es rechnet keiner damit, dass..."
„EBEN! Das ist es ja. Warum soll ich 75 Franken bezahlen, wenn ich die Schuhe mir nichts, dir nichts aus dem Laden tragen kann?"
„Machst du das immer so?"
„Nein, was denkst du."
„Also ich wär für sowas zu wenig mutig." Andreas ist beeindruckt von Markus' Chuzpe. Er hätte nie gedacht, dass Markus stiehlt. Er fand stehlen etwas Schlechtes. Aber trotzdem. Er sah in ihm bisher einen ehrlichen Zeitgenossen. Er arbeitet schliesslich auf einer Bank. Nie hätte er ihm eine solche Tat zugetraut. Gerade deswegen war er überrascht und erschrocken zugleich. Manchmal wünschte sich Andreas er hätte auch den Mut, mal was Besonderes zu tun. Mal aus der Haut rauszufahren, dass später alle sagen würden: „Wow! Hast du Andreas gesehen? Wer hätte das gedacht? Der hat's aber faustdick hinter den Ohren." Doch er blieb still. Oder schlimmer: Er war unsichtbar. Keiner bemerkte ihn. Bei Markus war das anders. Der sass brav am Schalter,

Krawatte umgebunden und gab den seriösen Bankangestellten. Kaum war er draussen, schlug er über die Stränge. Andreas bewunderte ihn dafür, liess es sich jedoch nicht anmerken.
„Und was wäre, wenn dich jemand dabei erwischt hätte?"
„Da müssen sie früher aufstehen. Hast es ja gesehen. War ein Kinderspiel."
„Ich sag dir was: Das kommt alles auf dich zurück. Wenn du klaust, so wirst auch du früher oder später beklaut."
„Frei nach Buddha, oder wie? Und wie soll es auf mich zurückkommen?"
„Du wirst sehen! Vielleicht bricht einer in deine Wohnung ein. Was weiss ich."
Markus wollte das Gespräch abbrechen, als plötzlich Rashid dazu kommt. „Hey Markus, alles klar?" Rashid trägt beige Leinenhosen, dazu ein weisses Hemd. In der linken Hand hält er eine Sonnenbrille. Wie ein Tourist auf einem Kreuzfahrtschiff, denkt sich Markus. Sie schütteln sich die Hand. Markus stellt die beiden einander vor. Rashid zeigt sich interessiert und stürzt sich auf Andreas: „Hallo Andreas, du kommst mir bekannt vor. Wir haben uns auf jeden Fall schon mal gesehen."
Was soll Andreas ihm antworten? Er ist sicher, dass er diesen Rashid noch nie gesehen hat. Wie sollte er so einen vergessen. Wie der da steht mit schwarz glänzendem Haar, schick gekleidet und einem Colgate-Lachen. Nee, den sah er zum ersten Mal. Das konnte er ihm kaum ins Gesicht sagen. Also stammelte er: „Kann sein. Keine Ahnung, wo wir uns gesehen haben."
Rashid überhörte Andreas' Antwort. Er spielt mit seiner Sonnenbrille in der Hand, hält die Brille am Bügel und lässt sie wie einen Helikopter um die Hand Kreisen. Rashid wendet sich an Markus: „Markus, sehe ich dich nachher noch?"
„Ein andermal. Bin noch verabredet", antwortet Markus. „Mit wem?"
„Das ist privat. Also du, wir wollten eh grad weiter. Dir noch ein schönes Wochenende."

Andreas ist ein wenig irritiert, schaut stumm zu. Rashid jedoch hat begriffen, dass er unerwünscht ist. Es kam schon häufiger vor, dass ihm Markus zu verstehen gab, dass er lediglich sein Kiff-Kumpan war. Das reichte. Sie verabschieden sich.
Dass Markus dealte, war Andreas unbekannt. So sollte es bleiben.

$$$

Kurz darauf sitzen Markus und Andreas auf der Piazza. Sobald die ersten Sonnenstrahlen auf den Beton brennen, scheint sich die Stadt in eine mediterrane Küstenstadt zu verwandeln. Tische, Stühle und Sonnenschirme werden rausgestellt. Alle wollen draussen sitzen. Leute mit Sonnenbrillen auf den Nasen trinken Kaffee und lesen Zeitung.

Andreas hat einen Eistee und ein Stück Aprikosenkuchen bestellt. Markus nippt an einem Glas Fendant.
„Was war denn das für einer?"
„Du meinst Rashid der Marokki[3]? Der ist gar nicht so schlimm wie er aussieht. Bisschen überdreht der Typ, aber eigentlich ein netter Kerl."
Markus wechselt das Thema: „Wie läuft's bei dir im Job?"
„Ich hab gewechselt. Ich wollte weg vom Lehrbetrieb. Dort war ich auch nach der Abschlussprüfung immer der ehemalige Lehrling. Ich arbeite jetzt bei den Bundesbahnen. Es gefällt mir gut."
„Du wolltest doch Pilot werden?" Andreas hatte auf diese Frage gehofft. Endlich kann er Markus davon erzählen:
„Bin auf dem besten Weg dazu! Ich nehme seit drei Monaten Flugstunden. Bin sogar schon selbst geflogen. Ist fast wie das Modellfliegen. Als ich das erste Mal über unseren Wohnort geflogen bin, ich sag dir. Das war ein unbeschreibliches Gefühl." Markus hält ihm die

3 Marokki: Abschätzige Bezeichnung für einen Marokkaner

Hand hin für Gimme Five. Andreas reagiert nicht. „Komm. Schlag ein! Gratuliere! Der erste Schritt Richtung Swissair Pilot hast du hinter dir. Wann nimmst du mich mal auf einen Flug mit?"
„Das dauert noch eine Weile. Zurzeit darf ich nur mit meinem Fluglehrer fliegen. Wenn es soweit ist, wirst du mein erster Gast sein. Versprochen. Und bei dir? Immer noch auf der Bank?"
„Bin noch keinen Schritt weiter. Einerseits ist es leicht verdientes Geld. Morgens rein in die Bank. Kontonummern eingeben, Geld auszahlen und abends raus. Keine Ahnung, wie lange ich das noch mache. Dieser Job ist so langweilig. Ich hab da so meine Pläne für die Zukunft."
„Was denn?"
Markus überlegt kurz: „Es ist noch zu früh, um darüber zu sprechen. Aber ich bin an was dran. Ich hab da so eine Idee und gut, dass du fragst. Ich brauche noch jemanden, dem ich vertrauen kann. Und dir kann ich doch vertrauen, oder?"
„Logisch."
Bei Andreas musste er aufpassen. Schritt für Schritt musste er sich an ihn rantasten. Andreas passte gut in seinen Plan. Er war loyal, verschwiegen und behielt stets einen klaren Kopf. Einen unverdächtigeren Typen konnte er sich gar nicht vorstellen.

# Rashid

Markus hatte sich bereits während der Lehre überlegt, wie er über die Bank an das schnelle Geld gelangen könnte. Vom Moment an, als er täglich tausende Franken in den Händen hielt, heftete sich das in seinem Kopf fest. Wie Nebelschwaden hing dieser Gedanke bei seiner Arbeit über ihm. Stets wenn er am Schalter arbeitete, fragte er sich, wie er davon etwas abzweigen könnte.
Während der Ausbildung arbeitete er meistens auf dem Hauptsitz der Bank. Dort wurden über 30 Angestellte beschäftigt. Es gab mehrere Schalter, Kundenberater, Leute im Büro, die den Papierkram erledigten. Im Büro hatte er keinen direkten Kontakt mehr mit Banknoten. Da sah er keine Chance an das grosse Geld zu gelangen und die Idee vom Raub flaute ab. Aber sie liess ihn nie los. Wenn täglich Geld durch seine Finger floss, musste es einen Weg geben, an die Kohle zu kommen.

Mit Rashid hatte er bereits darüber gesprochen. Es war einer dieser Abende, an dem sie sich mit Bier und Cannabis weggeschossen hatten. Markus hatte vergessen, was er Rashid von seinem Plan erzählt hatte. Hatten sie nur grob darüber gesprochen oder hatte er ihm Details gesagt? Er beschloss Rashid auszuhorchen und es ihm auszureden.

Er traf sich mit Rashid auf der Szene. Wenn sich Fussballfans zum Spiel treffen, trinken sie Bier. Wenn sich Markus und Rashid auf der Szene sehen, rauchen sie einen Joint. Markus begrüsst Rashid mit den Worten: „Na, was läuft so im fernen Marokko?"
„Hey Markus, wie geht's? Du weißt doch, dass ich fast nie nach Marokko fahre. Mir gefällts gut in der Schweiz. Hier funktioniert alles, sogar die Sonne scheint ab und zu. Was soll ich in Marokko?"

„War nur so ne Frage. Wie geht's auf der Arbeit? Immer noch in der Malerei?"
„Markus, was ist mit dir? Klar arbeite ich immer noch in der Malerei. Viel mehr kann ich nicht. Ich kann gut dealen und malen. Wie es sich für einen braven Bürger gehört, hab ich mich fürs Malen entschieden. Und bei dir auf der Bank?"
„Ach frag nicht. Immer dasselbe. Hier nimm einen Zug." Markus hält ihm den eben angerauchten Joint hin.
„Wollen wir noch auf ein Bier ins *Twelve O'Clock*?"
„Du lädst mich ein? Markus! Klar bin ich dabei."
Rashid hängt ihm den Arm über die Schulter. Er zieht ihn zu sich ran. Sie trotten ein paar Schritte Arm in Arm. Darauf löst sich Markus aus der Umarmung.
Im *Twelve O'Clock* setzen sie sich an einen Zweiertisch und bestellen Flaschenbier. Markus kommt direkt auf das Thema zu sprechen:
„Wir haben doch neulich mal bei mir in der Loge über diese Banksache gesprochen. Weißt du noch?"
„Du meinst den Plan, wie du auf der Bank eine Million abzweigen kannst?"
„Genau."
„Und, was ist damit? Markus, machst du es jetzt endlich?"
„Ich hab mir das noch mal überlegt. Es hat keinen Sinn. Ich komme an zu wenig Geld ran. Ich komme maximal an 400'000 Franken."
„400'000 in bar? Das reicht doch, damit können wir ein gutes Leben führen."
„Was heisst wir?"
„Na wer wohl Markus? Natürlich du und ich. 400'000 reichen auf jeden Fall."
„Mir ist das Risiko zu gross. Die Sache ist mir zu heiss."
Rashid beginnt zu lachen. Eigentlich lacht er immer. Nun prustet er los, als sässe er in einer Comedy Show. „Was lachst du so doof?"
„Markus, hast du denn gedacht, dass ich dir das abkaufe? Mir war doch klar, dass du einen Rückzieher machst. Hör mal: Mit ein paar

Gramm Shit dealen, ist eine Sache. Aber eine Bank ausrauben! Dafür braucht's mehr." Rashid greift sich mit der Hand zwischen die Beine. „Markus, ich wusste doch, dass du nur Spass machst."
Markus nickt. Er trinkt aus seiner Bierflasche und scheint abwesend. Für ihn war das keine dumme Kiffer Fantasie. Es war ihm ernst. Der Herr Rashid zweifelt an ihm? Wir werden noch sehen. Rashid blickt ihn an, er setzt ein Elvis Presley Grinsen auf: „Aber hey Markus, was wollen wir mehr? 400'000 Franken wären doch genug."
„Vergiss es! Für lumpige 400'000 lohnt sich das Risiko nicht."
„Stell dir vor, wie man von 400'000 Franken leben könnte. Ich weiss, was wir damit anstellen könnten. Markus, wir könnten in Marokko am Meer ein Hotel kaufen. Dann sind wir dort und leben vom Geld welches uns die Hotelgäste bringen."
„Hast du noch Verwandte in Marokko?"
„Klar hab ich Verwandte. Überall im Land verstreut. Ein Onkel von mir lebt in Safi. Direkt am Meer. Dort könnten wir ein Hotel kaufen. Markus, überleg mal! Wir zwei als Hotelbesitzer. Die Angestellten sind billig. Es ist schön warm und wir haben genug Gras zum Rauchen."
„Gar keine üble Idee mit dem Hotel. Was denkst du, was so ein Hotel kostet?"
„Keine Ahnung. In Marokko ist alles billig. Ein Stück Land und ein Haus kriegst du dort für fast nichts."
„Wir brauchen trotzdem mehr als 400'000 Franken."
„Dann musst du dir etwas überlegen. Markus, du bist der Banker."

$$$

Rashid zweifelte, wie ernst es Markus mit der Geschichte war. Markus war intelligent, das war ihm klar, schliesslich arbeitet er auf einer Bank. Aber, war er auch mutig genug diesen Schritt zu wagen? Hätte Rashid diese Chance, er hätte schon lange zugeschlagen. Leider kam er nicht ans grosse Geld ran. Dafür hatte er Markus.

Rashids Vater kam früh mit ihm in die Schweiz. Der Vater Marokkaner, seine Mutter aus Finnland. Da seine Mutter damals eine Arbeitsstelle in Basel hatte, verliessen sie Marokko und zogen in die Schweiz. Zu Beginn mochte Rashid die Schweiz nicht. Bis er fünf war, lebte er mit seinen Eltern und seiner Schwester in der Nähe von Tétouan. Ein kleiner Ort an der marokkanischen Mittelmeerküste. Es gefiel ihm dort. Er konnte raus und mit seinen Jungs spielen, wann er wollte. Kaum lebte er in der Schweiz, ging das nicht mehr. Sie lebten in der Stadt. Er musste aufpassen, wohnte an einer Strasse mit viel Verkehr. Zudem verstand er kein Wort Deutsch. Bis fünf sprach er nur Arabisch. In der Schweiz musste er diesen komischen schweizerischen Dialekt lernen. Er hasste die Schweiz, hasste die Sprache und die Kälte.

Als Kind sträubte er sich anfangs gegen alles. Er wollte zu Hause bleiben. Wozu sollte er in die Schule? Er wollte nicht mehr raus. Seinen Eltern war das mit der Zeit egal. Auch sie hatten Mühe mit der Sprache. Die Mutter arbeitete auf einer Versicherung. Der Vater kellnerte in einem Restaurant. Rashid sass oft mit seiner jüngeren Schwester allein zu Hause. Fernsehen schaute er kaum, zu fremd war ihm diese Sprache. In der Schule strengte er sich an. Er musste diese fremde Sprache lernen. Er gab sich Mühe, machte Fortschritte. Mit dem Dialekt ging's einigermassen, schwierig war die Schriftsprache. Seine Noten waren schlecht. Das blieb so bis in die letzte Klasse. Von der Schule hatte er genug. So begann Rashid eine Lehre als Maler, doch er hatte auch in der Lehre Mühe. Rashid kam oft zu spät zur Arbeit, in der Berufsschule gehörte er zu den schlechtesten. Nach der Schule sassen sie rum, bald begann er zu kiffen. Anfangs nur nach, bald auch während der Arbeit. Er vergass Dinge auf der Arbeit, erschien zu spät oder gar nicht. Zum Eklat kam es, als Rashid seinen Chef beklaute.

Eines Nachmittags beobachtete Rashid, wie sein Chef Geld in Briefumschläge abpackte. Es waren rund 15'000 Franken. Rashid sah, wie er die Umschläge in einer Schublade seines Pults einschloss.

Rashid arbeitete an dem Abend absichtlich länger. Bevor er nach Hause ging, öffnete er ein Fenster auf der Toilette. In der Nacht stieg er durch dieses Fenster ein. Mit einem Brecheisen öffnete er die Schublade und nahm die Umschläge mit dem Geld. Der Verdacht fiel sofort auf ihn. Er wurde verhaftet und zu einer bedingten Gefängnisstrafe verurteilt. Seine Lehrstelle war er los. Nicht einmal ein Jahr hatte er dort gearbeitet.

Rashid war das schnuppe. Er hatte in der Zwischenzeit angefangen zu dealen. Wie die meisten ging es ihm erst darum, seinen eigenen Konsum zu finanzieren. Bald merkte er, dass er damit mehr Geld verdienen konnte als ein Malerlehrling. Er zog von zu Hause aus, mietete sich eine kleine Wohnung. Mit dem Dealen verdiente er im Monat zwischen 3000 und 5000 Franken. Das war ein Haufen Geld. Er begann sich teure und schicke Kleider zu kaufen. Es lief gut. Rashid wollte hoch hinaus. Nachdem er eine Weile mit Hasch gedealt hatte, kam Kokain. Hasch war Schulbubenzeugs, Koks war was für Erwachsene. So sah er sich. Er war nun Erwachsen. Er liebte es, das weisse Pulver die Nase hoch zu ziehen. Der Rausch gab ihm Kraft, Selbstvertrauen, er fühlte sich als jemanden. Endlich war er angekommen in der reichen Schweiz. Der Handel mit Kokain war lukrativ. Er verdiente bald doppelt so viel wie mit Hasch. Er versuchte stets noch einen draufzusetzen. Noch einen grösseren Deal eingehen, noch mehr Risiko zu nehmen. Das endete, als die Polizei den Händlerring aufdeckte. Seine Händlerkumpane hatten das Kokain aus Italien in die Schweiz geschmuggelt. Der Stoff war in Lederjacken eingenäht an eine Kleiderboutique geschickt worden. Von dort wurde es an die Dealer verteilt.
Rashid war nur ein kleiner Fisch in diesem Kokain Ring. Er hatte kiloweise verkauft, aber auch nasenweise selbst geschnupft. Der Richter war streng. Ein vorbestrafter Junge mit marokkanischem Pass, keine abgeschlossene Lehre, keine Arbeit. Rashid wanderte für achtzehn Monate ins Gefängnis. Da war er 19.

Im Gefängnis fasste er den Entschluss, es nochmals mit einer Lehre zu versuchen. Dank der Hilfe von Staat, Bewährungshelfern und Sozialarbeitern konnte ein Malerbetrieb gefunden werden, der ihm eine zweite Chance bot.
Mit zwanzig war Rashid raus aus dem Knast und bereit für ein neues Leben.

$$$

Er schloss die Lehre ab und fand eine Stelle in einem Malergeschäft. Vom verdienten Geld konnte er leben, das reichte ihm. Im Gefängnis hatte er sich vorgenommen, nie mehr zu dealen. Er wollte kein zweites Mal in den Knast. Kiffen gehörte für ihn dazu. Für viele Jugendliche war es das Normalste der Welt, den Feierabend mit einem Joint einzuläuten. Auch für Rashid. Wie andere ein Bier trinken, rollt er sich seinen Joint. Als er Markus das erste Mal auf der Szene sah, war der ihm sofort sympathisch. Kein typischer Dealer. Kein versiffter Freak mit zottigen Haaren. Markus schien gebildet, gepflegt und gut angezogen. Zudem strahlte er auf ihn etwas kindlich-unschuldiges aus. Nach dem ersten Joint wusste Rashid, das ist mein Dealer.
Er bewunderte Markus für seine korrekte, zuverlässige Seite. Rashid ahnte, dass sich Markus auf der Szene eine goldene Nase verdiente. Er fragte ihn mal, warum er noch auf der Bank arbeite. Er verdiene mit dem Hasch genug Geld. „Das gehört sich so", antwortete ihm Markus. Rashid verstand nicht, was sich wie gehörte. Für ihn war klar, wenn er mit einem Job genug verdiente, wozu noch einen zweiten Job? Nun kam Markus plötzlich mit der Idee auf der Bank Geld zu klauen. Rashid fand das ein lustiges Hirngespinst. Zu schön, um wahr zu sein.

Wenn Rashid daran dachte, was er mit einer Million Franken anstellen könnte. Ihm kamen Maseratis, teure Hotels, Frauen, Drogen und elegante Kleider in den Sinn. Heute zieht er sich an, als hätte er Geld.

Bald wird er Geld haben. Statt sich als Maler abzurackern, würde er lieber von der Million leben. Endlich hatte er eine Perspektive, er musste Markus dazu bringen, das durchzuziehen.

$$$

Markus fährt nach dem Treffen mit Rashid in seine Wohnung. Dort setzt er sich ans offene Fenster, blickt runter auf die Strasse, holt sich ein Bier aus dem Kühlschrank und denkt nach. Sollte er das Ding allein durchziehen oder mit Rashid? Mit Rashid konnte er später in Marokko ein Hotel kaufen. Das war mal was, das klang gar nicht schlecht. Er kannte sonst niemanden ausserhalb der Schweiz. Wo sollte er denn hin mit all dem Geld? Die Idee mit dem Hotel am Meer gefiel ihm. Das war das fehlende Puzzleteil, welches ihn nun plötzlich anlacht. Dann hätte er alles zusammen.
Guido und Andreas werden ihm einen Gefallen tun. Die hatte er Rashid gegenüber nur beim ersten Treffen erwähnt. Rashid hatte das bestimmt vergessen. Und wenn schon. Wo die beiden das Geld verstecken, wird Rashid nie erfahren. Markus plant nochmals alles durch. Alle sind in Position und warten auf ihn. Bald geht's los.

# Das Konzert

Markus, Guido und seine Clique fahren nach Zürich ans Konzert. Seit Wochen haben sie auf den Termin hin gefiebert. Joe Cocker spielt im ausverkauften Hardturm Stadion. Sie freuen sich auf ein Open-Air-Konzert mit einer zünftigen Ladung Rock und Blues. Sie fahren mit dem Reisebus nach Zürich. So können sie feiern bis sie umfallen. Keiner muss sich nach dem Konzert ans Steuer setzen. Je näher sie kommen, umso dichter wird der Verkehr. Während sie im Stau stehen, beobachtet Markus all die Autos mit Konzertbesuchern. Viele haben ihre Tickets hinten auf die Hutablage oder hinter die Frontscheibe gelegt. Durch die Scheiben hindurch winken sich die Jugendlichen zu. Im Stau setzen sich einige Beifahrer ins offene Fenster. Füsse auf den Sitz, eine Hand auf dem Autodach. Mit der anderen schwenken sie ihr Ticket wie eine Fahne. Kaum hat einer damit angefangen, sitzen plötzlich viele im offenen Fenster. Die Autos werden zu Cabrios umfunktioniert. Ein extrem Mutiger klettert vorne auf die Kühlerhaube eines *Datsun Cherry*. Er setzt sich knapp vor die Frontscheibe, mit den Händen hält er sich rücklings an den Scheibenwischern. Abwechselnd hält er ein Bein hoch. Mal links, mal rechts. Aus dem Autoradio dröhnt die Filmmusik zu Hair. Der Konvoi bewegt sich im Schritttempo über die Autobahn. Die Vorfreude ist riesig.

Markus hat als Einziger noch kein Ticket. Er nimmt das locker: „Ich kaufe mir mein Ticket direkt vor dem Stadion. Bei jedem Konzert gibt's schliesslich einen Schwarzmarkt. Das wird easy." Keiner reagiert darauf. Die Bande ist am Vorglühen. Sie trinken sich in Laune und essen Snacks aus der Tüte. Markus denkt sich, wartet nur, euch zeig ich gleich wie das läuft.

Der Bus lädt sie eine Viertelstunde Fussmarsch vom Stadion ab. Die Strassen sind für den Verkehr gesperrt. Aus allen Gassen strömen

Konzertbesucher Richtung Stadion. Junge Leute in Shorts und T-Shirt, unterwegs mit einer Flasche in der Hand. Sie trinken, johlen, verbrüdern sich. Markus und Guido haben sich eine Flasche Bacardi gekauft, den sie mit Cola mischen. Je näher sie dem Stadion kommen, umso mehr steigt ihre Konzertlaune. Markus beobachtet vier Mädchen, die Mädchen haben sich die Arme über die Schultern eingehakt. Singend trotten sie im Schritt, die vier wanken. Die eine nimmt einen Schluck aus einer Flasche Frizzante, sie reicht die Flasche weiter. Alle nippen dran. Zum Anbeissen, denkt sich Markus. Leider traut er sich nicht die Mädchen anzusprechen. Er nimmt einen Schluck Bacardi-Cola und zieht diese Stimmung in sich rein.
Die Strasse gehört ihnen. Es ist Sommer in der Zürcher City. Das Partyvolk freut sich auf das Konzert und feiert. Alle sind friedlich. Nie mehr an diesem Abend, wird die Freude so ausgelassen sein wie jetzt. Markus stellt sich vor, sie pilgerten ans Woodstock Festival.

Auf dem Weg zum Stadion steht alle zehn Meter ein Tickethändler. Es hat genug Tickets, Markus zögert nicht: Beim erstbesten Ticketverkäufer fragt er nach dem Preis. Der verlangt 200 Franken. Wie ein Gangster greift Markus in seine Hosentasche und zieht ein Bündel Noten raus. Guido steht daneben, ihm fallen fast die Augen aus dem Kopf. Markus hält eine Rolle mit etwa zehn Hundertern in der Hand. Er blättert lässig zwei Hunderternoten ab. „Hier.", er streckt sie dem Dealer hin. Der zaudert keine Sekunde, reicht Markus sein Ticket: „Deal." Guido und der Rest der Clique bleiben stehen und staunen. Guido schnauzt ihn an: „Sag mal spinnst du? Warum bezahlst du dem 200 Franken? Es hatte schon vorher einen der nur 50 verlangte..." Im Vorverkauf kostete ein Ticket 32 Franken. Wer geduldig war, fand immer jemanden der sein Ticket zum Originalpreis verkaufte. Jemand, dessen Schwester krank war und ihr Ticket verhökern musste. Solche Leute wollten in der Regel kein Geschäft machen. Die waren froh, dass sie das Ticket los wurden.

Markus war das egal, er ruft zur Clique: „Ach, nerv mich nicht. Ist doch schnuppe. Kommt Leute! Trinken wir noch ein paar Bierchen bevor das Konzert losgeht."
Beim nächsten Restaurant kehrt die Clique ein. Sie setzen sich auf die Terrasse und blicken auf die Pilgermasse. Sie bestellen Bier, trinken und bestellen mehr. Als sie zahlen müssen, sagt einer der Gruppe zu Markus: „Ist ja klar wer bezahlt. Du scheinst die Taschen voller Geld zu haben. Hast vorhin grossspurig ein Bündel Hunderternoten gezückt. Wie wär's mit einer Runde?" Markus will erst noch was erwidern, lässt es aber sein. „Ist mir ein Vergnügen. Nehmen wir noch eine Runde?"
„Wenn schon, denn schon." Sie schütten das Bier in sich rein und sprechen über das bevorstehende Konzert. Markus bezahlt.
Einzig Guido findet dies komisch. Markus war zwar nicht geizig. Aber in solcher Spendierlaune hatte er ihn noch nie erlebt. Was soll's, denkt sich Guido. Hoch die Gläser, erfreuen wir uns ab der Sonne und der einzigartigen Konzertstimmung.

Vom ungezwungenen Strassenfest stürmen sie rein ins nüchterne Fussballstadion. Drinnen verfliegt die aufgeheizte Vorfreude so schnell wie Butter in der Sahara. Auf den Treppen stehen Platzanweiser, die Clique steuert runter auf den Rasen. Alle wollen einen guten Platz mit Blick auf die Bühne ergattern. Besucher, welche bereits seit Stunden auf dem Rasen sitzen, geben keinen Zentimeter Platz frei. Die Clique wird auseinandergerissen, es wird eng. Empörten Mittvierzigern, die am Boden sitzen, geht es gegen den Strich, dass die Jungen einen Platz mit Sicht nach vorne wollen. Markus versucht einem Pärchen zu erklären, auch er hätte ein Recht hier zu stehen. Der Mittvierziger will sich von einem 20-Jährigen nichts sagen lassen. Er schubst Markus zur Seite. Die Stimmung wird aggressiv. Das hatten sie sich anders vorgestellt. Je mehr Konzertfans auf den Stadionrasen drängen, umso ungemütlicher wird es.

Diese ungemütliche Situation beruhigt sich erst, als das Konzert beginnt. Zunächst verstummt die Musik ab Tonband, was mit einem freudigen Pfeifkonzert begleitet wird. Scheinwerfer tauchen die Bühne in blaues Licht. Der Lärmpegel auf den Rängen steigt. Plötzlich ist das Gedränge vorbei. Die Leute, welche am Boden sassen, stehen auf. Endlich gibt es genug Platz für alle. Bei den ersten Takten von *Feelin' Alright* ist alles vergessen. Ein eingängiges Piano-Riff, unterstützt von Bongotrommeln ertönt. Tausende Hände schnellen in die Höhe. Die Meute unten auf dem Rasen klatscht zum Beat. Markus und Guido zünden sich einen Joint an. Sie tanzen, jauchzen, die Party geht weiter.

Das Konzert war gut. Eine Prise Soul, eine Handvoll Schläge Pop vermischt mit Oldies. Joe Cocker schrie sich die Kehle aus dem Leib. Dazu die obligaten Songs des neuen Albums. Es lief wie immer: Vor dem Konzert war die Stimmung am besten. Drinnen klatschte man im Takt, hüpfte ein wenig, sang mit bei *You Can Leave Your Hat On* und grölte nach Zugaben. Nach der Zugabe wankte der Tross zufrieden zum Bus.

Auf der Rückfahrt ist es ruhig. Der Bus hält bei einer Autobahnraststätte. Kurze Pause. Die meisten nutzen dies, um auszutreten. Einige kaufen sich was zu trinken. Guido und der Rest warten vor dem Bus: „Ich fand *Feelin' Alright* am besten. *With A Little Help For My Friends* als Zugabe war auch ok. Dazwischen war's ein wenig lahm. Sagen wir's so. Die alten Songs haben gerockt, das neue Zeugs weniger."
„Aber er spielte doch fast nur Altes." schmunzelt David. Mit David und der Truppe war Guido schon oft an Konzerte gefahren. David war ein wandelndes Musiklexikon. Er kannte sämtliche Songs, wusste welcher Song auf welcher Platte war. Kannte jeden Musiker mit Namen, der auf der Bühne stand. Konnte sagen, dass der Bassist früher bei Eric Clapton gespielt hatte. Oder der Saxophonist bei Bruce Springsteen auf der Bühne stand. David besass zu Hause alle Platten. Nicht

nur die Offiziellen. Er sammelte auch Bootlegs, das sind unerlaubte Aufnahmen von Konzerten. Er wusste bereits im Voraus, mit welchem Stück das Konzert beginnen wird und welches die letzte Zugabe ist. Zudem wusste er stets, welche Bands auf Konzerttour waren.
„Es kamen gleichwohl viele Stücke, die ich nicht kannte. Aber es war trotzdem gut, Cocker ist immer gut. Wo steckt eigentlich Markus?"
David: „Der sitzt drinnen und isst."
Sie blicken durchs Fenster rein ins Selbstbedienungsrestaurant der Raststätte. An einem Tisch sitzt tatsächlich Markus und knabbert an einem Poulet Schenkel. Guido, David und die anderen glotzen rein. Die einen lachen, weil sie die Situation abstrus finden. Die anderen schütteln den Kopf, da sie endlich nach Hause wollen. Markus kriegt nicht mit, dass er beobachtet wird wie in einem Schaufenster. Als er den Schenkel zu Ende gegessen hat, leckt er seine Finger ab, steht auf, schreitet rüber zur Selbstbedienungstheke, nimmt sich ein Lachsbrötchen, holt sich eine Serviette, packt das Lachsbrötchen ein und verlässt die Raststätte. Ganz nach seinem Motto: Je offensichtlicher man stiehlt, desto weniger fällt es auf.
Die Clique gafft durch die Scheibe. Einige nicken, als wollten sie sagen: „Schau an, schau an."
Markus kommt raus: „Was steht ihr denn da wie die Hühner auf der Stange? Habt ihr noch nie jemanden aus einer Raststätte kommen sehen?"
David: „Ich glaube du hast *Selbstbedienung* falsch verstanden."
„Ach, deshalb steht ihr da wie angewurzelt! Ich hatte plötzlich noch Hunger."
David: „Gehst du immer ohne zu bezahlen?"
„Nicht immer. Aber immer öfter. Hahaha. Ihr seid schon wieder am Jammern! Wenn ich dem Ticketdealer ein grosszügiges Trinkgeld gebe, habt ihr was dagegen. Wenn ich mir einen leckeren Poulet Schenkel und ein Lachsbrötchen gratis reinziehe, seid ihr auch am Motzen."
„Den Schenkel hast du nicht bezahlt?"

„Nein, war grad Sonderangebot. Kannst du gerne nachholen. Aber mach gefälligst Tempo, der Bus fährt nächstens ab."
Markus dreht sich um und steigt in den Bus. David schaut Guido fragend an. Der zuckt nur mit den Schultern und grinst.

# Der Plan

Markus bestellt zwei Bier, während er im *Café Vegas* auf Guido wartet. Es ist eine Mischung aus Café und Bar. Hinten an der Wand hängt eine Neonleuchtschrift. Sie hebt sich in mattem pink von der weissen Wand ab. In geschwungenen Lettern steht: *Café Vegas*. Von der Wand daneben blickt James Dean rücklings über die Schulter zur Bar. Die Bar ist eingerichtet wie ein amerikanischer Diner, nur zu essen gibt es nichts.
Die Leute, die hier verkehren sind ein wenig älter als die beiden. Im *Vegas* trinken Schnauzträger ihr Bier. Männer, die zu alt sind fürs Pub, aber noch zu jung für einen Stripperladen.

Markus und Guido treffen sich regelmässig im *Vegas*. Die Frau an der Bar ist hübsch. Unerreichbar für die zwei, umso toller sich von ihr ein Bier an den Tisch servieren zu lassen.
Vor jedem steht ein Bier. Markus platzt direkt heraus: „Kannst du mir einen Gefallen tun?" Guido hebt sein Glas: „Prost! Klar, solange ich für dich keine Drogen schmuggeln muss... kein Problem. Um was geht's denn?"
„Um das Ding, von dem ich dir erzählt habe." Guido schluckt leer. Sein Puls beschleunigt sich. „Ich werde in unserer Bank den Tresor leeren und abhauen."
„Ach, hör doch auf! Du machst Witze." Guido schüttelt ungläubig den Kopf.
„Kein Witz. Ich hab mir das gut überlegt. Ich brauche jemanden dem ich vertrauen kann. Und das bist du."
„???"
„Ich werde das tun. Ich bin stellvertretender Filialleiter, hab ich dir schon erzählt. Wenn unser Filialleiter im Urlaub ist, muss ich den Geldautomaten mit Noten auffüllen. Dafür ist sonst der Filialleiter

zuständig. Da ich ihn vertrete, ist das jetzt mein Job. Es ist so einfach. Am Freitagabend stecke ich das Geld statt in den Geldautomaten in meine Tasche, verlasse die Bank und haue ab."
„Spinnst du? Was willst du? Mit einer Million in die Karibik? Und danach?" Guido tut, als glaube er ihm kein Wort. Dennoch hat er das Gefühl, dass Markus es ernst meinen könnte. Er denkt an Markus' Auftritt beim Konzert.

„Es läuft anders. Ich gehe nicht mit dem gesamten Zaster in die Karibik. Nein, ich lasse das Geld hier. Und dafür brauche ich dich."
„Ich will die Kohle nicht. Vergiss es."
„Hör mir zu. Ich komme mit dem Geld zu dir und wir verstecken es. Wir verstecken es bei dir auf dem Dachboden. Ich setze mich ins Ausland ab, nehme mir ein Hotel, liege in der Sonne. Nach einem Jahr oder so, komme ich zurück und stelle mich der Polizei."
„Super Plan, gratuliere!" Guido sieht in ungläubig an. Er tippt mit dem Finger an seine Schläfe: „Erst raubst du die Bank aus, versteckst die Kohle und dann stellst du dich? Einen grösseren Mist hab ich noch nie gehört."
„Haha. Neinneinnein. Nicht ganz." Markus grinst überlegen. Als hätte er die Weisheit mit dem berühmten Löffel gefressen, denkt sich Guido. Markus beugt sich über den Tisch zu ihm: „Ich stelle mich und sage der Polizei, ich hätte die Kohle verjubelt oder sie sei mir geklaut worden. Da ich geständig bin und nicht vorbestraft, werde ich verurteilt zu sagen wir mal zwei Jahren Knast. Nach guter Führung komme ich nach 15 Monaten raus und bin ein freier Mensch. Und DANN! DANN! hole ich mir die Kohle und mache mir ein schönes Leben." Er nimmt sein Bier und trinkt. Er hört gar nicht mehr auf zu trinken. Als wollte er damit zeigen, wie schlau sein Plan ist.

„Wozu brauchst du mich dazu?"
„Während ich weg bin und wenn ich im Knast sitze, wartet das Geld in Ruhe bei dir auf dem Dachboden. Niemand wird darauf kommen."

Sagt er in einer Überzeugung als hätte er soeben den Frieden zwischen Israelis und Palästinensern ausgehandelt. „Hmmmm." Jetzt trinkt Guido von seinem Bier. Es schmeckt wässrig, denkt er. Als hätte jemand das Bier mit Wasser verdünnt. „Und ich habe nichts mit dem Bankraub zu tun?"

„Du bist nur ein Statist! Ich übergebe dir das Geld und du versteckst es auf dem Dachboden. Irgendwo unter dem Gerümpel. Niemand wird das je erfahren. Ich halte dich aus der Sache raus."

„Hmmm." Guido versucht den Bierdeckel mit Zeige-, Mittel- und Ringfinger zu drehen. Er nimmt seine zweite Hand zu Hilfe. Er dreht den Bierdeckel langsam wie das Schaufelrad eines Dampfers. Guido blickt lange auf den Bierdeckel. Dreht ihn mal vorwärts, rückwärts: „Das ist doch völliger Schwachsinn! Du bist nicht normal. Keiner wandert freiwillig ein Jahr in den Knast. Was meinst du, was da läuft. Da kommst du mit üblen Typen zusammen, wirst in der Dusche vergewaltigt und was weiss ich."

„Ich komm nicht zu den Mördern ins Zuchthaus. Ich bin ein kleiner Betrüger. Ich komme bestimmt in eine offene Anstalt. Ich hab ja keinem was getan, bin ein unbeschriebenes Blatt. Hab nur der Bank ein wenig Geld gestohlen."

„Du bist danach vorbestraft! Da hast du einen Stempel auf der Stirne. Du bist dann ein Ex-Knasti. Du machst dir dein gesamtes Leben kaputt. Ich finde das einen Scheissplan. Warum fragst du mich?"

„Weil ich dir vertraue. Und du mein bester Freund bist."

„Ausgerechnet du willst die Bank ausrauben. Du hast ein gutes Leben, verdienst genug mit dealen. Wie viel verdienst du damit nebenbei jeden Monat? Tausend Franken? Oder mehr? Du kannst dir schon heute kaufen was du willst!"

„Vertrau mir, ich hab mir das lange genug überlegt. Ich ziehe das durch."

„Und was passiert, wenn die Polizei draufkommt, dass das Geld bei mir auf dem Dachboden versteckt ist? Was dann?"

Markus merkt, dass er Guido rumkriegt: „Wie sollen sie auch. Es weiss niemand, dass die Kohle bei dir ist. Wer soll davon was mitkriegen? Ich bin weg. Die Polizei sucht mich. Was sollen die bei dir?"
„Und wenn ich verhaftet werde? Und mich die Polizei verhört? Was, wenn mich die Polizei als möglichen Komplizen befragen will?"
„Ach vergiss das. Wir sind doch nicht bei Derrick. Die werden bei der Bank nachfragen, bei meinen Eltern. Und falls sie dich fragen, sagst du, du wurdest genauso überrascht wie alle anderen. Du sagst, wann du mich das letzte Mal gesehen hast und fertig. Auch wenn sie fragen wo ich hin sei. Woher solltest du wissen, wo ich bin? Ich behalte das für mich. Hey, ich hab mir das gut überlegt."
„Hast du deshalb beim Cocker Konzert plötzlich den Millionär rausgehängt und zweihundert Franken für das Scheissticket bezahlt?"
„Haha! Ich hab mir sogar noch einen Renault 5 GT Turbo geleast. Eine super Karre, sag ich dir. Der klebt am Boden." Guido winkt ab: „Das ist Bullshit! Natalie, noch zwei Bier bitte!"

$$$

Markus vereinbart am nächsten Tag einen Termin mit Andreas. Dieser freut sich und willigt sofort ein. Sie treffen sich in der Nähe von Markus' Wohnung unten am Fluss. Markus hat zwei Dosen Bier mitgebracht. Andreas lehnt ab, er trinkt kaum Alkohol. Sie schlendern am Fluss entlang, als Markus loslegt: „Ich hab dich beim letzten Mal gefragt, ob du mir einen Gefallen machen kannst. Erinnerst du dich?"
„Ja, klar. Damals auf der Piazza."
„Kannst du für mich etwas für längere Zeit aufbewahren?"
„Wenn's sein muss. Was ist es denn?"
„Es ist nur eine Tasche, ganz harmlos."
„Eine Tasche?"
„Ja, also. Ich kriege da bald was in einer Tasche geliefert, das ich nicht bei mir haben will. Es ist ein wenig kompliziert."
„Was ist denn drin?"

„Da musst du dich noch etwas gedulden. Ist quasi geheim."
„Keine Drogen? Keine Bombe?"
Markus prustet laut drauflos. Er grölt vor Lachen. Er klopft Andreas väterlich auf die Schulter. „Nein. Überhaupt nichts Gefährliches. Ich werde dir später alles erklären. Kann ich mich auf dich verlassen?"
„Solange es nichts Illegales ist, kein Problem."

Warum wollte Markus bei ihm eine Tasche aufbewahren? Andreas dachte daran, wie Markus neulich Schuhe klaute. Das geschah einfach so, ohne Ankündigung. Was steckte hinter dieser Geschichte mit der Tasche? Hatte Markus irgendwelche krummen Sachen am Laufen? Wohl kaum, es kribbelte in seinem Magen. Endlich läuft mal was, dachte er sich. Endlich gehörte er auch dazu. Er fühlte sich fast ein wenig geehrt, dass Markus ihn auserwählt hatte. Vielleicht waren sie doch besser befreundet als er dachte.

# Panik

Markus trifft sich am Montag mit Guido im *Vegas*. Als Guido kommt, sitzt Markus wie immer an ihrem Tisch. Er trinkt einen schwarzen Kaffee. „Am Freitag ist es soweit. Ich mache es."
„Du plünderst die Bank aus? Jetzt hör auf! Du machst doch Witze. Ohne mich!"
„Kein Witz. Wir haben das schon besprochen. Ich brauch dich jetzt! Ohne dich bin ich aufgeschmissen."
Guidos Brust zieht sich zusammen. Der Krampf verschiebt sich runter bis in den Darm. Als müsste er dringend aufs Klo. Er beisst sich auf die Lippen. Ihm lag der Stein, der erst in Monaten von ihm fallen sollte, bereits jetzt schwer auf dem Magen.
Statt aufzustehen, ihm einen schönen Abend zu wünschen und seinen Freund sitzen zu lassen, sagt Guido: „Scheisse Mann. Du willst das wirklich durchziehen?"
„Nicht *will*. Ich *werde* das machen. *Wir werden* das durchziehen!"
„WIR werden gar nichts. Du versteckst das Geld bei uns auf dem Dachboden, ohne dass ich davon etwas weiss."
„Klar. Haben wir doch so abgemacht."
Guido schüttelt den Kopf und sagt vor sich hin: „Scheisse. Scheisse. Scheisse."

$$$

Nachdem Guido weg ist, zieht Markus weiter ins Pub. Andreas steht an der Bar. In der Hand hält er einen Wodka Orange. Seine Gesichtsfarbe ist bleicher als die Wand. Markus schüttelt ihm die Hand und zieht ihn in die hinterste Ecke des Pubs. „Diesen Freitag musst du bereit sein."

„Mhmm", Andreas nickt steif. Er kratzt sich am Ellbogen und nimmt einen Schluck von seinem Wodka Orange. Dabei verschüttet er ein paar Spritzer auf den Tisch.
„Schau es an wie immer, wenn wir uns verabredet haben. Anstatt mit den Flugzeugen zu spielen, übergebe ich dir eine Tasche. Wir treffen uns um sieben Uhr. Du wartest mit deinem Auto beim Bahnhof Hostalenegg. Alles easy. Ich parke neben dir, schmeisse die Tasche in deinen Kofferraum. Fertig. Ok?"
„Ok."
„Du fährst zu dir nach Hause. Die Tasche deponierst du in deinem Bastelraum. Stell sie hinten in den Schrank. Auf die Tasche stapelst du Kisten mit den alten Modellfliegern. Ok?"
„Ok."
„Genau so, wie wir das neulich zusammen angeschaut haben."
„Ok."
„Am Freitagabend um sieben Uhr beim Bahnhof Hostalenegg."
Markus holt einen Wodka Orange und einen Espresso. „Nimm den! Vertrau mir, das kommt gut. Pass auf, dass du nicht den Drink über den Tisch schüttest. Prost."

$$$

Guido wohnt noch im Haus seiner Eltern. In einem Einfamilienhaus am Rande der Stadt. Im ersten Stock hat er sein Zimmer, daneben hat's noch ein Badezimmer und das Zimmer seiner Schwester. Neben seinem Zimmer ist der Dachboden. Guido liegt im Bett. Statt zu schlafen, starrt er an die Decke. Er dreht sich von Seite zu Seite. Er findet den Plan Schwachsinn. Wird Markus das tatsächlich durchziehen? Und wenn, kann er seinen Freund jetzt hängen lassen? Er selbst hatte mit dem Raub zum Glück nichts zu tun. Markus war der, der sich die Hände schmutzig machte. Aber wenn sie das Geld in Guidos Dachboden verstecken. Wo denn?

Guido steht auf, schleicht sich im Pyjama in den Speicher. Er knipst das Licht an. Es blendet ihn. Der Dachboden befindet sich unter einer Dachschräge. Er zieht den Kopf ein, schaut sich um. Er öffnet eine Truhe mit altem Spielzeug. Drin sind Matchbox-Autos. Er nimmt den goldenen Ferrari raus, wühlt in der Kiste. Es gibt altes Spielzeug, Indianerfiguren aus Plastik, Spielzeugautos, Klötze aus Holz. Er legt den Ferrari wieder rein. Da hat's zu wenig Platz für eine Million Franken. Wie viel Platz benötigt man für eine Million? Er versucht sich das Geld vorzustellen. Wenn Markus das Geld stiehlt, welches für den Geldautomaten bestimmt ist, so kommen da Zehner, Zwanziger, Fünfziger und Hunderter. Das klingt nach einem Berg Noten. Ach du Scheisse.
Er geht gebeugt, der Holzboden knirscht bei jedem Schritt. Weiter hinten stösst er auf altes Campingmaterial seiner Eltern. Ein Zelt aus den Sechzigerjahren. Schwer und sperrig, in beigen Leinentaschen verpackt. Könnte man die Million in dieser Zelttasche verstauen? Erst musste er Zelt und Stangen entsorgen. Er überlegt sich, wie er das Zelt runterträgt. Das Ding ist schwer. Bestimmt um die 30 Kilo. Als er noch Kind war, waren sie damit mal zelten am See. Vierzehn Tage hatte es geregnet. Nach zwei Tagen tropfte es überall rein. Seither wartet das Zelt auf bessere Zeiten.
Er sucht den Speicher ab nach einem Versteck. Er findet Kisten mit alten Schulunterlagen von seiner Schwester und ihm. Eine alte Schreibmaschine, Stühle, das Hochzeitsgeschirr seiner Eltern. Ramsch, den niemand mehr braucht. Er huscht ins Bett.
Wäre die Zelttasche ein gutes Versteck? Niemand würde das Zelt vermissen. Es liegt dort unberührt seit Jahren. Das könnte klappen.

$$$

Es ist Dienstag. Markus ist früh wach. Es ist kurz nach sechs, er steht auf, duscht und setzt Kaffee auf. Noch drei Mal aufstehen. Schade, dass er diese Kaffeemaschine zurücklassen muss. Er mochte diesen Kaffee. Er blickt sich um in seiner Loge. Die Reisetasche ist gepackt.

Er hat nur das Minimum eingepackt. Zwei T-Shirts, ein Paar Hosen, Unterwäsche, Toilettenzeugs. Er verreist an die Wärme. Schade um die Marantzanlage und all die Platten. Was wird damit passieren? Wird die Polizei die Sachen beschlagnahmen? Er zieht sich an. Fährt mit seinem Renault zur Bank. Er ist als erster dort. Schliesslich ist er noch bis zum Wochenende Filialleiter.

Er geniesst die Stille in seiner kleinen Filiale. Er spannt das Formular 1763 in die Schreibmaschine ein. Damit bestellt er Banknoten bei der Schweizerischen Nationalbank. Vierhunderttausend Schweizer Franken. Vor der vier und hinter der letzten null füllt er den Rest der Zeile mit dem Minusstrich aus. Wie es ihm der Filialleiter gezeigt hatte. Damals hatte er sich halb im Scherz gedacht, wenn schon bei der Nationalbank Geld bestellen, dann für mich. Das tut er jetzt. Stempel drunter und Unterschrift. Er lässt seine Unterschrift auf sich wirken. Wie von einem Arzt unter ein Rezept gekratzt. Seine Unterschrift. Er grinst auf den Stockzähnen. Das Offensichtliche bemerkt niemand. Mit der internen Post gelangt das Formular zur Nationalbank. Spätestens am Donnerstag werden die Noten da sein.

$$$

Die Filiale wurde vor fünf Jahren als reine Schalterfiliale eröffnet. Weil die kleine Bankfiliale keinen Tresorraum besitzt, dürfen abends höchstens 400‘000 Franken auf der Bank sein. So verlangen es die internen Sicherheitsbestimmungen. Die Tageseinnahmen rechnet Markus jeden Abend ab. Er füllt einen Abrechnungsbogen aus, trägt auf jeder Zeile die Bar-Einnahmen ein. Kassier Rötheler sollte Markus‘ Abrechnung täglich kontrollieren, machte er aber nicht. Markus hatte sich anfangs darüber gewundert. Als er mal bei Rötheler im Büro war, sah er, dass die Abrechnung in einem Ordner abgelegt wurde, ohne vorher visiert und kontrolliert zu werden. Ende Monat ging Kassier Rötheler den Ordner durch, erst dann visierte er die Abrechnungen. Damit war es erledigt. Für eine tägliche Kontrolle war Rötheler scheinbar zu faul oder er vertraute Markus blind. Wie sagte jeweils sein Lehrlingsausbildner: „Vertrauen ist gut. Kontrolle ist besser.“ Was für ein Spiesserspruch, dachte sich Markus jeweils, stimmen tut er trotzdem.

Es sollten nie mehr als 400'000 Franken Bargeld auf der Bank sein. Markus wusste, wie er diese Hürde umgehen konnte.
Er hatte sich einen simplen Plan ausgedacht. Die Einnahmen vom Einkaufszentrum und den Shops behält er bei sich. Diese Bar-Einnahmen machen gegen 450'000 Franken pro Tag aus. Diese legt er in die Schatulle im Schrank unter dem Pult, statt sie auf die Nationalbank zu bringen. Danach füllt er das Protokoll aus, dort trägt er lediglich den Tagesumsatz des Schalters ein. Also das Geld, welches er an Bankkunden ein- und ausbezahlt hat. Das Protokoll sendet er an den Hauptsitz, das Kundengeld an die Nationalbank, der grosse Rest bleibt bei ihm. Wenn Rötheler so schlampig wie immer arbeitet, kommt er durch.

$$$

Am Abend trifft er sich mit Rashid bei sich in der Loge. Sie checken nochmals alles durch. Andreas ist an Bord. Der hatte kaum nachgefragt, was es mit der Tasche auf sich hat. Markus ist überzeugt, dass Andreas mitmacht. Die Übergabe ist simpel. Er wird sich am Freitag mit Andreas auf einem Parkplatz treffen. Er legt die Tasche in Andreas' Kofferraum. Dieser versteckt die Tasche bei sich im Bastelzimmer. Andreas weiss nichts vom Geld. Der weiss lediglich, dass er für ihn eine Tasche aufbewahren soll. Andreas ist eine treue Seele, das wird funktionieren.

Bei Guido hatte Markus kurz Angst, dass er aussteigt. Aber nein. Er wusste, er kann auf Guido zählen. Er ist loyal. Sie verstecken das Geld auf dem Dachboden. Das Versteck ist todsicher.
Rashid nickt. „Markus, statt das Geld bei den beiden zu lagern, könntest du es auch im Wald vergraben."
„Im Wald?"
„Warum nicht? Dort sucht keiner nach dem Geld. Alle werden denken du seist mit dem Geld abgehauen."
„Ist mir zu unsicher. Stell dir vor, ein Hund beginnt beim Versteck zu scharren und sein Herrchen entdeckt das Geld. Dann war alles für die Katz. Oder für den Hund. Da bunkere ich das Geld lieber bei Leuten, denen ich vertrauen kann."
„Schon gut Markus, aber was ist, wenn etwas schief geht bei den beiden? Dann ist alles weg."
„Was soll schon schief gehen?"
„Dass jemand das Geld entdeckt, dass sich einer verplappert oder dass die Polizei draufkommt."
„Davon gehe ich nicht aus. Aber immer noch besser, als wenn ein Hund das Geld im Wald aufspürt."
„Du musst ja nicht alles im Wald verstecken. Nur ein Teil Markus, ein paar hunderttausend, falls bei den anderen etwas in die Hose geht. So hättest du am Ende immer noch etwas übrig. Eben den Teil, den du im Wald vergräbst." Die Idee war für einmal gar nicht schlecht, denkt sich Markus. Er könnte im Wald einen Notvorrat verstecken. Wenn alle Dämme brechen, hätte er am Ende noch was. Markus sah noch eine weitere Möglichkeit, wie er von diesem Waldversteck profitieren könnte. Wenn er sich stellen würde, könnte er der Polizei das Versteck zeigen. Die Bank würde so einen Brocken des Geldes zurückerhalten und seine Strafe würde milder ausfallen. Doch, ein Versteck im Wald ist gar keine schlechte Idee.

$$$

„Sag Markus, wo im Ausland willst du dich denn verstecken?“ Markus greift rüber zur Stereoanlage und dreht die Musik an. „Hab ich dir schon gesagt: Das geht dich nichts an. In einem Land, wo mich keiner findet. Weit weg.“
„Geh doch nach Afrika. Die Polizei dort ist bestechlich. Zudem würden die sich kaum abmühen, nach einem Bankräuber aus der Schweiz zu suchen.“
„Ich bin kein Bankräuber.“
„Nicht? Was bist du dann?“
„Auf jeden Fall kein Räuber, das Strafgesetzbuch beschreibt haargenau was ein Raub ist.“
„Wer eine Bank um eine Million erleichtert ist also kein Räuber? Markus, erzähl doch kein Blech.“
„Es ist aber so!“ Markus steht auf, geht ins Badezimmer und kommt mit einem Büchlein zurück. Ein wenig stolz hält er das blasse hellgrüne Strafgesetzbuch in die Höhe. „Meine Toilettenlektüre. Jaja.“ Rashid schaut stumm zu. Für einen Moment verliert er sein Dauergrinsen. Markus blättert im Strafgesetzbuch und liest vor: „Wer mit Gewalt gegen eine Person einen Diebstahl begeht wird mit Freiheitsentzug von sechs Monaten bis zu zehn Jahren bestraft.“ Markus wiederholt laut: „Mit Gewalt gegen eine Person! Ich werde keine Gewalt anwenden. Ich werde auch niemanden bedrohen. Ich bin also kein Räuber. Verstehst du?“
„Nein Markus. Was bist du dann, wenn du kein Räuber bist? Dann bist du halt ein Dieb.“
Markus schüttelt energisch den Kopf. Auf diesen Moment hatte er heimlich gewartet, er blättert eine Seite zurück. „Bei Diebstahl muss eine fremde Sache entwedet werden. Steht hier. Da ich das Geld der Bank stehle, bei der ich angestellt bin, ist es wahrscheinlich kein Diebstahl. Mein Fall wird wohl eher als Veruntreuung behandelt. Darauf stehen maximal drei Jahre Gefängnis.“

Markus drückt Rashid das aufgeschlagene Strafgesetzbuch in die Hand. Der liest kurz darin. „Da verstehe ich kein Wort. Sag mal Markus, hast du das alles gelesen?"
„Nicht alles. Aber die Artikel, welche meinen Fall betreffen könnten. Bin zwar kein Jurist. Aber ein Räuber bin ich auch nicht. Hehe. Und ein Dummkopf schon gar nicht."
Markus dreht die Musik ein wenig lauter und summt zum Beat von Grateful Dead's *Uncle John's* Band. Er mochte diese Hippiemusik.

$$$

Guido wälzt sich im Bett. Statt zu schlafen, grübelt er an Markus' Plan rum. Er denkt an die Zelttasche. Er sollte noch vor Freitag das Zelt aus dem Speicher holen. Die Tasche ins Auto schleppen, Stangen und Zelt entsorgen. Damit er am Freitag Markus' Geld reinpacken kann. Warum eigentlich er? Wenn Markus angibt wie gut er alles geplant und durchdacht hat, soll er gefälligst für ein gutes Versteck sorgen. Das Zelt war keine gute Idee, zu umständlich, erst noch den ganzen Krempel zu entsorgen. Ohne mich, denkt sich Guido. Markus soll sein geklautes Geld an einem anderen Ort verstecken. Er beschliesst, ihn am nächsten Tag anzurufen. Er zieht die Decke hoch. Bald schläft er ein.

$$$

Mittwoch. Markus sitzt am Schalter und zählt Scheine. Kurz vor Mittag ruft Guido in der Bank an: „Wir müssen uns am Abend sehen. Unbedingt."
„Hallo, wie läuft's denn? Hast du schöne Ferien gehabt?" Markus gibt sich Mühe, das Gespräch so alltäglich wie möglich klingen zu lassen. Schliesslich spitzt Frau Franke jedes Mal die Ohren, wenn er privat telefoniert.

„Was für Ferien?! Hör auf mit dem Scheiss. Ich bin alles nochmals durchgegangen. Das geht so nicht, wir müssen..."
„Du, ich hab grad keine Zeit." Fällt ihm Markus ins Wort. Er säuselt: „Komm, wir treffen uns auf ein Bier heute Abend? Um halb sechs wie immer?"
„Im *Vegas*? Also..."
„Du, ich muss. Bis später."
Verdammter Amateur. Denkt sich Markus. Erst hat er Angst, dass ihn die Polizei verhören wird. Nun macht er sich in die Hosen, bevor es angefangen hat. Jetzt kühlen Kopf bewahren. Er stellt das Schildchen „Bitte Schalter nebenan benutzen" hin. Steht auf, sagt zu Frau Franke: „Ich gehe kurz zur Bäckerei. Darf ich Ihnen auch ein Croissant bringen?"

Draussen biegt er nach rechts, rüber zur Bäckerei. Er atmet tief durch. Was ist denn jetzt los? Er hätte für Guido die Hand ins Feuer gelegt. Was wollte der ihm sagen? Er sei es nochmals durchgegangen? Der hatte nichts durchzugehen, verdammt nochmal! Beim Militär hatte ihn mal ein Leutnant zusammengestaucht: „Du sollst nicht denken!" Das hätte er Guido auch befehlen sollen. Es ist sein Plan und wenn jeder mitmacht, läuft alles rund wie der Mond. Was für ein Anfänger! Er schnappt sich beim Kiosk eine Zeitung. In der Bäckerei kauft er zwei Butter- und zwei Schoko-Croissants. Frau Franke wird ihm dafür aus der Hand fressen.

$$$

Guido wartet kurz nach fünf im *Vegas*. Mit dem Rücken zur Wand sitzt er an einem Tisch in der Ecke. Zwischen James Dean und der Neonschrift. Vor ihm steht ein Bier. An der Bar hängen die üblichen Gestalten an den Lippen der Bardame. An einem Tisch sitzt eine Frau mit Kinderwagen. Sie malt an ihren Fingernägeln rum. Immerhin ist das Kind still, denkt sich Guido. Ihr üblicher Tisch ist frei. Von hier hat er den Überblick. Er ist ausser Hörweite der Bar. Zudem sieht er, wer ins Café kommt. Um zwanzig nach fünf erblickt er Markus, wie dieser zu Fuss auf das *Vegas* zusteuert. Markus linst zu ihrem Stammtisch. Als er sieht, dass dieser frei ist, dreht er ab. Du Sack, du! Denkt Guido und trinkt. Aha, der Herr Markus wollte nicht vor ihm hier sein. Kurz nach halb sechs kommt Markus rein und steuert die Bar an. Guido winkt ihn zu sich. „Sorry für die Verspätung. Hatte noch zu tun auf der Bank."

„Erspar mir deine Floskeln."

„Ich dachte, du hast Verspätung. Warum sitzt du hier hinten so alleine?"

„Egal. Die Sache mit dem Dachboden können wir vergessen."

„Warum jetzt plötzlich? Ist doch ein super Versteck. Trocken. Viel Gerümpel. Niemand wird dort nach einer Million Schweizer Fränkli suchen."

„Vergiss es! Wenn die Polizei bei mir das Haus durchsucht ist alles futsch. Dann kannst du gleich in der Karibik bleiben."

„Mach jetzt keinen Scheiss. Warum sollten die euer Haus durchsuchen? Glaubst du ein Richter würde sowas bewilligen? Da gibt's gar keinen Verdacht."

„Wenn ich Polizist wäre, würde ich den Freundeskreis von dir durchgehen. Und so wär ich sofort bei mir. Nein, vergiss es. Wir brauchen ein besseres Versteck. Du bist der Bankräuber und hast dir alles so super gut überlegt. Jetzt mach einen Vorschlag!"

„Du machst einen grossen Denkfehler. Du gehst davon aus, dass die Polizei weiss, was du weißt. Aber die wissen nichts von dir. Die Polizei denkt nicht, dass ich das Geld bei dir verstecke. Die Polizei nimmt an, dass ich mit dem Geld getürmt bin."

„Mir egal ob du denkst, was die denken. Im Speicher hat's keinen Platz für die Kohle. Wenn du den grossen Ronnie Biggs spielen willst, dann musst du ein besseres Versteck präsentieren."

„Wer ist denn Ronnie Biggs?"

„Ein legendärer Posträuber. Der hatte vor 100 Jahren in England einen Postzug überfallen und lebt seither in Rio. Also Mann! Wir brauchen... Nein. Du. Brauchst. Ein. Besseres. Versteck! Ein anderes Versteck!"
„Ich habe keinen verdammten Plan B. Schau mal, wenn du mich nicht jeden Tag im Büro anrufst, wie sollte die Polizei auf dich kommen?"
„Ich hab dich heute aus einer Telefonkabine angerufen."
Immerhin. So schlau ist er. Denkt sich Markus, nicht schlau, eher paranoid.
„Ok, wo könnten wir das Geld denn sonst verstecken?" Markus holt zwei Bier.
„Wie viel Platz brauchen wir dafür?" Will Guido wissen.
„Ich habe gestern extra noch Geld fürs Wochenende bestellt. So ein bis zwei Millionen werden's schon sein."
„Zwei Millionen? Krass!"
„Wenn schon, denn schon."
„Vergiss es! Ich bin raus."
„Jetzt fang nicht wieder an! Wir müssen ein Versteck für die Kohle finden."
„Wie versteckt man zwei Millionen? Reicht ein Schlafsack dafür aus? Oder brauchen wir einen Heiss-Luft-BALLON?" Beim Wort Heissluftballon betont Guido jede Silbe lauter als die Silbe zuvor. Bei Ballon dreht sich einer der Typen von der Bar zu ihnen um. „Ganz ruhig." Sagt Markus und schliesst dabei kurz die Augen. Er konnte es nicht zugeben, er hatte sich dies noch nie überlegt. Statt mit Logistik, hatte er sich mit seinen Reiseplänen beschäftigt. „Stell dir eine Mülltüte voller Geld vor. Etwa so." Er zeichnet mit den Fingern ein grosses „O" in die Luft.
„Also eher ein Heissluftballon."
„Ein Schlafsack reicht. Wie sieht's bei deinem Vater in der Garage aus? Da steht doch lauter Krempel rum. Da hat's sicher Platz."
„Spinnst du? Von mir aus kannst du den Zaster irgendwo im Wald vergraben. Dann bin ich fein raus, sogar wenn sie das gesamte Haus auf den Kopf stellen."

„Nein. Wald ist keine Option. Ist mir zu unsicher. Da hat's zu viele Spaziergänger oder irgendwelche Pilzsammler. Plötzlich findet so einer die ganze Beute. Vergiss es. Wie wär's bei dir im Geschäft? In der Schreinerei."
Guido lacht ihn aus: „Aha, Wald ist keine *Option*. Aber bei mir im Geschäft wär eine super *Option*. Sag mal spinnst du?" Guido hätte ihm am liebsten das Bier ins Gesicht geworfen. „Oder bei dir in der Bank? Wär doch auch noch eine Option. Miete dir ein Schliessfach! Haha. Und wenn du aus dem Knast kommst, kannst du denen in der Schalterhalle die lange Nase zeigen. Das ist doch ein Witz!"
Beide nehmen einen grossen Schluck Bier. Markus zündet sich eine Zigarette an: „Wir brauchen ein Versteck, welches todsicher ist." Während er dies sagt, bläst er nonstopp Rauch raus, es hört gar nicht mehr auf zu qualmen. „Wo könnten wir das Geld verstecken? An einem Ort, wo niemand nachschaut. Es muss so offensichtlich sein, dass keiner draufkommt."
„Die Garage! Ich hab's!" Guido springt aus seiner Ecke hoch. Er stösst beinahe den Tisch um. Markus kann mit einem Reflex die Biergläser auffangen. Guido steht da, reckt die Arme hoch wie ein Fussballer beim Torjubel. Markus hält beide Biergläser in der Hand und schaut ihn verdutzt an. Guido krümmt sich zu Markus und flüstert: „Wir verstecken das Geld in den Winterreifen meines Autos."
„Bingo!" schreit Markus. Sie lachen und stossen doppelt an. Erst berühren sich die Gläser oben, dann unten. Markus dimmt seine Stimme auf Zimmerlautstärke runter: „Geniale Idee!" Er haut auf den Tisch: „So machen wir das. Siehst du! Unter Stress kommen uns die besten Ideen." Guido sagt nur: „Vor allem uns."

$$$

Am Donnerstag nimmt Markus voller Freude die 400'000 Franken von der Nationalbank entgegen. Als wär's das Normalste der Welt, legt er das Geld in den Schrank unter seinem Pult. Langsam wird's eng im Schrank. Zum Glück wird er bald geleert. Er schickt die gefälschte Tagesabrechnung mit Geldkassetten per Kurier an den Hauptsitz. Alles wie immer.

Am Abend besucht er seine Eltern und isst bei ihnen. Seine Mutter kocht für ihn eines seiner Lieblingsessen. Sauerbraten mit Kartoffelstock. Sein Vater und er trinken Wein zum Essen, die Mutter trinkt Wasser.
„Wie läuft's auf der Bank?" fragt ihn sein Vater standardmässig.
„Gut wie immer. Ich stehe am Schalter und schaue den Kunden zu, wie sie Geld abheben." Seine Mutter ist stolz, dass ihr Junge auf der Bank arbeitet. Vater Stoller möchte mehr: „Wie wär's wenn du noch eine Zusatzausbildung machen würdest? Damit du mal weg vom Schalterdienst kommst. Was hältst du von einer höheren kaufmännischen Ausbildung?"
Noch eine weitere Ausbildung? Denkt Markus. Wenn der wüsste, welchen Karriereschritt er als nächstes geplant hatte. Er stand vor einer grossen Investition in seine Zukunft, konnte das seinem Vater aber nicht sagen. Markus schaut seinen Vater an: „Das ist gar keine schlechte Idee. An was für eine Schule hast du gedacht? Irgendwas muss ich machen, damit ich von diesem Schalter wegkomme."
„Die Höhere Wirtschaftsschule wäre was für dich. Noch bist du jung und lernst schnell. Denk dran Markus, je älter du wirst, umso schwieriger wird's noch eine Ausbildung anzupacken."
„Ich werd's mir überlegen."
Nach dem Essen sitzen sie auf dem Sofa. Im Fernseher läuft die Quizshow *Dalli Dalli*. Sein Vater hat für sich und Markus einen Whisky eingeschenkt. Sie nippen an ihrem schottischen Single-Malt, seine Eltern gucken in die Röhre. Das schien interessant zu sein. Markus schaut eine Weile zu. Dann wird es ihm zu langweilig. Er schüttet seinen Whisky in einem Zug runter. Kurz und schmerzlos verabschiedet sich Markus von seinen Eltern. Noch einmal schlafen. Dann ist's endlich soweit.

# Der Coup

Während Filialleiter Schenker seinen letzten Urlaubstag geniesst, verbringt Markus einen fast normalen Tag in der Bank. Alles war wie sonst. Kunden, die Geld abheben. Touristen, die nach dem Weg fragen, Telefone und Papierkram. Markus spult seine Arbeit routinemässig ab. Plötzlich steht kurz vor Mittag seine Mutter vor ihm am Schalter. Er guckt sie überrascht an. „Ich musste am Morgen noch zum Arzt, da dacht ich mir, ich schaue bei dir vorbei." Sie reicht ihm ein Ragusa unter der Glasscheibe durch. „Da, ich will nicht stören. Deine Lieblingsschokolade." Markus ist sprachlos. Noch nie war seine Mutter bei ihm am Schalter vorbeigekommen. Er stammelt: „Dankeschön. Das Ragusa werde ich mir als Dessert gönnen." Seine Mutter verabschiedet sich so zügig wie sie gekommen ist. Markus sitzt und gafft in die leere Schalterhalle. Hatte er sich das nur eingebildet? Das Ragusa beweist das Gegenteil. Was hatte das zu bedeuten? Er braucht eine Weile bis er wieder in der Arbeit drin ist. Danach läuft der Tag geordnet ab. Ständig wirft er einen Blick in den Metallschrank unter ihm. Die Schatullen warten brav auf ihn. Als der Feierabend in Griffweite schien, steht plötzlich Kassier Rötheler in der Schalterhalle. Was will der denn hier, fragt sich Markus. Rötheler grüsst kurz und stellt eine Frage wie sie nur Vorgesetzte stellen: „Na, alles im Lot? Läuft's?" Was sollte denn nicht im Lot sein, du Depp, denkt sich Markus. Gerne hätte er geantwortet: *„Yeppa, seit Montag schaffe ich Geld auf die Seite, noch zwei Stunden und ich bin für immer weg."* Stattdessen spult er routiniert eine der üblichen Standardantworten runter: „Klar, alles bestens. Bald haben wir Wochenende, haha." Rötheler quittiert mit einem ähnlich künstlichen Lachen. Er verzieht sich wieder ins Büro des Filialleiters. Kurz vor vier fragt Rötheler nochmal dasselbe. Sowie, ob er Markus noch was helfen könne. „Nein, kein Problem, danke. Das Abrechnungsprotokoll lass ich Ihnen mit der internen Post zukommen." Rötheler verabschiedet sich. Endlich ist er weg.

Um halb fünf schickt Markus Frau Weber vorzeitig nach Hause. Sie wünschen sich zum Abschied ein schönes Wochenende. Er ist allein. Aus seinem Kleiderschrank zieht er zwei zusammengerollte 150 Liter Segeltuchtaschen hervor. Zudem hat er noch eine Rolle Müllsäcke dabei. Er öffnet den Metallschrank unter dem Pult. Mit beiden Händen schaufelt er das Geld aus den Schatullen in die Taschen. Zudem packt er kleinere Portionen von Geldscheinen in Mülltüten ab. In jede Mülltüte stopft er um die 50'000 Franken. Genau zählt er nicht, aber über den Daumen gepeilt werden es zwischen 30'000 und 70'000 Franken pro Tüte sein. Er füllt das Geld ab, wie er sich das ausgedacht hat. Die grossen Beträge in die Segeltaschen. Verschiedene kleinere Beträge in Müllsäcke. Am Ende räumt er alles in die beiden Segeltaschen. Als er mit den Taschen die Bank verlassen will, hört er Klopfgeräusche. Poch! Poch! Da klopft tatsächlich jemand an die Glasschiebetür.

Ihm bleibt vor Schreck die Luft weg. Wer um Himmelsgottswillen wagt es, ihn jetzt zu stören. Er schaut zur Tür und sieht Sophia Lorens Schwester, die schöne Kundin. Sie winkt mit ihrer Bankkarte und nickt ihm zu. Er soll sie bitte reinlassen.
Er zögert. Unters Pult knien und sich verstecken ist keine Option. Sie hat ihn bereits gesehen. Die Tür öffnen ist gegen die Vorschrift.
Er rückt seine Kleidung zurecht. Als er bei der Glasschiebetür steht, dringt Moschus in seine Nase. „Ich brauche dringend 500 Franken fürs Wochenende. Herr Stoller, können Sie mich bitte ausnahmsweise reinlassen und das Geld auszahlen?"
Sie weiss seinen Namen! Wie die Lava aus einem Vulkan schiesst ihm das Blut in den Kopf. Sie war seit Monaten nicht mehr bei ihm am Schalter und weiss noch, wie er heisst. Er schaut sie an, blickt in ihr schönes Gesicht. Er denkt an die Segeltasche voller Geld und wie er ihr einen Bündel Tausender in die Hand drücken könnte. Trocken wie Steve McQueen würde er sagen: „Das sollte fürs Wochenende reichen, Baby." Er malt sich aus, wie er mit ihr, samt dem Geld auf einer Yacht davonbrausen könnte. Raus aufs Meer, nur er und sie,

Hauptsache weg. Stattdessen hört er sich monoton wie ein Roboter sagen: „Tut mir leid. Ich hab keinen Schlüssel für diese Tür. Sie müssen das Geld beim Automaten beziehen. Ein schönes Wochenende noch." Er deutet zum Geldautomaten, der hinter ihr in die Wand eingelassen ist. Winkt ihr durch die Scheibe und dreht sich auf dem Absatz.

Vom Schalter schaut er ihr zu, wie sie das Geld aus dem Automaten löst. Geht ja, denkt er sich. Als sie weg ist, schliesst er den Reissverschluss der Segeltaschen. Seine Hand ist wieder ruhig, die Aufregung vorbei, er fühlt sich gut, kein Stress, keine Hektik. Er schultert die beiden Taschen. Eine rechts, eine links, zusammen wiegen die bestimmt gegen 25 Kilo. Schwer, aber es lohnt sich. Er verlässt die Bank durch den Hinterausgang. Als die Tür ins Schloss fällt, weiss er, es gibt kein Zurück mehr. Jetzt fängt ein neues Leben an.

Draussen steigt er in seinen Renault. Die Parkbusse hinter dem Scheibenwischer schmeisst er aus dem Fenster. Er blickt auf die Uhr: Zehn nach fünf. Er hat Verspätung und noch einiges vor. Markus fährt los.

$$$

Er fährt runter zu seiner Wohnung. Rashid wartet wie vereinbart auf dem Gehsteig. Er steigt ein. „Und Markus, hast du es getan?"
„Zieh gefälligst den Gurt an. Sonst stoppt uns die Polizei noch wegen so einer Lappalie."
„Wegen was?"
„Du sollst dich angurten!"
„Ja, mach ich doch. Markus, hast du das Geld?"
„Logo, Rashid. Alles im Kofferraum."
Markus legt den ersten Gang ein. Sie fahren zum Krantzburgerwald.

Die Stelle hatten sie zuvor ausgekundschaftet. Markus verlässt die Hauptstrasse und biegt in den Waldweg. Auf keinen Fall auffallen. Er versucht Schritttempo zu fahren. Er fährt tief in den Wald rein. Sie sind da. Hinter dem Vordersitz liegt eine Schaufel. Er drückt sie Rashid in die Hände. „Mach die mal startklar." Während Rashid an der Schaufel hantiert, öffnet Markus den Kofferraum. Er nimmt eine Mülltüte, die er in der Bank mit 250'000 Franken abgefüllt hat, schliesst den Kofferraum und verriegelt das Auto. Zusammen gehen sie ein Stück in den Wald hinein. Es war nicht weit. Markus kannte sich im Krantzburgerwald gut aus. Vom Waldweg zweigen sie ab, durchqueren einen dichten Tannenwald. Keiner sagt was, Markus schiebt mit den Armen die Äste auf die Seite. Ein Tannast trifft Rashid dabei knapp über dem Auge. Der Waldboden ist weich. In der Mitte dieses Dickichts, stehen drei Tannen. Wie drei Eidgenossen bilden sie ein gleichschenkliges Dreieck. Hinter der Tanne, welche Richtung Norden steht, beginnt Markus zu graben. Nach ein paar Spatenstichen reicht er die Schaufel an Rashid. „Mach du mal." Rashid kann's kaum erwarten. Er gräbt ein dürftiges Loch. Etwa einen halben Meter tief. Markus legt die Mülltüte hinein. Danach buddeln sie das Loch zu. Sie streuen Tannzweige darüber und blicken zufrieden auf das Versteck. Stumm kehren sie zurück zum Auto. Markus lädt Rashid bei einer Busstation aus. Sie verabschieden sich. „Es läuft alles nach Plan. Dichthalten, dann steht einem Leben mit Hotel in Marokko nichts mehr im Wege."

„Das kommt gut Markus. Und denk dran, wenn du von zu Hause abhaust, schliess die Tür nicht ab."

„Du hast wieder Ideen. Warum sollte ich die Tür offen lassen?"

„Die Polizei wird deine Wohnung überprüfen. So muss die Polizei die Wohnungstür nicht aufbrechen. Das musst sonst du bezahlen."

Rashid zieht Markus zu sich ran und küsst ihn auf die Stirne. „Mach's gut Markus! Ich bin stolz auf dich."

Markus steigt ein, es war fast sieben Uhr. Er drückt aufs Gas. Auf zum nächsten Treffpunkt.

$$$

Andreas wartet wie vereinbart beim kleinen Bahnhof. Er hatte sein Auto auf eins der vier Parkfelder geparkt. Er bleibt sitzen, schaut auf die Uhr. Markus war ein relativ pünktlicher Mensch. Pünktlich heisst in der Schweiz, auf die Minute. Bei Markus kam es vor, dass er sich um fünf Minuten verspäten konnte. Jetzt war er schon zehn Minuten über der Zeit.
Andreas kratzt sich am Ellbogen. Wenn Markus zu spät kommt, war das sein Pech, denkt sich Andreas. Er hatte beim Gedanken eine Tasche zu verstecken ein komisches Gefühl. Markus hatte ihn um einen Gefallen gebeten. Gutgläubig wie er war, konnte er nicht Nein sagen. Es gab keinen Grund nervös zu werden. Er sass in seinem Auto und wartete. Was sollte schon passieren? Wurde er von Markus versetzt? Am liebsten hätte er den Motor gestartet und wäre weggefahren. Kann es sein, dass ihm etwas dazwischengekommen ist? Wobei, dann hätte ihn Markus vorher angerufen. Bestimmt steckt er im Stau. Andreas gibt ihm noch fünf Minuten, bevor er verschwindet.

Markus drückt den Renault 5 GT Turbo wie in alten Tagen. Er wechselt Spur, überholt im Abendverkehr mal rechts. Einmal überholt er sogar über die Fahrradspur. Wenn er anfährt springt die Nadel hoch. Er gibt sich Mühe, keine Rotlichter zu überfahren. Nur ruhig. Andreas wird warten, ist er sich sicher. Hauptsache ich hab das Geld und die Polizei stoppt mich nicht wegen einer doofen Verkehrsübertretung.
Um viertel nach sieben biegt er auf den kleinen Parkplatz beim Bahnhof Hostalenegg. Er ist erleichtert, als er den grauen Fiat Panda von Andreas sieht. Markus blinkt mit der Lichthupe. Er parkt neben ihm.

Er öffnet den Kofferraum und zieht eine Segeltasche raus. Markus legt die Tasche in Andreas' Kofferraum. Er rückt sie zurecht, als könnte sie runterfallen. Andreas sitzt steif wie eine Schaufensterpuppe im Auto. Markus schliesst den Kofferraum.
„Danke dir, dass du auf mich gewartet hast." Andreas steigt aus. „Was ist mit der Tasche?"

„Nichts. Keine Angst. Ich muss den Mist kurz ausser Haus lagern. Ab in den Schrank damit und dann vergisst du es, wie abgemacht."
Sie reichen sich zum Abschied die Hand. „Du hörst von mir." Markus weiss, dass er lügt. Beide steigen ein und verlassen den Parkplatz. Andreas fährt zu sich nach Hause. Markus hetzt weiter zu Guido.

# Das Versteck

Markus heizt mit seinem R5 zum Studentenclub. Dort wartet Guido mit seinem Auto. Im Kofferraum liegen zwei Winterreifen und Werkzeug. Guido tanzt vom einen Fuss auf den anderen. Er raucht eine Zigarette. Ausser einen Joint hatte Markus Guido noch nie rauchen sehen. „Wo warst du so lange, verdammt nochmal!"
„Ich musste noch in meine Loge. Ich stand im Stau und und und. Egal, Hauptsache ich bin da. Noch wichtiger: Du bist hier. Schau mal, was ich dir mitgebracht habe." Aus dem Kofferraum nimmt er die zweite Segeltasche raus.

„Shit, wie viel ist das denn?"
„Das hörst du am Montag im Radio." Markus lacht über seinen Witz als hätte er plötzlichen Schluckauf. Er schmeisst die Tasche in Guidos Kofferraum. Markus setzt sich auf den Beifahrersitz, zusammen fahren sie los.

Sie verlassen die Stadt, überqueren den Fluss, fahren mit Guidos Toyota Corolla über Land. Sie fahren durch kleine Dörfer mit Wirtshäusern, die Namen tragen wie „Sternen" oder „Rössli". Sie fahren bis zu einem Wald. Dort sind sie sich sicher, weit genug von der Stadt zu sein. Guido war die Strecke vorher zwei Mal abgefahren. Er fährt tief in den Wald rein. Vorbei am Fussballplatz, immer weiter. Bei einer Gabelung zweigt er ab auf einen holprigen Waldweg. Noch zweihundert Meter. Er stellt den Motor ab und versucht sich zu konzentrieren, Markus sitzt still daneben. Er hat versucht Guido während der Fahrt zu beruhigen. Es war sinnlos. Guido ist nervös, seine Hände schlottern. In den Filmen bleiben die Gauner jeweils ruhig, reissen sogar noch Witze, wenn sie einen Bruch machen. Guidos Herz pocht hoch bis ins Trommelfell. Er spürt tatsächlich seinen Pulsschlag in den Ohren. Wie Wellen dröhnt es pulsierend durch seinen Kopf. Vielleicht

kündet sich so ein Herzanfall an. Er hofft auf einen Infarkt, den plötzlichen Tod. Aber er lebt, bleibt sitzen. „Gib mir noch zehn Sekunden", sagt er zu Markus. Dieser blickt stoisch in den Wald und sagt nur: „Wir haben Zeit."
Guido atmet tief ein und aus. Nach zwei Mal atmen, vergisst er, dass er atmen wollte und denkt wieder ans Geld. Eine verdammte Scheissmillion wartet hinten im Kofferraum. „Komm, legen wir los."
Sie steigen aus, schauen um sich, alles ist ruhig. Es riecht nach Tannen, Moos und frischem Holz. Vögel zwitschern in Bäumen über ihnen und um sie herum.

Die beiden Winterreifen hat Guido vorbereitet. Die Luft ist draussen, der Pneu bereits von der Felge getrennt. Die beiden beugen sich in den Kofferraum, greifen in die Segeltasche. Guido weicht zurück und lässt Markus das Geld verpacken. Markus soll die Drecksarbeit übernehmen. Bündel um Bündel verstaut er in den Reifen. Bei den letzten Noten ist der Reifen bereits vollgestopft, es hat kaum mehr Platz. Die Noten hängen zwischen Felge und Reifen raus. Mit beiden Händen presst Markus die Noten wieder in den Reifen rein. Die Bündel haben keinen Platz mehr, er muss die Notenbündel auftrennen. Er stopft Note um Note in den Reifen. Hunderternoten, Tausendernoten. Dieses Reinstopfen erscheint Markus unwirklich. Es erinnert ihn an früher, als er mit den Eltern wandern war. Damals stopfte er die nassen Wanderschuhe mit Zeitungen aus.
Ein paar Bündel mit Fünfzigernoten gibt Markus Guido. „Nimm das!" Guido steckt sie sich in die Hosentaschen. Markus reicht ihm weitere Bündel nach. Als sie das Geld verstaut haben, setzt Guido flink die drei Hebel an. Erst auf der einen, dann auf der anderen Seite. Der Pneu ist wieder auf der Felge. Passt bestens. Die Reifen fühlen sich derart prall an, als könnte man damit umherfahren.
Guido wirft einen Blick in den Wald. Eine Amsel fiept und singt. Sie scheint sich mächtig auf den Abend zu freuen, ansonsten ist es ruhig.

Die Brandung in seinen Ohren ist verstummt. Alles entspannt, denkt er zum ersten Mal an diesem Freitag. „Das wär's", sagt Markus, sie fahren langsam raus aus dem Wald.

Bei einer Tankstelle hält Guido an. Er packt den Schlauch mit der Druckluft und pumpt mehrere Bar Luft in die Reifen. Markus steigt aus und will sich eine Zigarette anzünden. Guido zischt ihn an, das gefälligst sein zu lassen. Markus steht daneben und schaut zu, wie Guido die Reifen pumpt. Als er den Kofferraum schliesst, bemerkt Guido die Segeltasche. Er knetet sie, versucht sie, so klein wie möglich zusammenzurollen. Dann entsorgt er die nagelneue Tasche im Mülleimer neben der Tanksäule. Die Frau des Tankstellenbesitzers, Frau Gasser, schaut den beiden durch den Vorhang hindurch zu.

Guido fährt Markus in die Stadt und lädt ihn bei seinem Auto ab.
„Wohin gehst du jetzt?"
„Das behalte ich für mich. Wir hören uns wie vereinbart. Alles klar?"
„Sicher. Heute in einem Monat. Abends um neun."
Sie verabschieden sich.

$$$

Guido fährt zu sich nach Hause. Die Nervosität hat sich gelegt. Er stellt die Reifen an ihren Platz in der Garage. Geschafft.

$$$

Markus fährt zu sich in seine Wohnung. Eine letzte Mülltüte hat er noch bei sich. Drin sind 35'000 Franken plus einige Tausender in Dollars. Er legt sich auf sein Bett und geht das Geschehene nochmals durch. Alles lief wie am Schnürchen. Konnte es tatsächlich so einfach sein eine Bank auszunehmen? Es gab keine Störmanöver. Weder in der Bank noch im Wald. Keine blöden Fussgänger oder Jogger die sie überrascht hätten.

Mit Rötheler's Besuch hatte er nicht gerechnet, keine Ahnung was der bei ihnen gesucht hatte. Zum Glück war der bald wieder weg. Einzig der Besuch seiner Mutter hatte ihn ein wenig verunsichert. Warum war sie ausgerechnet heute aufgetaucht? Mütter scheinen einen extra Sinn für solche Situationen zu haben. Markus bleibt liegen, die Arme hinter dem Kopf verschränkt. Er starrt an die Decke. Bald steht er auf und duscht. Es ist Freitagabend halb zehn, er beschliesst einen Feierabendjoint zu rauchen und in der Stadt noch ein Bier zu trinken. Zu Fuss spaziert er ins Stadtzentrum.

$$$

Andreas fährt zu sich nach Hause. Er parkt seinen Panda in der Einfahrt, öffnet den Kofferraum. In der Tasche hätte es genug Platz für eine Eishockeyausrüstung gehabt. Die Tasche war nur etwa zu einem Drittel gefüllt. Andreas nimmt sie sachte raus, allzu schwer ist sie nicht. Im Bastelraum räumt er zuerst den Schrank aus, dann legt er die Tasche unten rein. Was mochte wohl drin sein? Er stapelt Kisten von alten Modellfliegern obendrauf. Eine Werkzeugkiste, eine zusammengeknüllte Winterjacke, einen Hut und einen Regenschutz. Es ist die übliche Unordnung, die in seinem Schrank herrscht. Er schliesst den Schrank, setzt sich auf den Stuhl. Was ist in Markus' Tasche drin? Andreas öffnet den Schrank wieder, kniet sich hin und schnuppert an der Tasche: Nichts. Drogen schliesst er aus, das hätte er gerochen. In der Berufsschule hatte er schon mitgekriegt, dass Markus mit den anderen Jungs manchmal gekifft hatte. Das taten fast alle, ausser er. Was könnte sonst in der Tasche sein? Etwas, das Markus ausser Haus haben will. Andreas grübelt vor sich hin. Markus wird es ihm bestimmt später sagen. Vielleicht ist es besser, wenn er nicht weiss, was drin ist. Den Schrank lässt er zu.

$$$

Es ist ein lauwarmer Sommerabend. Markus schlendert zu Fuss durch seine Stadt. Die Aussenbereiche der Cafés sind besetzt. Überall stehen Leute rum, sitzen in Restaurants, trinken und unterhalten sich. Er schaut kurz beim *Café Vegas* vorbei, entschliesst sich aber weiterzuziehen. Bald steht er vor der Schalterfiliale. Immer noch alles ruhig, er denkt grinsend: Der Täter kehrt immer zum Tatort zurück. Mal schauen, ob Nicole noch arbeitet. Er öffnet die Tür zum Hotel nebenan. Mit einem breiten Strahlen lacht ihn Nicole von der Rezeption aus an. „Darf ich Ihnen ein Zimmer anbieten?"
„Nein, danke. Aber ich würde dich gerne zu einem Glas einladen. Wann machst du Feierabend?"
„In zehn Minuten."
Markus lässt sich in einen der altmodischen Sessel in der Lobby fallen und blättert eine Zeitung durch. Kurz darauf sitzen Nicole und er auf der Piazza. Sie stossen mit einem Glas Rosé an. Nicole erzählt von den Touristen, welche im Hotel eingecheckt haben und vom schönen Wetter. Sie habe ihren Traumjob gefunden. Bei ihrer Arbeit an der Rezeption habe sie fast nur mit Leuten zu tun, welche im Urlaubsmodus seien. Manchmal müsse sie sich kneifen, ob das alles echt sei.
„Wie gefällt es dir in der Bank? Kommen auch ab und zu Touristen an den Schalter?"
„Selten. Ab und zu einer, der Geld wechseln will. Meistens kommen nur Bankkunden an den Schalter. Ich hab übrigens Urlaub genommen. Die nächsten zwei Wochen bin ich weg. Da musst du bei Frau Franke das Geld einzahlen."
„Schön für dich. Was machst du? Fährst du ins Ausland?"
Markus überlegt kurz. Diese Frage überrumpelte ihn ein wenig. „Ich hab noch keine grossen Pläne. Fahre morgen erst nach Frankfurt. Von dort fliege ich irgendwo hin. Mal schauen welcher Urlaubsort mich anlacht."

# Frankfurt

Markus hat keinen Bock, mit dem Zug zum Flughafen zu fahren. Am Samstagmorgen setzt er sich in seinen blauen Renault 5 GT Turbo. Er geniesst seine letzte Spritzfahrt und fährt Richtung Osten. Wäre er in eine Polizeikontrolle gekommen, die Beamten hätten seinen Ausweis kontrolliert und ihm eine schöne Fahrt gewünscht. So ruhig fühlte es sich an. Er denkt an Frau Franke von der Bank. Die wird grosse Augen kriegen, wenn sie am Montag in die Bank kommt: Stielaugen wird sie machen, er muss lachen.

Die Polizei soll ruhig ein wenig im Dunkeln tappen. Er lässt sein Auto in Rapperswil auf einem Parkplatz stehen. Bevor er in den Zug nach Zürich steigt, wirft er einen letzten Blick auf den GT Turbo. Noch nie hatte er sich derart in ein Auto verliebt. Mit der S-Bahn fährt er nach Zürich, bucht sich ein Hotelzimmer in der Nähe des Bahnhofs. Es ist halb neun als er mit einem Hechtsprung auf das Bett springt. Das Abenteuer hat begonnen.

Am Sonntag steht er früh auf, nimmt den Zug via Basel nach Frankfurt. Wegen der Kontrolle am Zoll hatte er kurz Herzklopfen. Schliesslich hatte er fünfunddreissigtausend Schweizer Franken mit Klebeband um seinen Bauch gebunden. Das war zwar alles andere als bequem, dafür sicher. Der Zoll war ein Kinderspiel. Zwei Zöllner stiegen kurz nach Basel in den Zug ein, gingen durch die Gänge. Er hatte seinen Pass vor sich liegen, seine Reisetasche lag über ihm im Gepäcknetz. Er wurde nicht kontrolliert. Alles sicher.

Mittags um halb zwölf verlässt er den Zug am Frankfurter Flughafen. Im Terminal sucht er die Schalter mit den Fluggesellschaften. Bei der Egyptair will er den nächsten Flug nach Kairo buchen. Alles ausgebucht. Er fragt sich bei weiteren Schaltern durch. Direkt nach Kairo kann er heute nicht mehr fliegen. Alternativ wird ihm ein Flug nach Tel Aviv angeboten. Von dort könnte er per Bus nach Kairo. Er bucht den Flug um siebzehn Uhr nach Tel Aviv.

Markus war noch nie in Israel. Der deutsche Zöllner interessiert sich nicht für seinen Pass. Als Markus seine Reisetasche beim Check-In aufgeben will, wird er von einem Mann in Uniform angehalten.
Der Mann fragt auf Deutsch mit hartem Akzent: „Warrum wollen Tzie nach Issrael?"
Markus schaut ihn überrascht an, was will der Kerl?
„Ich war noch nie in Israel. Ich mache Urlaub."
„Warum fahren Sie nach Israel? Es gibt so viele andere Länder auf der Welt? Warum Israel?"
Markus stutzt. Was soll diese Frage? „Ich war noch nie in Israel. Ich will mir das Land ansehen. Umherreisen sowie Sonne und Strand geniessen."
Der Mann schaut sich sein Flugticket gründlich an. Er wendet es immer wieder, als hätte er noch nie ein solches Ticket gesehen. Vielleicht kann er nicht lesen, denkt sich Markus. Er fragt sich, was es so lange zu begutachten gibt.
„Sie haben keinen Rückflug gebucht. Warum nicht?"
„Ich werde erst in Israel umherreisen. Danach will ich nach Ägypten."
„Warum wollen Sie nach Ägypten?"
„Dasselbe wie in Israel. Ich schaue mir das Land an. Den Sinai, die Pyramiden."
„Öffnen Sie Ihre Tasche! Ist das Ihr gesamtes Gepäck?" Bin ich in einem Verhör gelandet? Markus versteht nichts mehr. Er öffnet seine Tasche und schaut dem Mann zu, wie er darin wühlt. War das ein Zöllner? Oder ein israelischer Polizist? Oder vielleicht sogar Soldat? Er mustert seine Uniform. Der Soldat trägt auf jeden Fall eine schicke Uniform. Er denkt an seine Armeeuniform, die vom Design her noch aus den 60er Jahren stammte. Aber was hatte ein israelischer Soldat auf dem Frankfurter Flughafen verloren? Der Uniformierte zieht

ein kleines rechteckiges Plastikgerät aus Markus' Reisetasche. Es ist schwarz, ungefähr so gross wie ein dünnes Taschenbuch. „Was ist das? Können Sie das öffnen und bedienen?" Sein Schachcomputer. Markus entfernt den Deckel, darunter ein Schachbrett mit weissen und schwarzen Figuren. Die Figuren stehen quer übers Feld verteilt. „Spielen Sie!" Das war eine Aufforderung. Ein Befehl. Markus stellt den Schalter auf „On". Tippt den Turm an, der Computer quittiert mit einem „Biep". Er schiebt den Turm um vier Felder. „Biep". „Das ist mein Schachcomputer. Ich spiele Schach gegen den Computer."
„Warum reisen Sie alleine?"
„Ist das verboten? Ich reise immer allein. So kann ich machen, was ich will."
„Haben Sie arabische Freunde in Israel? Haben Sie Freunde in Ägypten?" Scheisse, der Typ denkt ich sei ein Terrorist? Sehe ich aus wie ein Palästinenser? Langsam begreift Markus was läuft. Wer nach Israel reist, wird befragt und kontrolliert. „Nein, ich kenne niemanden, weder in Israel noch in Ägypten."
„Haben Sie Waffen bei sich?"
Markus lacht. Langsam wird es ihm zu bunt: „Yes. Mein Schweizer Armeemesser. Da, in der Aussentasche." Er zeigt es dem Mann, erstmals scheint er interessiert. Seine Miene hellt sich auf.
„Waren Sie in der Armee?"
„Ja klar."
„Welche Einheit?"
„Ich bin Artilleriesoldat"
„Ich wünsche Ihnen eine gute Reise." Der Soldat zieht einen kleinen roten Kleber aus seiner Hemdtasche. Den klebt er auf Markus' Pass. Er drückt ihm den Pass in die Hand.
„Enjoy Israel. One of the most beautiful countries in the world." Markus grinst. Eines der schönsten Länder der Welt, hatte der gesagt. Das werden wir sehen. Beim Check-In Schalter gibt er seine Tasche auf.

Abends um acht tritt er durch die Schiebetür des Ben Gurion International Airport nach draussen. Es ist heiss. Das Thermometer zeigt zweiunddreissig Grad, er nimmt sich ein Taxi: „To the Sheraton Hotel, please."

Am Montagmorgen steht Markus an der Hotel Rezeption. Er will möglichst schnell nach Ägypten. In der Bank werden sie in diesen Minuten den Diebstahl entdecken. Danach wird die Polizei alarmiert und möglicherweise ein internationaler Haftbefehl erlassen. Er hat keine Ahnung, wie lange das dauert. Deshalb will er vor Dienstag in Ägypten sein.
Er bucht eine Fahrt mit dem hoteleigenen Reisebus nach Sharm-el-Sheikh, von dort wird er nach Kairo reisen. Abfahrt ist mittags um eins. Zu seiner Überraschung ist der Bus fast voll. Er setzt sich auf einen freien Sitz. Die Fahrt dauert sieben Stunden bis an die israelisch-ägyptische Grenze. In Taba müssen alle den Bus verlassen und zu Fuss die Grenze überqueren. Markus stellt sich in die Schlange vor dem Grenzübergang. Anstehen am Zoll. Das ist mal was Neues, denkt er sich. Die Luft flimmert, eine trockene Hitze hängt über dem Ort.
Die israelischen Zöllner sind auch bei der Ausreise aus Israel streng. Jeder der nach Ägypten will, wird einzeln befragt. Wie auf dem Frankfurter Flughafen spult Markus seine Antworten ab. Er verlässt das Zoll Büro über einen eingezäunten Pfad. Über ihm Stacheldraht, er überschreitet die Grenze, wie Tiger, welche durch einen Raubtierkäfig in die Manege kommen.
Am Ende des Pfades stehen vier Soldaten. Dunkle Sonnenbrille, in der Hand eine Maschinenpistole. Neben ihnen ein Schützenpanzer mit aufmunitioniertem Maschinengewehr. Willkommen im Nahen Osten. Dahinter ein eisernes Tor, welches ein wenig geöffnet ist. Er zeigt nochmals seinen Pass. Der Soldat blickt schnöde auf den Pass und nickt, ohne ihn anzusehen. Der Soldat steht zwischen ihm und dem

Tor. Markus macht zwei Schritte zur Seite. Der Soldat bleibt stehen, hat ihn bereits vergessen. Markus geht um ihn rum, durch das Tor. Er ist in Ägypten.

Als er mit dem Bus durch die Wüste fährt, kommt Markus ins Grübeln. Was wäre, wenn die Schweizer Polizei schon reagiert hätte. Seiner Spur bis Frankfurt gefolgt ist. Von Frankfurt war es für ihn ein kleiner Sprung nach Tel Aviv ins Hotel. Er hat unter seinem Namen eingecheckt, den Reisebus gebucht und die Grenze nach Ägypten überquert. Er darf sich nicht zu sicher fühlen, denkt er. Er entschliesst sich, den Bus beim nächsten Halt zu verlassen. Zwei Stunden später stoppt der Bus in Dahab.
Markus steigt aus. Er steht im Staub auf einem Platz in Dahab. Hinter ihm die Berge des Sinais, vor ihm das Meer. Es ist dunkel wie in einer Truhe. Keine Strassenbeleuchtung, über ihm die Sterne. Er schaut hoch und erschrickt ab der Klarheit. Der Himmel ist schwarz. Die Sterne leuchten, als wären es kleine Scheinwerfer, weitweit weg. Keine Wolke, kein Licht stört die Sicht auf den Sternenhimmel. Aus einem kleinen Restaurant direkt am Meer hört er Musik. Bob Marley singt *Lively Up Yourself*. Junge Leute liegen am Boden auf Kissen, unterhalten sich. Einige spielen Schach. Er setzt sich und bestellt einen Tee. Kaum hat er den ersten Schluck getrunken, riecht er einen vertrauten Duft. Die Gruppe, welche neben ihm in den Kissen hängt, raucht einen Joint. Einfach so, am Tisch im Restaurant. Wo bin ich denn hier gelandet? Es gibt keine Stühle, der Boden ist übersät mit Matten, Kissen und Decken. Dazwischen kleine Tischchen, auf welchen Getränke stehen. In Dahab spielt sich das Leben scheinbar liegend ab. Ein Mädchen der Gruppe schaut zu ihm rüber und bietet ihm den Joint an. Er lacht und nimmt die Einladung dankend an.

Das Mädchen gehört zu einer Gruppe von Reisenden. Sie ist knapp, dafür bunt bekleidet, lässig sitzt sie im Schneidersitz auf einem Kissen. Ihr rötliches Haar scheint durch die Sonne ein wenig gebleicht.

Die Gruppe habe sich unterwegs beim Reisen durch Israel kennengelernt. Sie sagt, sie hingen seit einer Woche in Dahab ab, hier sei der perfekte Ort zum Ausspannen: Keine Pauschaltouristen, nur Rucksackreisende, kaum Zivilisation, wenig Beton und dazu gutes Gras. Das Mädchen mit den Sommersprossen hält ihm erneut den Joint hin und lacht: „Du siehst aus, als wärst du eben aus dem Flugzeug gestiegen." Markus blickt an sich runter. Er trägt dieselben Jeans, mit denen er am Freitag die Bank verlassen hatte. Dazu ein T-Shirt, darunter das Geld, welches nach wie vor an seinem Bauch klebt. Das Mädchen und ihre Crew sind alle braungebrannt. Sie tragen Badeshorts, Hippieklamotten, sind barfuss, sehen aus, als hätten sie die letzten Monate an der Sonne verbracht. „Fast. Bin gestern in Tel Aviv gelandet und heute direkt mit dem Bus hierher gefahren. Das war ´ne Fahrt sag ich dir. Zwölf Stunden im klimatisierten Bus bei kühlen 15 Grad. Jetzt muss ich mal schauen, wo ich übernachten kann."
„Das geht easy. Das ist das Beduinendorf von Dahab. Der legerste Ort der Welt. Dieses Restaurant vermietet auch Zimmer. Am besten fragst du Larbi." Sie zeigt mit der Hand ins Innere des Strandrestaurants.
„Den Kellner? Danke für den Tipp." Das Mädchen blickt auf seine Reisetasche. Eine Puma Sporttasche aus Leder in gelb schwarz.
„Bleibst du in Dahab oder reist du noch weiter?"
„Eigentlich wollte ich am Mittwoch in Kairo sein."
„Welcher Tag ist heute?"

$$$

Bei Larbi bucht Markus ein Zimmer. Noch ist er unschlüssig, ob er eine oder zwei Nächte bleiben wird. Obwohl er noch nicht viel gesehen hatte, gefiel es ihm hier. Am liebsten würde er nie mehr abreisen. Das Beduinendorf bestand aus mehreren Hütten direkt am roten Meer. Larbi erzählt, sie seien Beduinen die sesshaft wurden. Sie vermieten Zimmer an Reisende. Es sind einfache Zimmer, die Mauern weiss, ein kleines Fenster, von der Decke hängt eine nackte Glühbirne am Kabel runter. Im Zimmer steht ein Bett und ein Stuhl. Ein Zimmer kostet drei US-Dollars die Nacht. Markus hat sich für die Luxusvariante für zwei Dollars mehr entschieden und kriegt dafür ein Zimmer mit Toilette. Dusche gibt's nur draussen, kein Warmwasser. Das sei kein Problem, versichert ihm Larbi. Tagsüber sei es über 40 Grad heiss, da komme nur warmes Wasser aus der Dusche.

Am Meer vorne steht ein Restaurant neben dem anderen. Diese werden von den Beduinen betrieben. Alle servieren dasselbe. Zum Frühstück Joghurt und Pita Brot. Tagsüber Hummus, Salat oder Pizza. Eine Pizza kostet zwei ägyptische Pfund, umgerechnet etwa drei Franken. Wenn er Gras möchte, soll er es ihm sagen. Larbi ist Kellner, Hotelier und Dealer in einer Person. Markus gefällt das.
Er versteckt seinen Geldbeutel unter seiner Matratze und stellt sich unter die Dusche. Mitternacht ist bereits vorbei. In der Dunkelheit sieht er nicht, unter welch brauner Brühe er sich zu waschen versucht. Statt aus einer Brause, rinnt das Wasser aus einem verrosteten Metallrohr auf ihn runter.
Zum Trocknen setzt er sich auf einen Stuhl vor seinem Zimmer. Wie ein Föhn weht der warme Wüstenwind von den Bergen zum Meer runter. Nach fünf Minuten ist er trocken. Vom Sheraton ins Beduinendorf. Ab in die Wildnis. Kein Polizist der Welt würde ihn jemals bei diesen Hippies suchen. Ohne dass er es wollte, hatte er bereits ein super Versteck gefunden. So einfach war das. Markus überlegt sich, einige Tage in dieser Oase zu bleiben. Er ist gespannt, wo ihn dieses Abenteuer noch hintreiben wird. Als er sich auf seine Matratze legt, fallen ihm die Augen zu. Er versinkt in einen tiefen Schlaf.

$$$

3000 Kilometer Luftlinie entfernt, sitzt Rashid in seiner Wohnung und zählt Geld. Markus sagte einst über Rashid: „Ein Araber würde sich eher selbst umbringen, als seinen besten Freund verraten." Da lag er offensichtlich falsch.
Kaum war es dunkel, fuhr Rashid in den Krantzburgerwald. Was nützte ihm das Geld im Wald? Was wäre, wenn ihm morgen etwas zustossen würde? Alles wäre für nichts gewesen. Mit einem alten Moped fuhr er zum Wald, steuerte direkt zur Stelle mit den drei Tannen. Rashid grub mit den Händen bis er die Mülltüte sah.

Zurück in seiner Wohnung hatte er das Geld mehrere Male gezählt. Vor ihm liegen 250'000 Schweizer Franken auf dem Boden. Noch nie hatte er eine solche Menge Geld gesehen.

# Alles unruhig

Guido fühlt sich unsicher auf der Arbeit. Er denkt ständig an das Geld, welches bei ihm zu Hause versteckt ist. Er rechnet jede Minute damit, dass die Polizei kommt und ihn verhaftet. Den Tag über hört er *Radio DRS3*. Die verlieren kein Wort über einen Banküberfall. Es folgen stets dieselben Nachrichten wie jeden Tag. Am Abend schaut er die Tagesschau. Keine Nachricht über einen Bankraub, langsam beruhigt er sich.

Guido beginnt zu grübeln. Vielleicht hat die Bank den Raub gar nicht der Polizei gemeldet. Welche Bank ist schon dran interessiert, dass eine solch peinliche Sache publik wird? Könnte es sein, dass die Bank den Fall gegen aussen totschweigt?
Scheinbar hat die Polizei anderes zu tun, sonst hätte sie sich bei ihm gemeldet. Keine routinemässige Überprüfung der üblichen Verdächtigen. Markus hatte recht, das gibt's wahrscheinlich nur bei Derrick.

$$$

Als Frau Franke am Montag um halb acht zur Bank reinkommt, sieht es aus wie jeden Morgen. Filialleiter Schenker sitzt in seinem Büro und arbeitet sich durch die Aktenberge auf seinem Pult. Kaum hat er sie erblickt, schnauzt Herr Schenker Frau Franke an: „Der Geldautomat ist leer. Warum wurde der am Freitag nicht aufgefüllt?"
„Guten Morgen. Haben Sie schöne Ferien gehabt? Ich schaue gleich nach. Ich denke, Herr Stoller hatte sich darum gekümmert. Haben Sie ihn schon gesehen?"
„Warum ist der noch nicht da? Schauen Sie, wo er ist. Rufen Sie ihn gefälligst an!"
Da Markus Stoller weder ans Telefon geht noch auftaucht, will Filialleiter Schenker den Geldautomaten auffüllen. Er schaut im

Metallschrank unter dem Pult nach: Er blickt auf zwölf leere Schatullen. Sein Puls schlägt schneller. Leere Schatullen im Schrank können nur etwas bedeuten: Jemand hat das Geld daraus genommen. Normalerweise wandern die Schatullen per Kurier zur Nationalbank. Was war da los?
Zu Frau Franke sagt er: „Im Schrank liegen lauter leere Schatullen. Der Geldautomat ist leer, Stoller ist weg. Da stimmt was nicht!"
Im Fach für Geldbestellungen sieht er die Kopie von Formular 1763. Noch am Mittwoch hatte der Stoller bei der Schweizerischen Nationalbank vierhunderttausend Franken bestellt. Er nimmt den Hörer und ruft die Nationalbank an. Diese versichern ihm, dass das Geld am Donnerstag geliefert wurde.
Herr Schenker setzt sich, erst rückt er sich die Krawatte zurecht, dann fährt er sich mit der Hand durchs Haar. Er wischt sich den Scheitel aus der Stirn nach rechts, da wo er hingehört. Er schiebt sämtliche Akten an den Rand seines Pults und richtet den Kugelschreiber parallel zur Unterlage aus. Dann ruft er Frau Franke zu sich ins Büro. „Wir sind beklaut worden!"
„Wie beklaut?"
„Markus Stoller hat die Kasse geleert und ist weg! Rufen Sie die Polizei."

$$$

Rashid hatte prächtig geschlafen. Er fühlte sich wie ein neuer Mensch. Damals, als er seinen Lebensunterhalt mit dealen verdiente, lebte er auch gut. Er hatte genug Geld, konnte sich kaufen, was er wollte. Doch es war ein nie endender Stress. Beim Dealen war er immer auf Achse. Ständig musste er jemandem noch was bringen, oder er selbst musste eine Ladung Drogen abholen. Es war ein stetes hin und her. Auch mit dem Geld: Mal schuldete ihm einer Geld oder Rashid musste bis Ende Woche jemandem Geld liefern. Wenn es nicht um Geld ging, dann musste er zusätzliche Drogen besorgen, es hörte nie auf. Eine Tasche mit 250'000 Franken im Schrank zu haben, war ein befreiendes Gefühl. Das löst bei ihm keinen Stress aus. Noch nicht, fürs erste hatte er ausgesorgt. Er steht auf, öffnet den Schrank. Alles noch da.

Nach einem Kaffee überlegt er, was er sich als erstes kaufen soll. Neue Kleider? Er nimmt sich einen Bündel Fünfzigernoten und bestellt sich ein Taxi, um ins Zentrum zu fahren.
Bevor er mit dem Einkauf beginnt, macht er einen Schlenker über die Piazza. Er setzt sich an einen Tisch, an dem zwei Frauen sitzen. „Ist hier noch frei?" Beide nicken. Rashid bestellt eine Flasche Veuve Clicquot Champagner. Er fragt die Frauen, ob er sie zu einem Glas einladen dürfe. Diese zögern, nehmen dann dankend an. Ihm sei grad nach Feiern zumute. Rashid öffnet theatralisch die Flasche, schenkt drei Gläser ein, sie stossen an. „Was gibt es denn Schönes zu feiern?" Rashid überlegt kurz: „Ich habe endlich die Führerscheinprüfung bestanden. Nun bin ich das blöde „L" los."
„Wir gratulieren. Sie sind jetzt hoffentlich ohne Auto unterwegs."
„Keine Angst, ich hab noch kein eigenes Auto. Hab den Bus genommen. So kann ich ausgiebig feiern." Er hebt das Glas erneut zum Anstossen. Rashid geniesst den Augenblick. Gerne würde er diese zwei Frauen zu einer Shoppingtour einladen. Mit ihnen in einen Juwelierladen reingehen und sie etwas aussuchen lassen. Was gäbe er drum, deren erstaunte Gesichter zu sehen. Leider würden sie ihm dann die Geschichte mit der Fahrprüfung nicht mehr glauben. Er entschliesst sich, es sein zu lassen.

Leicht angeheitert stolziert Rashid durch die Stadt. In einem Fachgeschäft für Herrenkonfektion lässt er sich neu einkleiden. Er kauft Anzug, Schuhe, vier Paar Hosen mit Bügelfalten, drei Vestons und eine Sonnenbrille.
Nachdem er sich eingekleidet hatte, betritt er ein Uhrenladen in der Marktgasse. Kaum hat er seine Einkaufstaschen abgestellt, steht

bereits eine Verkäuferin vor ihm. „Kann ich Ihnen helfen?" Rashid zupft sein Hemd zurecht und streicht mit den Händen sein Haar nach hinten. „Und ob Sie das können, schöne Frau. Heute erfülle ich mir einen Wunsch." Er schaut sich kurz im Laden um, dann blickt er der Verkäuferin in die Augen. „Ich kaufe mir meine erste Rado."
„Dazu kann ich Ihnen nur gratulieren. Nehmen Sie bitte Platz. Wünschen Sie etwas zu trinken?"
„Champagner würde passen."
„Haben wir leider nicht. Ich kann Ihnen einen Kaffee oder ein Wasser anbieten."
„Dann bitte einen Kaffee."
Eine halbe Stunde später verabschiedet sich Rashid, am Handgelenk trägt er eine schwarze, flache Rado Diastar. Die 3'500 Franken bezahlt er bar. Der Verkäuferin gibt er ein Trinkgeld von 20 Franken.

Später trifft er sich mit Ruben, einem Bekannten. Seit Monaten schuldet Rashid ihm Geld. Eine alte Geschichte. Er drückt ihm 6000 Franken in die Hand, schon hat er eine Sorge weniger.

Auf einem Reisebüro bucht er einen Flug nach Buenos Aires. Rashid wollte immer mal nach Südamerika. Argentinien klang verheissend, passte für ihn. Ab in den Süden, ans Meer. In drei Tagen fliegt er. Er bezahlt die Reise bar.

$$$

Das war mal was anderes, dachte sich Hauptkommissarin Franziska Moser, nachdem sie den Telefonhörer aufgelegt hatte. Auf ihrem Pult stapelten sich Ermittlungsakten. Beim einen Fall hatte anscheinend ein Jogger erneut eine Spaziergängerin sexuell belästigt. Bei einem weiteren Fall ermittelte sie gegen einen Händlerring, der fast

eine Tonne Haschisch umgesetzt haben soll. Nun kam dieser Anruf von der Bank. Sie und Kommissar Beat Gerber fuhren auf direktem Weg zur Bankfiliale.
Sie schauten sich in der Schalterhalle um, niemand hatte den Diebstahl bemerkt. Es gab keine Einbruchspuren, die Bank war am Freitag ordnungsgemäss abgeschlossen worden. Die Alarmanlage war eingeschaltet. Der Tresorschrank war leer. Sie bestellten den kriminaltechnischen Dienst um Fingerabdrücke nehmen zu lassen. Der stellvertretende Filialleiter Markus Stoller war bis jetzt nicht aufgetaucht. Die Anrufversuche blieben erfolglos.

Hauptkommissarin Moser und Kommissar Gerber fuhren runter zum Fluss zu Markus' Wohnung. Die Wohnungstür war nicht abgeschlossen, der Schlüssel steckte innen im Schloss. Als hätte Markus damit gerechnet, dass die Polizei kommt. Auf diese Weise musste die Tür nicht aufgebrochen werden. Am Schlüsselbund befand sich ein Schlüssel für die Bank und ein Schlüssel zur Wohnung seiner Eltern. Die Spezialisten nahmen Fingerabdrücke.
Die Polizisten durchsuchten die Wohnung. Unter den Kleidern entdeckten sie 1'900 Deutsche Mark und 80'000 Spanische Peseten. Das Geld wurde beschlagnahmt und später an die Bank übergeben.
Auf dem Fenstersims lagen drei Bankkarten. Alle lauteten auf Markus, alle von der Bank, bei der er angestellt war. Mit der einen Karte hatte Markus am Freitag noch 1'000 Franken abgehoben. Das Konto wies einen Minusbetrag von 587 Franken auf. Bei den anderen waren noch geringe Geldbeträge auf dem Konto. Sämtliche drei Konten wurden umgehend gesperrt. Bei der Bank Zukredit hatte Markus im April ein Darlehen von 18'300 Franken aufgenommen. Damit hatte er den Renault 5 GT Turbo bezahlt. Die Schuld bei der Zukredit beläuft sich auf 25'155 Franken. Er hätte das Darlehen in sechzig Monatsraten zurückzahlen sollen.

Ansonsten fand die Polizei keine Anzeichen, welche auf eine mögliche Flucht wiesen. Keine Strassenkarten, keine Skizzen, keine Reiseprospekte. Die einzigen Indizien, welche auf eine Abreise des Mieters deuteten, waren fehlende Toilettenartikel. Ansonsten war die Wohnung unverdächtig.

Nun sind sie unterwegs zu Markus' Eltern. Mit einem Zivilfahrzeug fahren sie in den Vorort. Sie klingeln. Eine Frau öffnet.
„Guten Tag Frau Stoller. Kriminalpolizei. Wir suchen ihren Sohn Markus."
Frau Stoller verschlägt es die Sprache. Was ist mit Markus passiert? Ihre Knie werden weich, sie lehnt sich mit ihrem Gewicht auf die Türklinke. Ohne Absicht schiebt sie so die Tür wieder zu. Danach bittet sie die Polizei herein.
„Frau Stoller, wir haben den Verdacht, dass ihr Sohn bei seiner Bank Geld gestohlen hat. Möglicherweise hat er am Freitagabend das Geld geraubt und ist danach verreist. Wann haben Sie Ihren Sohn zum letzten Mal gesehen?"
Eine Frage, die keine Mutter jemals in ihrem Leben beantworten möchte. Frau Stoller sitzt erschlagen auf dem Sofa, sie zittert und bringt kaum einen Laut raus. Sie habe Markus am Freitag kurz vor Mittag am Schalter besucht. Sie kann nicht glauben, was die Polizei sagt.
Hauptkommissarin Moser fragt nach einem Foto von Markus. Sie fahren zur Bank.

$$$

Filialleiter Schenker hat den Fall sofort dem Hauptsitz gemeldet. Noch ist sich niemand sicher, was wirklich passiert ist. Vom Hauptsitz kommen Direktor Roth und ein Jurist. Sie sehen sich die Sache an, Herr Schenker ruft Kassier Rötheler an und fragt nach den Abrechnungen der letzten Woche: „Bringen Sie diese sofort zu uns an den Schalter!"

Schenker knallt den Hörer auf die Gabel, Kassier Rötheler kratzt sich am Hinterkopf. Auch das noch, er nimmt die Mappe mit den Abrechnungen, welche der Kurier von Markus‘ Schalter brachte. Als er die Abrechnungen durchsieht, drohen ihm die Augen aus dem Kopf zu fallen. Das Herz rutscht runter ins linke Knie. Rötheler versteht augenblicklich was passiert war. Sein nächster Gedanke ist, dass er sich einen neuen Job suchen kann. Erst muss er aber diesen Schlamassel ausbaden. Er kontrolliert die Abrechnungen. Ab Montag fehlten die Bar-Einzahlungen der Geschäfte. Das waren pro Tag zwischen 380‘000 und 480‘000 Franken, auf eine Woche hochgerechnet gut 2,3 Millionen Franken. „Dieser verdammte Lehrling!“ Er nimmt die Mappe und hastet zur Schalterfiliale.
Direktor Roth wartet bereits beim Eingang, er streckt ihm die Hand entgegen. Rötheler will ihm die Hand zum Gruss reichen. Direktor Roth herrscht ihn an: „Geben Sie mir die verdammte Mappe, Sie Idiot!“
Rötheler reicht sie ihm: „Es sieht schlecht aus“, danach kriegt Direktor Roth einen roten Kopf.

Die Herren in Krawatten haben in kürze eins und eins zusammengezählt. Markus Stoller hatte sie betrogen. Er hatte die Abrechnungen gefälscht, die Tageseinnahmen abgezweigt und das Geld in die eigene Tasche gesteckt. Dazu kamen noch die vierhunderttausend Franken, welche er bei der Nationalbank bestellt hatte. Die internen Sicherungsmechanismen griffen ins Leere. Rötheler hatte dem Ex-Lehrling blind vertraut. Er hatte die Abrechnungen lediglich Ende Monat mit einem oberflächlichen Blick kontrolliert. Nun war der Junge mit dem Zaster weg.

$$$

Franziska Moser hatte Mühe das zu begreifen. Wie war es möglich, dass ein 21-Jähriger 2,8 Millionen Franken veruntreuen konnte. Hatte er Helfer?
Als erstes verlangt sie eine Liste sämtlicher Läden, welche Geld bar auf die Bank einzahlen. Kassier Rötheler gibt ihr anhand der Abrechnungen der letzten drei Monate ein Blatt mit Namen: Ein Einkaufszentrum, eine Bijouterie, eine Kleiderboutique, ein Fachgeschäft für Herrenmode, ein Hotel und ein Restaurant. Bevor Hauptkommissarin Moser und Kommissar Gerber mit der Befragung der Bankkunden beginnen, kehren sie zum Polizeiposten zurück.

Die Polizei rechnet damit, dass sich Markus noch in der Schweiz aufhält. Wie hätte er, mit einem solch grossen Berg Noten im Gepäck, in den Flieger steigen sollen? Die Polizei gibt vorerst eine schweizweite Fahndung raus. Gesucht wird ein Markus Stoller sowie sein blauer Renault 5.
„Denkst du, er ist es gewesen?" Franziska Moser blickt ihren Kollegen an. „Wer sonst? Der Filialleiter kaum. Die Schalterbeamtin kann ich mir nicht vorstellen. Dieser Stoller hat eiskalt Millionen veruntreut und ist abgehauen."
Moser nickt. „Es sieht danach aus. Hätte aber nicht passieren dürfen."
„Hätte, ja. Wenn der Kassier die Abrechnungen kontrolliert hätte, so hätte er bereits am Montagabend bemerkt, dass etwas nicht stimmt."
„Könnte der Kassier was damit zu tun haben?"
„Wohl kaum. Wie sollte er seine Mithilfe verschleiern? Der wäre uns ausgeliefert."
„Überprüfe ihn dennoch. Wie hiess der nochmal, Rötheli?"
Gerber blättert in seinen Unterlagen.
„Rötheler."
Von Markus' Mutter hatte die Polizei erfahren, dass sie Verwandte in Deutschland haben. Eine Schwester lebt in Köln, ein Bruder in einem Dorf in Schleswig-Holstein. „Dann müssen wir noch seine Verwandten in Deutschland überprüfen. Schick einen Telex an die Polizei in Köln. Die sollen bei denen nach ihm fragen."

„Mach ich."
„Warten wir noch auf den Abgleich der Fingerabdrücke. Dann sind wir sicher, dass es der Ex-Lehrling war. Denke, wir müssen eine internationale Fahndung rausgeben. Bereite mal den Fax vor."
„Hab schon ´ne Weile keine internationale Fahndung mehr ausgelöst. Wie macht man das?"
„Das läuft über das Bundesamt für Polizei. Die leiten die Personenfahndung an Interpol. Frag mal beim Info-Schalter, die wissen, wie das läuft."

$$$

Im ägyptischen Dahab gönnt sich Markus am Dienstag einen freien Tag. Bei Tageslicht sieht er erstmals, wo er gelandet ist. Hier schien die Zeit stehen geblieben zu sein. Eine staubige Strasse führt vorne am Meer entlang. Am Strand stehen Hütten, die als Restaurants dienen. Dahinter die Buden, welche zu Bungalows umfunktioniert wurden. Die Reisenden, die hier gestrandet sind, spulen täglich ein ähnliches Programm ab. Am Morgen Frühstück im Restaurant, danach schwimmen im roten Meer. Ab Mittag hängen sie auf den Kissen der Restaurants und rauchen Sinai Gras. Dazu hören sie Bob Marley und spielen Backgammon. Es spielt keine Rolle, in welchem Restaurant man sich hinlegt. Überall läuft Reggae-Musik, überall gibt's das gleiche Essen.

So hat er sich das Leben nach dem Raub vorgestellt. Er legt sich an den gleichen Tisch wie am Abend zuvor. Da es keinen Kaffee gibt, beginnt er den Tag mit einem Tee. Dazu bestellt er Hummus, Tomaten und Salat. Er reisst einen Streifen Pita Brot ab und tunkt diesen in den Hummus. Salat zum Frühstück, dazu den freien Blick auf das Rote Meer. Was für ein Genuss.
Um das Tischchen neben ihm schart sich eine Gruppe Engländer. Sie beginnen den Tag mit Pizza. Dazu gibt's Tee und einen ersten Joint. Das ist Markus noch zu früh. Er hat Zeit. Er fragt Kellner Larbi, wie spät es

sei. Der schüttelt bloss den Kopf, er habe keine Uhr. Von den Engländern erfährt er, dass es kurz nach zehn Uhr sei. Eine Frage und schon ist er im Gespräch. Fast jedes Gespräch unter Reisenden beginnt mit denselben Fragen: Woher er komme, seit wann er hier sei, wohin er als nächstes fahre. „Willst du mal ziehen?“ Paul, der Engländer hält ihm den Joint vor die Nase. Eigentlich wollte er eine Runde schwimmen, was soll‘s. Markus nimmt einen tiefen Zug und lässt sich in die Kissen fallen. Willkommen in Dahab, denkt er sich. Er blickt hoch zum Strohdach. Bereits jetzt ist es über 30 Grad heiss. Da die Luft trocken ist, ist es gleichwohl angenehm. Angenehm warm denkt sich Markus.
„Was sind deine Pläne für Dahab?“, fragt Paul, der Engländer. „Hab keine Pläne. Bin gestern zufällig hier aus dem Bus gestiegen. Ich denke, ich bleibe eine Weile. Ruhe mich aus. Dann ziehe ich weiter nach Kairo. Bei euch?“
„Wir besteigen morgen in der Frühe den Mosesberg und schauen uns dort oben den Sonnenaufgang an. Wenn du willst, kannst du gerne mit uns kommen.“
„Hey! Danke für die Einladung, klar, bin ich dabei. Wie kommen wir dorthin?“
„Wir nehmen uns ein Taxi. Abfahrt ist um Mitternacht.“
„Mitten in der Nacht?“
„Oh Yes. Bis zum Mosesberg fahren wir zwei Stunden. Morgens um vier Uhr wollen wir oben sein. Der Aufstieg dauert mindestens zwei Stunden. Immer noch dabei?“
„Auf jeden Fall. Das ist das Beste, was mir passieren konnte.“
„In der Nacht soll es kalt sein in den Bergen. Zieh dir was an. Und noch fast wichtiger: Bring gute Schuhe mit.“
„Ich komm aus den Schweizer Alpen. Mach dir um mich keine Sorgen.“ Beide lachen. Markus will Paul mit Gimme Five abklatschen. Der hält ihm bloss die Faust entgegen. „Aha, so geht das.“ Markus stösst mit seiner Faust an.

$$$

Paul weckt Markus kurz vor Mitternacht. Er zieht sich an, packt sein Geld in seine Bauchtasche, nimmt seinen Rucksack. Zu sechst teilen sie sich ein Taxi. Kaum hat das Taxi Dahab verlassen, schläft Markus ein. Zwei Stunden später hält das Taxi am Fusse des Mosesbergs. Beim Katharinenkloster steigt die Reisegruppe aus. Markus erschrickt, als er zwei Reisebusse geparkt sieht. Sie scheinen nicht die Einzigen zu sein. Taxis, Kleinbusse und Reisecars treffen auf dem Parkplatz ein. Markus fragt verwundert: „Wusstet ihr, dass hier solch reger Betrieb herrscht?"
„Ja, einer unserer Freunde war letzte Woche auf dem Mosesberg. Es ist ein beliebter Pilgerweg. Die ganze Welt will da hoch."
„Na dann, lasst uns den Aufstieg angehen."
Die Sechsergruppe lässt den Parkplatz hinter sich. Sie brechen auf, am Kloster vorbei. Das Katharinenkloster befindet sich auf einer Höhe von 1500 Metern. Es ist spürbar kühler als in Dahab. Paul, der die Gruppe anführt erklärt: „Dies ist eines der ältesten Kloster der Welt. Hier soll sich Gott Moses in einem brennenden Busch offenbart haben."
„Sehr eindrücklich." Markus schaut an der Steinmauer empor. Es sieht eher aus wie eine Festung als wie ein Kloster. Die Mauer ist bestimmt zehnmal so hoch wie er. Was für ein Leben die Mönche wohl führen, die sich hierher zurückziehen? „Stell dir vor, wie das Leben vor über tausend Jahren war. Mitten in der Wüste, ohne Wasser, ohne Strom."
„Und ohne Touristen", entgegnet Paul schmunzelnd. „Heute spülen die Touristen bestimmt einen flotten Betrag in die Klosterkasse."
„Soll mir recht sein. An uns verdienen sie jedenfalls keinen Cent." Hinter dem Kloster beginnt der Aufstieg. Ein steiniger Weg zieht sich kilometerweit bis zum Gipfel. Paul hat als einziger der Gruppe eine Taschenlampe bei sich. Sie hätten den Weg auch ohne Lampe gefunden. Sie sind nie allein beim Aufstieg. Pilger und Touristen trotten Richtung Gipfel. Im Sommer ist es tagsüber zu heiss. Deshalb wählen die meisten die Nacht. Pauls Gruppe ist zügig unterwegs, sie überholen ständig Leute. Sie sehen ältere Leute, die am Stock gehen, amerikanische

Touristen, unterwegs in Shorts und Badeschuhen. Markus staunt über einen Mann, der nur noch auf einem Bein geht. Er humpelt an Krücken, kämpft sich bei Nacht über den holprigen Pfad. Der Weg schlängelt sich in Serpentinen den Berg hoch. In den Kurven legen manche Pilger einen Halt ein, ruhen sich aus oder beten.

Nach rund zweieinhalb Stunden haben Paul und seine Gruppe es geschafft, sie sind oben. Sie werden von Glücksgefühlen geflutet. Oben warten zwei Überraschungen auf Pauls Gruppe. Der Gipfel ist bereits gut bevölkert, überall kauern Menschen. In Decken gehüllt sehnen sie sich nach den ersten Sonnenstrahlen. Die zweite Überraschung bietet der Blick über den Sinai. Noch nie hat Markus so was gesehen. Um ihn herum klicken Kamera-Auslöser. Die Morgendämmerung taucht die Felsen unter und um sie in backsteinrotes Licht. Sie stehen auf dem höchsten Berg im Sinai und blicken auf eine steinige Bergwüste. Je näher der Sonnenaufgang rückt, umso tiefer verfärben sich die Berge. Das rot wechselt von backstein- zu bordeauxrot. Die Gruppe lässt den Gipfel hinter sich und zieht noch ein wenig weiter. Auf einem kleineren Hügel setzen sie sich. Hier sind sie fast für sich. Der grosse Touristenstrom schart sich auf dem Hauptgipfel des Mosesbergs zusammen.

Paul zieht einen kleinen Gaskocher aus seinem Rucksack und setzt Wasser auf: „Zeit für einen Kaffee."

Markus schaut in die Ferne. Er sagt von sich selbst, er sei Atheist. Zum Leben brauche er Gott nicht, er benötige Glück. Dennoch fragt er in die Runde: „Zweifelt noch jemand daran, dass Moses hier oben die zehn Gebote erhalten hat?" Alle sind sich einig. Wenn, dann hat das tatsächlich hier stattgefunden. Die Gruppe ist tief berührt. Markus geniesst diesen Augenblick.

Die Bank ist weit weg. Er sitzt auf dem Gipfel und lässt seine Gedanken schweifen. Er denkt an den mühseligen Aufstieg, den steinigen Weg, die Steintreppe am Ende, all die Pilger, die Leute, welche unterwegs gebetet haben. Er lässt diese unendliche Weite auf sich wirken. Er sieht Berge, Felsen, Steine und Erde. Keine Häuser, kein Licht, keine

Pflanzen, darüber der Himmel. Er überlegt, was sich hier abgespielt haben mag. Erklimmen diese Leute den Berg aus purer Freude? Oder war da wirklich etwas passiert, vor tausenden von Jahren? Er sah sich als Realist. Dass Gott Moses Steintafeln mit Geboten übergeben haben soll? Reine Glaubenssache, denkt Markus.

$$$

Kommissar Beat Gerber besucht als erstes den Kassier vom Einkaufszentrum. Kassier Martin scheint die Wahrheit zu sagen. Er habe jeden Morgen kurz nach neun Uhr die Tageseinnahmen des Vortags am Schalter abgegeben. Dafür habe er eine Quittung erhalten, er gibt der Polizei Kopien der Quittungen mit. Über den Schalterbeamten könne er nur Gutes sagen, der sei immer freundlich gewesen.
Bei sämtlichen Befragten klingt die Aussage ähnlich. Der Mann am Bankschalter war stets korrekt. Alles andere als der typische langweilige Schaltermensch, sondern eher wie ein zusätzlicher Arbeitskollege.

Einzig beim Hotel Sonne hören die Polizisten etwas Neues. Nicole ist erstaunt über den Polizeibesuch an der Rezeption. „Ist etwas passiert?"
„Bei Ihnen nicht", versichert Hauptkommissarin Moser. „Wir kommen wegen der Bank. Sie haben regelmässig Geld beim Bankschalter gewechselt. Ist Ihnen in letzter Zeit etwas aufgefallen?"
„Nein, warum? Ist etwas mit Markus?"
„Sind Sie per Du?"
„Klar, wir sehen uns fast täglich. Nun ist er ja im Urlaub."
Sofort erwachen Hauptkommissarin Moser und Kommissar Gerber aus der Routine.
„Wann hat er Ihnen vom Urlaub erzählt?"
„Er hat mich am Freitagabend noch besucht. Danach hat er mich zu einem Glas Wein eingeladen. Da erwähnte er, dass er wegfahre."
„Hat er gesagt wohin?"

„Er wusste es noch nicht. Er meinte, er gehe nach Frankfurt und schaue auf dem Flughafen, wohin er fliegen will.“
Kommissar Gerber notiert.
„Warum fragen Sie, ist etwas passiert?“
„Nein, nein. Nur eine Routinekontrolle. Hat er Ihnen gesagt, wie lange er verreist?“
„Zwei Wochen.“
„Wann war das, als er Ihnen das gesagt hat?“
„Am Freitagabend. Wir sassen auf der Piazza. Am Samstag wollte er verreisen.“

Die beiden Polizisten verabschieden sich von Nicole. Sie gehen ihre Aussage nochmals durch. „Denkst du, der ist tatsächlich so blöd und sagt einer Bankkundin die Wahrheit?“
„Ist wohl eher eine Finte. Der wird kaum von Frankfurt abgereist sein. Wohl eher von Paris oder Madrid.“
Hauptkommissarin Moser meint: „Wir überprüfen Frankfurt trotzdem. Mit dem Zug dahin braucht er fünf Stunden. Lass mal sämtliche Abflüge nach einem Markus Stoller überprüfen. Von Samstagmittag bis Sonntagmittag.“

Die Antwort vom Frankfurter Flughafen war negativ. Ohne genaue Angaben über Flugdatum und Flugziel konnte keine Auskunft erteilt werden. Somit war für die Polizei klar, dass Markus eine falsche Fährte gelegt hatte. Cleveres Bürschchen, denkt sich Kommissar Gerber.

Auch von der Swissair in Kloten erhielt die Polizei keinen Hinweis. Im Monat Juli sei auf den Namen Markus Stoller keine Buchung und kein Flug erfolgt.

$$$

Die Nachricht vom Diebstahl verbreitete sich auf der Bank schneller als ein Grippevirus. Überall wurde getuschelt. In den Gängen, beim Kaffeeautomaten oder auf den Toiletten. Markus war das Thema in der Bank. Er hatte seine dreijährige Lehrzeit und zwei Jahre als Angestellter in der Bank verbracht. Die meisten kannten ihn, viele waren mit ihm per Du. Keiner traute ihm eine solche Tat zu. Nett, korrekt, freundlich. Mit diesen Worten wurde er beschrieben. Alle hatten sich in ihm getäuscht.

Frau Weber standen Tränen in den Augen. Sie hatte am Freitagnachmittag neben ihm am Schalter gearbeitet. Markus hatte ihr bereits kurz vor halb fünf gesagt, sie könne Feierabend machen. Er werde noch abrechnen und danach abschliessen. Das war völlig normal. Zudem sei der Kassier Rötheler noch da gewesen. Auch dem habe er zu verstehen gegeben, dass alles im Lot sei. Markus sei gewesen wie immer. Nichts hätte auf einen Millionendiebstahl hingedeutet. Für sie sei das unglaublich.

Frau Franke ging es gleich. Sie erzählte vom Besuch seiner Mutter am Schalter. Das sei rückblickend fast verdächtig, dass seine Mutter ausgerechnet an dem Tag aufgetaucht sei. Die hatte das sicher gespürt. Grundsätzlich könne sie nur Positives über ihr Arbeitsverhältnis sagen, noch vor zwei Tagen, habe er ihr ein Croissant aus der Bäckerei gebracht. Er sei so ein angenehmer Arbeitskollege gewesen. Und nun das.

$$$

Nach einer Woche reist Markus ab. Eingangs von Dahab hält der Bus Richtung Sharm-el-Sheikh. Meistens warten dort Taxis. Als er daher getrottet kommt, eilen ihm vier Taxifahrer entgegen. Sie bieten ihm Reisen an in jede Stadt im Nahen Osten. „Wollen Sie nach Sharm-el-Sheikh? Nach Elat? Oder Petra? Nach Kairo? Ich mach dir guten Preis. Bist du aus Deutschland?“

Markus schaut sich die Taxis an. Beim Taxistand sieht es aus wie auf einem Autosalon in den 70er Jahren. Die meisten fahren einen alten Peugeot. Daneben hat es Mercedes und VW Käfer. Autos aus einem früheren Leben. Ausgediente europäische Autos erleben hier als Taxis ihren zweiten Frühling.
Er entdeckt einen marineblauen Audi 100 aus den 70er Jahren. So einen hatte sein Vater, als er noch Kind war. Die Türen waren vom Rost zerfressen. „Was kostet eine Fahrt nach Kairo?"
„Hundert Pfund" Es waren gut sechshundert Kilometer bis Kairo. „Ich gebe dir hundert Schweizer Franken. Das sind etwa achtzig Dollar. Ok?"
„Hundertfünfzig."
„Ok."
Der Taxifahrer hält ihm die Tür auf. Er setzt sich in den alten Audi 100. „Dann mal los. Nach Kairo, bitte. Yallah!"

Die Reise führt den Sinai hoch Richtung Israel. Vor Taba biegt das Taxi nach Westen ab. Die Strasse verläuft wie ein Damm übers Meer schnurgerade durch den Sinai. Rechts und links Sand, Steine und Felsbrocken. Ab und zu ein Hügel. Manchmal sieht er Leute am Strassenrand entlangstreifen, zu Fuss durch die Wüste. Weit und breit kein Haus in Sicht, ein Dorf schon gar nicht. Er fragt sich, wohin diese Leute wohl gehen.
Markus hängt tief im Sitz, der Fahrer fährt aus seiner Sicht zu langsam. Er fährt stets einen Gang zu hoch. Statt im zweiten, fährt er im dritten Gang. Er quält den Audi in tiefen Tourenzahlen um Strassenschranken und Schlaglöcher. „Ein schönes Auto haben Sie da. Wie alt ist dieser Audi?"
„Kommst Du aus Deutschland? Audi ist deutsches Auto. Deutsche Autos sind gut."
„Bin aus der Schweiz."
„Schweiz ist schön. Gute Uhren." Er wedelt mit seinem Arm, um seine gefälschte Rolex zu zeigen.

„Waren Sie schon mal in der Schweiz?"
„Ein Cousin von mir lebt in Lausanne. Schweiz ist teuer."

$$$

In Kairo nimmt sich Markus ein Zimmer in einem Vier-Sterne-Hotel. In der Stadt ist es heiss und trocken, er wechselt Geld, tauscht Schweizer Franken in ägyptische Pfund. Er kauft sich die englische Ausgabe der Zeitung Kairo Today und sucht sich eine eigene Wohnung. Drei Tage später zieht er in eine möblierte Zwei-Zimmerwohnung im Agouza Viertel von Kairo. Er wohnt im 12. Stock, hat einen kleinen Balkon, von dem er auf das Gewusel in der Strasse darunter blicken kann. Was für eine Loge, denkt er sich. Lässt er den Blick schweifen, sieht er bis zum Nil. In fünf Minuten ist er zu Fuss am Fluss. Fast wie zu Hause, alles nur ein wenig grösser. Er richtet sich gemütlich ein. Kauft ein beim Händler ums Eck. Das Geld versteckt er vorerst im Tiefkühlfach.

$$$

Die Fahndung der Polizei verläuft harzig. Markus' blauer Renault 5 wurde nach wenigen Tagen in Rapperswil gefunden. Der Standort gab den Polizisten ein Rätsel auf. Weshalb bloss war Stoller mit dem Auto bis Rapperswil am Zürichsee gefahren? Das lag abseits der Strecke nach Zürich. Er kam von Westen, parkte den Renault 40 Kilometer südöstlich von Zürich. War er extra einen Umweg gefahren, um die Polizei zu irritieren? Es machte keinen Sinn. Die Polizei untersuchte das Auto gründlich. Als sie keine Hinweise auf eine Weiterreise fand, orientierte sie Markus' Vater. Dieser fuhr das Auto zu einem Autohändler in der Nähe und verkaufte es für 5'500 Franken. Auch Markus' Wohnung liess sein Vater räumen. Er beauftragte eine Umzugsfirma. Diese verstaute alles in einem Container.

$$$

Die Polizei lässt nun international nach Markus fahnden. Das klingt nach mehr, als es letztendlich ist. Die internationale Fahndung läuft über Interpol. In jedem Land gibt es eine polizeiliche Abteilung, die sich Interpol nennt. Die schweizerische Interpol wird über Beamte des Bundesamtes für Polizei wahrgenommen. Diese leiten eine Fahndung an die Länder weiter, in welchen sich Markus möglicherweise aufhalten könnte.

Beim Bundesamt für Polizei entscheiden sich die Beamten für eine Fahndung in Zone zwei. Zone zwei bedeutet europaweite Fahndung. Das Interpolbüro in Bern schickt folgende Meldung ans Bundeskriminalamt in Wiesbaden, Deutschland.

Gesucht wird Markus Stoller. Alter 21. Grösse 180 cm. Braunes Haar. Braune Augen. Foto beiliegend.
Schweizer Pass-Nummer: A3117151118
Delikt: Mutmassliche Veruntreuung von 2,8 Millionen Franken zum Schaden einer Schweizer Bank.
Der Gesuchte ist höchstwahrscheinlich unbewaffnet.
Datum der Tat: 29.7.1988

Weitere Fahndungsmeldungen sendet das Berner Interpolbüro nach Frankreich, Italien, Österreich und die Beneluxstaaten.
Wie die Fahndung in den jeweiligen Ländern verläuft, darauf hat das Schweizer Interpolbüro keinen Einfluss. In jedem Land prüft das landeseigene Büro von Interpol, ob Markus Stoller national zur Fahndung ausgeschrieben werden soll. Wenn ja, wird der Name in die landeseigenen Fahndungslisten eingegeben. Danach taucht er bei der lokalen Polizei auf. Das ist alles.

Internationale Fahndung bedeutet nicht, dass Fahnder in sämtlichen Ländern den Täter suchen. Der Name wird lediglich im Computer gelistet. Bei einer Personenkontrolle könnte Markus verhaftet werden. Danach würde geprüft, ob Markus an die Schweiz ausgeliefert werden soll.

$$$

Kommissar Gerber versucht sein Glück bei den Reisebüros. Er ruft die grossen Reisevermarkter an und fragt ob ein Markus Stoller bei ihnen eine Reise gebucht hatte. Auch hier wurden sämtliche Anfragen der Polizei mit einem Nein beantwortet.

Weiter werden die Banken der Stadt nach einem Konto von Markus abgefragt. Auch hier wird die Polizei nicht fündig.

Sogar die Schreibmaschine, welche Markus in der Bank benutzte wird beschlagnahmt. Kommissar Beat Gerber braucht Stunden, um das Farbband zu untersuchen. Er hofft, ein Reiseziel, eine Adresse oder sonst einen Hinweis auf einen Fluchtort zu finden. Er wertet sämtliche Buchstaben aus, welche einen Durchschlag auf dem Farbband hinterlassen haben. Er macht sich die Hände schmutzig und versucht aus den Buchstaben Worte zu formen. Er opfert dafür seinen freien Samstagnachmittag. Irgendwann gibt er auf und notiert frustriert ins Protokoll: „Farbband IBM-Schreibmaschine: Nichts Aussergewöhnliches festgestellt."

# Buenos Aires

Rashid hat sich in Buenos Aires in ein Hotelzimmer einquartiert. Er geniesst den Luxus, tagsüber lässt er sich von einem Chauffeur durch die Stadt fahren. Mit dem Geld wirft er grosszügig um sich, ist schliesslich nicht seins. Allein für den Swissair Flug 1. Klasse retour hat er 17'500 Franken bezahlt. Die Suite im Fünf-Sterne-Hotel Emperador kostet ihn umgerechnet knapp tausend Franken die Nacht. Die einzige Enttäuschung für ihn war das Wetter. Er rechnete damit, dass er in den Sommer reisen würde. Anfang August war es in Buenos Aires etwa gleich warm wie in der Schweiz.

Rashid hat das Talent innerhalb kürzester Zeit die falschen Freunde zu finden. Ein junger Ausländer, der mit Geld um sich wirft, fällt schnell auf in Buenos Aires. Eines Abends sitzt Rashid in einer Bar im noblen Stadtteil Recoleta. An der Theke der Antro Bar nippt er an einem Glas Rum-Cola. Er hat Lust auf Party. Er fragt den Barmann, welchen Drink er ihm empfehlen könne. Rashid spricht kein Spanisch, lediglich ein wenig Französisch und ein paar Brocken Englisch: „What drink next?" Mit einem breiten Lachen deutet er mit der Hand auf die Karte mit den Drinks. Zu Hause hatte er stets nur Bier getrunken. Als Mann von Welt mit den Taschen voller Geld, wollte er ein erstes Zeichen mit dem passenden Drink setzen. Der Barmann sprach nur Spanisch, verstand jedoch was Rashid wollte. Er goss weissen Rum in den Cocktail Shaker, gab Limettensaft und Zucker dazu und füllte den Shaker mit Eis. Dann wirbelte er den Shaker um Kopf und Nacken, dass Rashid der Kiefer runterfiel. Der bot diese Show extra für ihn, denkt Rashid. Wie aus dem Nichts, stellte der Barmann eine Cocktailschale vor ihn auf den Tresen, um aus einem halben Meter Höhe den Drink einzuschenken. Rashid schaute entzückt zu. „Por favor", sagte der Barmann. Rashid hob sein Glas, nickte ihm verlegen zu: „Santé."

„Salud!“, zwinkerte der Barmann. Rashid verliebte sich sofort in den Daiquiri. Er gab dem Barmann einen fünf US-Dollarschein Trinkgeld und nahm sich vor, sich hier zu betrinken.

Rashid beobachtet die Leute am Tresen und an den Tischen im hinteren Teil der Bar. Nach dem zweiten Daiquiri verspürt er grosse Lust auf eine Linie Koks. Er winkt den Barmann zu sich, um einen weiteren Drink zu bestellen. Als dieser sich abdreht, berührt er ihn nochmals am Arm. Der Barmann schaut ihn fragend an, Rashid hält für eine halbe Sekunde den rechten Daumen ans Nasenloch. Dazu macht er eine kurze Bewegung mit dem Kopf nach rechts. Der Barmann nickt, er hat verstanden.
Als er ihm den Drink hinstellt, sagt er, dass Pedro bald kommen werde. Rashid versteht davon kein Wort, vertraut aber voll auf den Barmann. Kurz darauf setzt sich ein Typ neben Rashid. „Quieres algo?“, fragt ihn dieser mit einer Schneuzbewegung, Rashid nickt. Zusammen verschwinden die beiden auf der Toilette. Pedro zieht einen Beutel mit fünf Gramm Kokain aus der Tasche und hält ihn Rashid vor die Nase. Pedro taucht den kleinen Finger der rechten Hand in den Beutel. Er hält ihm einen Fingernagel voll Koks unter die Nase. Rashid zieht den Stoff hoch. Im ersten Moment befürchtet er, es sprengt ihm die Schädeldecke ab. Noch nie hatte er so reines Kokain gezogen. Er deutet mit dem Finger aufs andere Nasenloch und will mehr. Pedro hält ihm den Finger erneut hin, Rashid zieht. Darauf gönnt sich auch Pedro seine Ration Koks. Was der Beutel koste, will Rashid wissen. Für fünf Gramm erhält Pedro auf der Gasse zwanzig US-Dollars. Da dieser Typ Ausländer ist, verlangt er das Doppelte. Rashid zieht einen Bündel Dollarscheine aus der Tasche, reicht ihm hundert Dollars und fragt, ob er ihm noch einen zweiten Beutel habe. Der Deal ist perfekt.
Die beiden fliegen wie auf Wolken zurück an die Bar. Das Koks strömt durch Rashids Körper wie eine Million kleine Ameisen. Stillsitzen ist unmöglich, er muss sich bewegen. Er tanzt vor dem Tresen, wie ein Animator im Club Med und klatscht dabei immer wieder in die Hände. So

was hat er noch nie erlebt. Er hat schon oft Kokain gezogen, aber noch nie Pulver, welches ihn derart euphorisiert. Er stürzt seinen Daiquiri in einem Zug runter und will mehr: Mehr trinken, mehr Drogen und Frauen.

Rashid dachte in Pedro einen Freund gefunden zu haben. Pedro konnte alles organisieren. Drogen, Nutten, schnelle Autos. Eines Abends treffen sie sich wieder in der Bar. Rashid hatte bei ihm mehrere hundert Gramm Koks bestellt. Erst tauchen sie abwechslungsweise auf dem Klo ab. Beide ziehen sich gehörig Stoff die Nase hoch. Dann ziehen sie weiter in einen Stripschuppen. Rashid ist bereits dermassen zugedröhnt vom Koks, dass er nicht darauf achtet, was er mit dem Geld anstellt. Er tanzt neben dem Tisch den Limbo. Beinahe hätte er das Gleichgewicht verloren und wäre der länge nach hingefallen. Er feuert die Tänzerinnen an. Dabei klatscht er in die Hände und steckt den Stripperinnen Noten ins Höschen, zwischen den Busen, in den Hintern. Er verteilt grosszügig hundert-Dollarnoten, als wären es argentinische Pesos. Später kommt Rashid die Idee, den Abend mit Tänzerinnen im Hotelzimmer ausklingen zu lassen. Pedro benötigte weniger als eine halbe Stunde um noch mehr Kokain zu besorgen. Der Besitzer des Stripladens lehnt zuerst ab mit der Begründung, die Frauen seien Tänzerinnen, keine Nutten. Als ihm Rashid zwanzigtausend Dollar in bar bietet, wird der Ladenbesitzer schwach. Mit vier Stripperinnen ziehen Pedro und Rashid ins Hotel.
Im Hotelzimmer nimmt die Party richtig Fahrt auf. Sie bestellen beim Zimmerservice Wodka, Whisky und Champagner. Rashid bezahlt den Kellner jeweils in bar. Sie tauchen ihre Nasen in Berge von weissem Pulver und spülen den Schnupf mit Alkohol runter. Die letzten Hemmungen und Kleider fallen.
Am Morgen erwacht Rashid mit einem Brummschädel. Er liegt bäuchlings nackt auf dem Teppich. Eine Stripperin schnarcht in seinem Bett vor sich hin. Von den übrigen Frauen und Pedro keine Spur. Als er seinen Rausch ausgeschlafen hat, merkt er, dass er sein Geld los war. Fast 200‘000 Franken und Dollars sind weg.

Erst erschrak Rashid, kurz darauf musste er laut lachen. So eine Feier hatte er noch nie erlebt. Heisse Frauen, hemmungsloser Sex, Drogen und Alkohol, so gefiel es ihm. Das gestohlene Geld wollte er nicht abschreiben. Er hatte keine Ahnung, wo Pedro wohnte. Er hatte ihn jeweils in der Antro Bar getroffen, er musste ihn finden.
Rashid versucht die nackte Stripperin aufzuwecken, die neben ihm auf dem Bett schläft. Er massiert ihr den Rücken, fährt mit den Händen runter bis zum Po. Mit kreisenden Bewegungen streichelt er ihren Po, streicht ihr das Haar aus dem Gesicht. Keine Bewegung. Er dreht sie um auf den Rücken, küsst ihren Busen, rüttelt an ihr. Sie öffnet die Augen. Er packt sie an den Schultern und schüttelt sie sanft durch. „Hey schöne Frau! Aufwachen." Sie versteht kein Deutsch, schaut ihn an, versucht sich an die vergangene Nacht zu erinnern. „Que quieres! Dondé son my hermanitas?" Rashid springt auf, schreitet rüber zum Schrank. Er zeigt auf den leeren Schrank: Sein gesamtes Geld war weg. Klar, denkt sich die Hübsche. Wenn du die ganze Zeit Geld rausnimmst und es um dich wirfst. Pedro liess sich nicht zwei Mal bitten. Sie füllten Rashid mit Alkohol ab. Sobald der ins Koma tauchte, verschwand Pedro mit dem Geld und den drei anderen. Rashid musste herausfinden, wie der Stripladen hiess. Mit etwas Glück konnte ihm dort eine der Stripperinnen sagen, wohin Pedro abgetaucht war. Mit Geduld und Zeichensprache erfährt Rashid die Adresse des Stripschuppens. Das Mädchen schrieb ihm die Adresse auf und sie nannte ihm die Namen der anderen Mädchen. Pedro kannte sie nicht, den hatte sie letzte Nacht zum ersten Mal gesehen.

Am Abend schaut Rashid in der Antro Bar vorbei. Hinter der Bar stand ein anderer Barmann. Rashid fragt nach dem Barmann, der gestern gearbeitet hatte. Der Barmann versteht nicht was Rashid von ihm will, die beiden sprechen aneinander vorbei.
Er fährt mit dem Taxi ins Striplokal, um den Besitzer zu suchen. Auch dieser ist weg. Rashid will rein ins Lokal und sich in der Garderobe nach den Mädchen umsehen. Der Sicherheitsmann am Eingang

spricht kein Wort Englisch. Als er eintreten will, wirft ihn der Sicherheitsmann raus. Rashid ist am Ende, er ist ein schlechter Detektiv. Ohne Sprachkenntnisse sieht er keine Chance, wie er Pedro oder eines der Mädchen finden könnte. Frustriert kehrt er ins Hotel zurück.

Das Geld war er los. Immerhin hatte er mächtig gefeiert und Spass gehabt. Dem gestohlenen Geld nachzutrauern bringt nichts, denkt sich Rashid. Das Gute war, in der Schweiz war noch Geld vorhanden. Er musste es sich nur beschaffen. Da er kein Geld mehr hat, um das Hotel zu bezahlen, schleicht er sich am nächsten Tag aus dem Zimmer. Er nimmt lediglich Pass, Ticket und leichtes Gepäck mit. Den Rest lässt er zurück. Mit der nächsten Swissair Maschine fliegt er in die Schweiz.

$$$

Markus lernt in Kairo schnell Leute kennen. Viele Rucksacktouristen legten in Kairo einen Zwischenstopp ein. Markus war jung, hatte Zeit und Geld. Auch er war auf einer Reise. Innert kurzer Zeit hatte er sich in seinem Quartier ein wenig eingelebt. Er ging oft in ein Café, um dort Zeitung zu lesen und was zu trinken. Von einem Australier hatte er den Tipp mit dem Hotel Atlas erhalten. Das Hotel Atlas war eines dieser Hochhäuser ähnlich wie Sheraton und Hilton. Mit dem kleinen Unterschied, dass das Atlas ein ägyptisches Hotel war und nicht so vornehm wie die beiden anderen. Er ging oft ins Hotel Atlas, er konnte dort anonym ein- und ausgehen. Im 28. Stock, oben auf dem Dach war ein Pool. Für umgerechnet drei Franken konnte er dort Stunden in der Sonne liegen. Ab und zu schwamm er drei, vier Längen und genoss es anschliessend sich von der heissen Sonne Ägyptens trocknen zu lassen. Die Terrasse des Atlas war ein beliebter Treffpunkt, er kam hier schnell mit anderen Reisenden ins Gespräch.

Neben Markus auf dem Liegestuhl sonnt sich eine junge Frau. Sie scheint aus Deutschland zu kommen. Sie liest ein Buch, unter ihrem Stuhl erblickt Markus ein Nachrichtenmagazin. Markus fragt, ob er kurz den *Spiegel* anschauen dürfe. „Klar, gerne. Kommst du aus der Schweiz?"
„Hört man das so gut? Woher kommst du?" Markus muss laut lachen. Das passiert ihm immer wieder. Jedoch nur bei Deutschen und Schweizern die er unterwegs trifft. Ein Satz reicht und alle wissen, woher er kommt. „Ich bin Emma und komme aus Frankfurt. Wie gefällt es Dir in Ägypten?"
„Gut bis jetzt. Habe aber noch kaum was gesehen. War noch in Israel, bin dann über den Sinai nach Kairo gekommen." Er streckt ihr die Hand hin: „Ich heisse Markus."
Emma schwärmt von den Pyramiden, dem lebhaften Kairo, den Tempeln von Luxor, den netten Leuten und den tiefen Preisen. „Leider fliege ich morgen zurück. Wie lange bleibst du noch?"
Markus hatte schon verschiedene Unterhaltungen dieser Art geführt. Er hatte sich eine Geschichte zurechtgelegt.
„Ich habe Zeit. Hab mir ein halbes Jahr Urlaub genommen. Ich hatte zu Hause auf einer Bank gearbeitet. Jetzt, da ich Ausbildung und Militärdienst hinter mir habe, will ich ein wenig reisen."
„Du hast's aber gut. Wohin gehst du noch?"
„Erst geniesse ich noch ein wenig Kairo. Mir gefällt die Stadt. Obwohl es hier viel zu viele Leute hat und der Verkehr zu laut ist. Irgendwie ist's mir wohl hier. Kairo ist magisch, findest du nicht? Ich will noch den Süden von Ägypten sehen, runter bis Luxor. Eine Freundin von mir bietet Ausflüge nach Luxor und Assuan an. Mit ihr werde ich dort ein bisschen umherreisen. Sie kennt sich da ganz gut aus, das wird bestimmt lustig. Was nach Ägypten folgt, bin ich noch nicht sicher. Vielleicht Jordanien? Petra soll ja ganz schön sein. Und der Libanon würde mich auch noch interessieren."
„Klingt beneidenswert. Wenn ich könnte, würd ich mit dir tauschen. Übermorgen sitze ich schon wieder im Büro."

„Wo arbeitest du denn?"
„Ach, nichts Spannendes. Bei einer kleinen Firma in der Nähe von Frankfurt. Ein ganz normaler Bürojob."
„Dann geniess noch die Sonne. Krass wie das wieder runterbratet hier."

$$$

Eines Morgens kommt Guidos Chef mit dem *Blick* in der Hand in den Pausenraum: „Sieh dir mal DEN an! Der Ex-Stift raubt seine Bank aus. Hahaha." Markus' Foto auf der Titelseite. Darüber in Buchstaben, gross wie Hochhäuser: „Tresor leer. Lehrling weg!" Guido liest den Anriss des Artikels: Würden Sie diesem jungen Mann einen Bankraub zutrauen? Er versucht zu lachen, liest weiter, der ehemalige Lehrling habe 2,8 Millionen Franken erbeutet. Guido pfeift laut, er sagt seinem Chef, dass er ihn kenne. Sie seien zusammen ins Internat gegangen. Nein, er kenne ihn nicht gut, danach hätten sie sich aus den Augen verloren. Das sei ja unglaublich! Im selben Augenblick denkt er an die Winterreifen, die Garage und wie Markus ihn im *Vegas* überredet hatte. Wo Markus jetzt wohl steckt? Guido ahnt: Scheisse, es geht los.

$$$

Die *Blick*-Story verbreitet sich wie ein Lauffeuer in der Stadt. Viele, die Markus nur mal flüchtig gesehen hatten, gaben damit an, dass sie diesen Bankräuber kannten. Oft war die Reaktion auf den Artikel dieselbe: „Der hatte doch stets gesagt, dass er mal ein Ding drehen werde", oder: „Markus hatte schon immer genug Geld in der Tasche." Nun hatte er es getan. Markus war nicht mehr der Schulbub, der von den Klassenkameraden gehänselt wurde. Er musste niemanden mit Drogendeals beeindrucken. Endlich konnte er aufhören, wie ein Berserker Auto zu fahren. Er hatte allen gezeigt, dass er auch anders kann. Frech hatte er seine Bank erleichtert. Er hat Millionen abgeräumt, ohne eine Pistole in die Hand zu nehmen. Er hat keinem weh getan, nun ist er weg. Markus hat nicht gekleckert, er hat geklotzt, wie ein Grosser. Er hatte erreicht, was er so lange gesucht hatte: Seine fünfzehn Minuten Ruhm. Über ihn wurde gesprochen, er war Stadtgespräch. Blos er selbst bekam davon nichts mit.

$$$

Andreas war kein *Blick*-Leser, trotzdem geschah es auf dem Arbeitsweg. Wie jeden Morgen nimmt er die S-Bahn. Die Fahrt in die Stadt dauert nur siebzehn Minuten. Meistens schaut er aus dem Fenster, blickt verschlafen den vorbeiziehenden Landschaften nach.
Der Mann gegenüber von ihm liest Zeitung. Er hält den *Blick* aufgeschlagen vor sich. Andreas sieht als erstes Markus' Foto auf der Titelseite. Er schaut genauer hin, erstarrt als er die Schlagzeile liest. Was schreiben die da? Sein Magen fühlt sich an, als würde er ausgewrungen. Er beugt sich nach vorne und versucht den Artikel zu lesen. Am Bahnhof kauft er sich am Kiosk den *Blick*. Während er liest, hält er die Luft an, er ist total überrumpelt. Als er liest, dass der Diebstahl bereits vor drei Wochen geschehen ist, wird ihm alles klar.
Er hatte sich mit Markus an einem Freitagabend getroffen. Die Tasche! Markus hatte ihm gesagt, dass nichts Gefährliches drin sei. Keine Drogen, keine Bombe. Er hatte nie danach gefragt, nicht mal reingeschaut hatte er. Er musste in der Tasche nachsehen. Sofort.
Pflichtbewusst wie er ist, meldet sich Andreas zuerst im Büro. Dort verabschiedet er sich gleich wieder. Er müsse zum Arzt, er hätte den Termin vergessen. Er fährt nach Hause, rennt in seinen Bastelraum und öffnet den Schrank. Als er die Tasche in der Hand hält, weiss er, was drin ist. Langsam zieht er am Reissverschluss und erschrickt. Andreas blickt auf Bündel von Banknoten. Das sieht nach sehr viel Geld aus. Heilige Scheisse, denkt sich Andreas. Laut *Blick* soll Markus 2,8 Millionen Franken gestohlen haben. Was soll er tun? Er sitzt am Boden, fährt mit der Hand durch das Geld. Er hatte noch nie eine

Tausendernote in der Hand gehalten. Nun lagen da büschelweise Bündel von Tausendern. Wird er durch diese Tasche auch zum Dieb? Kommt er ins Gefängnis? Die Gedanken in seinem Kopf überschlagen sich: Mitgegangen, mitgefangen. Mitgegangen, mitgefangen. Wie eine Schleife wiederholen sich diese Worte. Er verstaut die Tasche wieder im Schrank.

Andreas setzt sich aufs Bett, eine Welt bricht zusammen. Er war enttäuscht. Am liebsten hätte er laut losgeheult. Nicht wegen des Geldes, das war nur bedrucktes Papier. Er war missbraucht worden. Von seinem einzigen Freund. Wie ein Trottel hat er sich ausnützen lassen. Was jetzt? Wie kann er sich an Markus rächen? Wie kann er ihm am meisten schaden?

Andreas sitzt noch lange auf dem Bett, schaut ins Leere. Er überlegt sich, was er tun kann.

$$$

# Fahndung läuft

In der Schweiz blieb die polizeiliche Fahndung erfolglos. Die Polizei hatte keine Spur von Markus, auch von seinen Komplizen wusste sie nichts.
Die Polizei wendete sich deshalb an die Fernsehzuschauer. Über die Sendung *Aktenzeichen XY* ungelöst wurde ein Aufruf gesendet. Nachdem erst ein Kindesentführer gesucht wurde, schaltete Moderator Eduard Zimmermann ins Studio Zürich.

Der Moderator im Schweizer Studio, Konrad Tönz liest mit ernster Miene folgende Meldung ab Blatt: „Der junge Mann, den wir suchen, dürfte die Schweiz verlassen haben. Möglicherweise hält er sich in Deutschland auf. Der Gesuchte heisst Markus Stoller. Er war bis Ende Juli bei einer Bank angestellt und während der Ferienzeit mit der Leitung einer Filiale betraut worden. Die Möglichkeiten, welche mit dieser Vertrauensstellung verbunden waren, soll er dazu benutzt haben, mit über 2,8 Millionen Franken zu verschwinden. Einen Tag nach der Tat, soll Stoller noch in der Stadt gesehen worden sein. Dabei soll er im Besitz eines Bahntickets nach Frankfurt gewesen sein. Wo er sich heute aufhält, ist nicht bekannt. Markus Stoller ist 21 Jahre alt. Er ist schlank und einen Meter achtzig gross. Er hat braunes Haar und braune Augen. Für Hinweise, die zu seiner Festnahme führen, ist eine Belohnung von 10‘000 Franken ausgesetzt.“

$$$

„Den kenn ich!“, ruft Emma, sie sitzt mit ihrer Schwester vor dem Fernseher. Je länger sie das Bild von Markus fixiert, umso nervöser wird sie. Sie hat keine Zweifel: Das ist der Schweizer vom Swimmingpool im Hotel Atlas. Was hatte der ihr erzählt? Er habe bei einer Bank gearbeitet? Ihre Schwester schaut sie ungläubig an. „Ohne Kohl! Mit

dem Typ sass ich am Pool. Er fragte mich nach dem *Spiegel*, wir haben übers Reisen gesprochen. Jetzt sagen die, dass er eine Bank geplündert hat. Wie krass ist das denn!"
„Hast du gesehen? Wenn du das der Polizei meldest, kriegst du eine Belohnung von 10'000 Franken."
„Wie viel ist das?"
Die Schwester sucht nach einer Zeitung und schaut sich die Wechselkurse an. „Das sind gut 17'000 Deutsche Mark! Du musst sofort anrufen. Los!"
„Denkst du? Aber der Typ war voll sympathisch. Überhaupt kein Angeber. Er sagte, dass er ein halbes Jahr Urlaub genommen habe und durch Ägypten, Israel und Jordanien reisen will. Ich kann den doch nicht verraten."
„Du kriegst dafür 17'000 Mark Belohnung!"
„Auf welche Nummer muss ich anrufen? Die Meldung kam aus der Schweiz."
Die beiden warten bis zum Ende der Sendung. Lediglich die nackte Telefonnummer des Studios Zürich wird eingeblendet: „241 47 47". Emma kennt weder die Vorwahl der Schweiz noch von Zürich. Sie beschliesst, erst mal darüber zu schlafen. Am Morgen bei der Arbeit, kann ihr bestimmt jemand sagen, welche Vorwahl sie wählen muss.

$$$

Am Abend besucht Markus die Party einer Freundin. Lucy lebt seit einem halben Jahr in Kairo. Sie arbeitet für einen Schweizer Reiseveranstalter und organisiert für Touristen Ausflüge zu ägyptischen Sehenswürdigkeiten. Lucy war Markus private Reiseführerin in Ägypten. Mit ihr war Markus nach Luxor und Assuan gefahren. Markus hatte ein Auto gemietet und Lucy hatte ihn auf dem Trip begleitet. Nun feiert sie in ihrer Wohnung eine kleine Party.
Das Leben ist billig in Kairo, Lucy wohnt in einer Wohnung mit Dachterrasse. Sie ist gut vernetzt, es kommen Bekannte, Schweizer,

Deutsche, Engländer sowie Einheimische. Markus kommt mit leeren Händen zur Party. Wozu ein Präsent bringen, es hat ja alles. Er nimmt sich eine Flasche Stella Bier aus dem Kühlschrank und versucht sich in Small Talk. Er trifft auf Nick, einen Engländer, der seit Monaten in Kairo weilt. Nick ist auf einer Weltreise. Er redet viel. Wo es ihm gefalle, bleibe er. Ständig denke er, nächste Woche reise er ab, aber er stecke fest in Kairo. Markus erzählt von seiner Reise via Israel nach Kairo. Er schwärmt vom Hippienest Dahab, vom Trip auf den Mosesberg. Nick hört zu, dorthin will er auch. Er hatte schon von Dahab gehört. Nick meint, sie könnten zusammen in den Sinai reisen und von dort nach Israel. Markus sagt weder zu noch ab. Es sei eine gute Idee, sie könnten das später mal bei einem Kaffee besprechen.

Typen wie Nick trifft Markus ständig. Solche Gespräche laufen immer gleich ab. Sie unterhalten sich über die Reise, über Orte, die sie besucht haben, jeder schwärmt von einem unbeschreiblich schönen Spot, den man gesehen haben müsse. Irgendwann meint dann sein Gegenüber, dass sie doch zusammen nach Jordanien oder Israel reisen könnten. Zu Beginn seiner Reise nahm Markus solche Angebote noch ernst. Mit der Zeit merkte er, dass einfach jeder unverbindlich drauflos plapperte. Im einen Moment wollen sie mit dir durch die Wüste trampen, paar Tage später ist alles vergessen. Die meinen das nicht mal böse, war Markus überzeugt, die labern einfach zu viel. Nick war auch aus diesem Holz geschnitzt. Ein braungebrannter Rucksackrowdy, der jedem seine unglaublichen Reiseerlebnisse erzählen wollte. Nick redete ohne Punkt und Komma, Markus hatte teilweise Mühe seinen Londoner Akzent zu verstehen. Das war nicht das Englisch, welches er in der Schule gelernt hatte. Das klang nach reinstem Londoner East-Side-Cockney. Auch wenn er nicht jedes Wort verstand, so amüsierte er sich ab dem schönen typisch englischen Slang-Singsang von Nicks Erzählung. Markus gewöhnte sich bei solchen Unterhaltungen an, interessiert zu nicken. Meistens

sagte er noch: „Klar, machen wir.“ Damit war das Thema meistens gegessen. Eine gemeinsame Reise hatte sich aus solchen Plaudereien nie ergeben.
Die Sonne stand schon tief, hellgelb blendete das Licht beim Blick von der Dachterrasse Richtung Westen. Nick zeigte auf die Sonne und sinnierte über den tieferen Sinn des Pink Floyd Songs *Time*. Nun wurde es Markus zu bunt. Er konnte Nick nicht mehr folgen. Markus flieht ans Buffet, um sich einen Teller mit Essen zu laden.
Als er mit der Gabel eine Scheibe Tomate auf den Teller heben will, verhakt sich seine Gabel mit einer anderen Gabel. Er entschuldigt sich auf Englisch. Die Frau, welche die Gabel hält, sagt nur: „Du kannst auch Deutsch sprechen, ich bin Sarah und komme aus Luzern.“ Leicht verdutzt stellt sich Markus ihr vor. Wäre er eine Comicfigur, über seinem Kopf würde von jetzt an ein Herz blinken. Die Frau gefällt ihm. Sarah ist vor kurzem in Ägypten angekommen. „Was hat dich nach Kairo verschlagen?“
„Ich habe zu Hause Islamwissenschaften studiert. Während des Studiums habe ich Hocharabisch gelernt. Nun will ich noch das echte Arabisch lernen.“
„Welches echte Arabisch?“
„Das Arabisch, welches auf der Strasse gesprochen wird. Hocharabisch verstehen nur die Gelehrten. Ich will aber mit den Leuten sprechen können. Nur so lernst du das Land richtig kennen.“

Sarah scheint ungefähr gleich alt wie Markus. „Wie lange bleibst du in Kairo?“
„Ich hab ein Visum für acht Monate. Genug Zeit, um Kairo zu erkunden und um Arabisch zu lernen. Ende April fliege ich zurück. Und du?“
„Mal schauen was kommt. Ich hab ein Jahr Urlaub genommen. Erst bleibe ich in Kairo. Später will ich noch durch den Nahen Osten reisen.“
„Das will ich auch. Jordanien und Israel stehen noch auf dem Programm. Woher kennst du Lucy?“

Markus erzählt von seiner Reise mit Lucy durch Ägypten. Sie stehen am Rande der Dachterrasse. Sarah hat ihren Teller bereits leer gegessen. Markus rollt sich mit der Gabel ein Stück Salamiwurst zurecht. „Köstlich diese Salami. Seit ich unterwegs bin habe ich nichts derart Leckeres gegessen. Magst du auch ein Stück?“
„Nein danke. Ich esse schon seit Jahren kein Fleisch mehr.“
„Überhaupt kein Fleisch?“
„Bin Vegetarierin. Aus Überzeugung.“
„Aus welcher Überzeugung? Aus religiösen Gründen?“
Sarah muss lachen. „Nein, wegen den Tieren.“ Markus hat sich ein Stück Fladenbrot mit Salami und Tomaten belegt. Er will reinbeissen, doch er zögert eine Sekunde. „Iss nur, es stört mich nicht, wenn andere Leute Fleisch essen.“ Genüsslich beisst er ab.

Es ist angenehm warm, bestimmt noch 27 Grad. Markus geniesst es, mit Sarah auf dieser Dachterrasse zu sein. Vom Rest der Party kriegen sie nichts mit. Sie schauen über die Stadt. In alle Richtungen blicken sie auf einen Wirrwarr an Hausdächern, Antennen und Wassertanks. Die Kulisse wird vom Kairoer Strassenlärm untermalt. Das stete Brumm-Summen der Autos wird alle paar Sekunden von Hupen ergänzt. Sarah sagt: „Ich war noch nie in einer Stadt in der ständig gehupt wurde.“
„Geht mir genauso. Es nervt. Immer hupt einer. Kein Wunder, wenn man schaut, wie die fahren. Bevor sie abbiegen, hupen sie. Wenn sie überholen, hupen sie.“
„Sie hupen auch, wenn sie eine Frau am Strassenrand sehen.“
„Haha, ohne Hupen gibt’s keinen Führerschein.“
„Wie lange bist du schon in Kairo?“
Markus überlegt: „Seit Anfang Monat. Mir kommt es vor, als wär ich schon ein halbes Jahr hier. Es ist krass, jeden Tag erlebt man irgendeine Geschichte. Zu Hause ist mir das nie passiert.“
„Was hast du denn zu Hause gemacht? Hast du studiert?“

„Nein, ich hab das KV gemacht. Eine Lehre auf einer kleinen Bank. Danach hab ich brav am Schalter gearbeitet. Jeden Tag mit umgebundener Krawatte den Kunden Geld ausbezahlt."
Sarah lacht schnippisch: „Und das hat dir nicht gefallen?"
„Es war jeden Tag dasselbe. Ein stinklangweiliger Job."
„Warum hast du dann dort gearbeitet?"
„Was hätte ich sonst machen sollen? Nach der Schule wusste ich nicht was tun. Da steckten mich die Eltern für ein Jahr in ein Internat, um Französisch zu lernen."
„Das klingt doch lustig. Wie wars im Internat?"
„Das hat nichts mit lustig zu tun. Die waren saustreng dort. Früh aufstehen, den ganzen Tag Vokabeln und Grammatik büffeln. Disziplin bis zum geht nicht mehr."
„Und warum gingst du dann auf eine Bank?"
„Ich wusste immer noch nicht, was ich lernen soll. Da hiess es, eine kaufmännische Ausbildung sei immer gut. Also landete ich auf der Bank. Immerhin kann ich es mir dank der Bank leisten, ein wenig reisen zu gehen. Ist ja auch nicht schlecht."

Die beiden unterhalten sich den ganzen Abend. Es passt. Der warme Abend, die Aussicht auf die Lichter Kairos und das vertraute Schweizerdeutsch im orientalischen Ägypten. „Was gefällt dir am besten an Kairo?" Sarah überlegt. Sie blickt Markus in die Augen. Sie mustert seine Frisur, schaut an ihm runter bis zu seinen Füssen in den Ledersandalen. Als müsste sie für ihn einen passenden Anzug aussuchen. Markus ist die Stille unwohl. Er will schon fragen, ob er was Falsches gesagt habe, dann schaut ihm Sarah wieder in die Augen. „Es sind die kleinen Dinge", sagt sie.
„Was für kleine Dinge?" Markus hat komplett den Faden verloren. „Von Kairo! Mir gefällt, wie hier das Leben draussen stattfindet und wie man den Leuten in den Strassen bei ihren Geschäften zuschauen kann."
„Mmhm."

„Ich bin überrascht, wie offen und herzlich die Leute hier sind. Gestern stand ich neben einem Café und hatte mich verlaufen. Ich stand da also und kramte meinen Stadtplan hervor. Auch mit Stadtplan, hatte ich keine Ahnung, wo ich war. Der Kellner hatte dies wohl mitgekriegt und fragte mich ob ich was trinken möchte. Ich wehrte ab und sagte, nein, es sei schon gut. Aber du weißt ja, wie die sind, er überredete mich, mich für einen Tee hinzusetzen."
„Genau so sind sie. Habe oft Mühe diese Typen abzuwimmeln."
„Ich setzte mich also und er brachte mir einen Tee. Viel zu süss. Dann zeigten er und zwei andere Herren, wo ich mich befand. Sie erklärten mir den Weg zurück und du glaubst es nicht, sie liessen mich den Tee nicht bezahlen. Jeder bestand darauf mich einzuladen. Am Ende sagte der Kellner, dass er mich einladen werde. Ich war so was von baff."
Markus trat einen Schritt zurück. Nun schaute er Sarah genau an. Mit ihren schwarzen Haaren und dem schmalen Gesicht sah sie eher aus wie eine Perserin als wie eine Ägypterin. Dank ihren dunkelbraunen Augen sah man ihr die Europäerin überhaupt nicht an. „Soso, wenn sie mit einer Frau zu tun haben, werden sogar die Ägypter charmant."
Er musste lachen. „Ich denke nicht, dass sie mir den Tee offeriert haben, weil ich eine Frau bin. Die Leute sind einfach gastfreundlich hier. Die haben gesehen, dass ich nicht mehr weiterwusste und haben mir geholfen. Mehr nicht."
„Vielleicht hast du recht. Dir würd ich auf jeden Fall auch gerne einen Tee offerieren." Markus hat gar keine Zeit, um über seine spontane Bemerkung zu erschrecken. „Abgemacht!" ruft Sarah. In Markus' Bauch kribbelt es wild. Sie vereinbaren, sich nächste Woche auf einen Tee zu treffen. Er ist glücklich. So glücklich, wie noch nie in seinem Leben.

Als er nach Hause geht, kann Markus an nichts anderes mehr denken als an Sarah. Wie sie ihn von Kopf bis Fuss gemustert hatte. Ihr glänzendes schwarzes Haar. Am besten gefiel ihm, wie sie erfreut „Abgemacht" gerufen hatte. Sie hatte nicht eine Sekunde gezögert.

Was gibt es Schöneres, als sich mit Sarah wieder zu treffen. War das die berühmte Liebe auf den ersten Blick? Noch nie hatte er so unkompliziert eine Frau kennengelernt. Das Leben kann so einfach sein. Noch nie hatte er sich mit einer Frau, die ihm gefiel, so locker und unbeschwert unterhalten. Er machte einen kleinen Luftsprung. Er hätte den ganzen Nahen Osten umarmen können. Er schrie laut: „Uuhuu!" Was für ein Moment. Zum Glück hatte er sein Bankerleben hinter sich gelassen. Wie hatte er nur so viel Zeit in der Schweiz verplempern können. So unbeschwert kann das Leben sein, das gefiel ihm. Auf Dachterrassen mit anderen Leuten übers Reisen quatschen und dabei die schönste Frau der Welt kennenlernen. In seiner Wohnung angekommen, setzt er sich auf seinen Balkon. Es ist keine Dachterrasse wie bei Lucy, aber immerhin. Vom 12. Stock aus sieht er den Kairoer Fernsehturm und den steten Verkehr auf der Quasr-al-Nil Brücke. Er raucht eine Zigarette und blickt in die Nacht. Er beschliesst, sich für einen Arabischkurs einzuschreiben. Am besten an derselben Schule wie Sarah.

$$$

Bei der Polizei melden sich verschiedene Anrufer. Jemand sagt, er habe diesen Stoller auf der Rigi gesehen. Die Rigi ist ein Berg in der Zentralschweiz, ein beliebtes Wandergebiet. Ein weiterer ruft an, er habe Stoller als Kellner in einem Restaurant im Kanton Schwyz erkannt. Die Polizei geht diesem Hinweis nach. Kommissar Gerber telefonierte mit der Polizei in Schwyz. Er schickte ihnen Fotos von Markus, informierte sie über den Fall. Die Schwyzer Polizei führte darauf eine Kontrolle im gemeldeten Restaurant durch. Der Kellner konnte sich ausweisen, er hatte nichts mit Markus zu tun.
Auch aus Deutschland gingen zwei Hinweise ein. Markus sei in einem Kaufhaus in Hannover gesichtet worden. Ein anderer wollte ihn am Bahnhof in Karlsruhe gesehen haben.

Markus‘ Ägyptenbekanntschaft Emma ringt sich nach erstem Zögern durch, sie wählt die Nummer in der Schweiz.
„Fernsehstudio Zürich, Meier. Guten Tag.“
„Hallo. Ich rufe an wegen der Sendung *Aktenzeichen XY*. Ich habe den Bankräuber Markus Stoller letzte Woche gesehen.“
„Wo haben Sie ihn gesehen?“
„In Kairo. Er war im selben Hotel wie ich, im Hotel Atlas. Er sass auf einem Liegestuhl neben mir. Wir haben uns übers Reisen unterhalten. Er erwähnte, dass er bei einer Bank in der Schweiz gearbeitet hatte.“
„Einen Moment bitte. Ich gebe Ihnen die Nummer der Kantonspolizei, die den Fall bearbeitet.“
Emma notiert sich die Nummer und ruft die Polizei an. „Kommissar Gerber, Hallo?“
Emma erzählt ihm nochmals dasselbe. Sie beschreibt wie Markus ausgesehen hat, was er ihr erzählt hatte. Der Polizist nimmt ihre Personalien auf und verspricht sich zu melden. Emma wird danach nie mehr etwas von der Polizei hören.

$$$

„Du Franziska, da will eine den Stoller in Ägypten gesehen haben.“
„Ägypten? Das wird ja immer bunter. Wir haben schon Rigi, Schwyz, einer sah ihn im Berner Oberland, plus die Anrufe aus Deutschland. Wo sollen wir anfangen? Wir können ja schlecht auf die Rigi fahren und nach ihm Ausschau halten. Diese XY-Aufrufe bringen nichts, ausser eine Menge Idioten, die sich wichtig machen wollen. Wissen wir, wo in Ägypten die Frau ihn gesehen haben will?“
„In einem Hotel Atlas. In Kairo.“
„Dann frag mal in dem Hotel nach.“
„Wir könnten auch mit der ägyptischen Polizei zusammenarbeiten. Die könnten für uns dort nachsehen.“

„Ach, die Polizei spricht doch nur Arabisch. Im Hotel hast du vielleicht Glück und die verstehen sogar Englisch. Probiers mal dort. Frag, ob ein Markus Stoller Gast bei ihnen ist."
„Glaubst du der ist so doof und hat unter seinem richtigen Namen eingecheckt?"

$$$

Auch auf dem Polizeiposten in der Stadt melden sich nach der Sendung *Aktenzeichen XY* verschiedene Leute. Einer behauptet, ein guter Bekannter von Markus zu sein. Er heisst Otto und will den zuständigen Kommissar sprechen. Nachdem er eine Weile warten musste, setzt sich Otto gegenüber von Kommissar Gerber.
„Sie haben also den verschwunden Stoller noch gesehen?"
„Gesehen nicht. Aber ich weiss, wo er steckt."
Kommissar Gerber reckt sich im Stuhl zurecht. Er schaut diesem Otto in die Augen. War der nüchtern? Oder hatte sich der extra zugedröhnt, um auszusagen? Otto war bleich, hatte Sommersprossen und Pupillen wie Stecknadeln. Gerber kannte solche Typen. „So, und wo steckt denn der Markus Stoller?"
„Auf Mauritius." Otto zog die Brauen hoch und doppelte nach: „Wir kennen uns seit Jahren. Er hatte mich gefragt, ob ich bei einem Deal mitmachen wolle. Er plante etwas mit der Bank. Er erzählte immer, dass er irgendwann einen Coup landen werde. Er wollte, dass ich ihm helfe. Erst wollte er die Bank plündern, danach sollte ich ihn nach Mauritius begleiten."
„Was wollte er denn mit Ihnen auf Mauritius?"
„Sich verstecken."
„Und was soll ich jetzt tun? Nach Mauritius fliegen und ihn dort suchen?"
„Genau. Und danach zahlen Sie mir die zehntausend Franken Belohnung. Sie werden ihn dort finden."

Kommissar Gerber erstellte ein Protokoll mit Ottos Aussagen. Als Hauptkommissarin Moser ins Büro kommt, sagt Gerber: „Er ist nicht in Kairo. Er soll sich auf Mauritius verstecken.“
„Komm, wir machen Feierabend.“

$$$

Der einzige ernstzunehmende Anruf kam von einer Frau Gasser. Sie betreibt mit ihrem Mann zusammen eine Tankstelle ausserhalb der Stadt. Sie meinte, ihr war sofort aufgefallen, dass mit den beiden Typen etwas nicht stimmte. Sie will Markus Stoller beobachtet haben, wie er zusammen mit einem anderen bei der Tankstelle eine Tasche entsorgte. Die beiden hätten Reifen gepumpt. Danach hätte einer der beiden eine Tasche im Müll entsorgt.
„Warum sind Sie so sicher, dass es sich dabei um Markus Stoller handelt?“, will Kommissar Gerber wissen.
„Ich habe ihn auf dem Fahndungsfoto bei *Aktenzeichen XY* wiedererkannt. Der war es.“
„Haben Sie diese Tasche noch?“
„Ja klar. Als sie weg waren, habe ich die Tasche aus dem Müll geholt. Die war noch ganz neu.“
„Wissen Sie, was für ein Auto die beiden gefahren sind?“
„Schwierig zu sagen. Es war ein blaues, ein älteres Auto.“
„Welche Marke?“
„Weiss ich nicht.“
„Könnte es ein Renault 5 gewesen sein?“
„Nein, eher ein Japaner.“
„Können Sie uns die Tasche auf dem Posten vorbeibringen?“
„Kann ich.“

$$$

Es meldet sich noch eine Barfrau des Cafés *Vegas*. Markus sei Stammgast gewesen. Er habe oft zusammen mit Freunden Bier getrunken.

$$$

Auch Andreas hatte *Aktenzeichen XY* gesehen. Er zuckte vor dem Fernseher regelrecht zusammen als er den Aufruf sah. Was sollte er tun? Als ihm Markus damals die Tasche anvertraute, gefiel ihm das bisschen Nervenkitzel. Er dachte, er wäre Teil eines Abenteuers. Das war er ungewollt auch. Ein Bankraub war eine grosse Nummer, kein Bubenstreich. Darauf stand Gefängnis oder sogar Zuchthaus. Dazu hatte er keine Lust. Zudem fand er es fies, gemein und hinterhältig, Markus hätte ihn einweihen müssen. Wäre er Teil des Plans gewesen, er hätte mitgemacht. Auf jeden Fall hätte er das. Mal endlich raus aus dem öden Alltagstrott. Aber so wie es jetzt lief, nutzte Markus ihn bloss aus.
Er beschloss, die Sache seinem Vater zu sagen. Er hatte das Geld weder angerührt noch eingesteckt. Erst seit dem *Blick*-Artikel wusste er, dass er eine Tasche mit Geld bei sich zu Hause hatte. Was konnte ihm schon passieren? Sein Vater war Jurist, der wird eine Lösung finden. Tatsache war, dass er jeden Tag an das Geld dachte. Er wusste, er hatte etwas Falsches getan. Nun ging es darum, die Sache möglichst glimpflich zu überstehen. Je früher, desto besser. Er wird es ihm nach dem Abendessen gestehen.

Andreas hatte seinen Vater noch nie so wütend erlebt. Der war völlig ausser sich, dass sein Sohn einem Verbrecher geholfen hatte.
„Das ist Hehlerei!“, ruft er immer wieder. „Du hast gestohlenes Geld angenommen und versteckt. Wie dumm muss man sein, einem solchen Dilettanten zu helfen?“
„Woher hätte ich wissen sollen, was in der Tasche drin ist?“
„Du hättest die Tasche öffnen können!“
„Und dann? Was hätte das gebracht?“

Seine Beteuerungen nützen nichts. „Willst du darin von dir lesen?" Sein Vater zeigt auf die Tageszeitung, die auf dem Tisch liegt. Seit seinem Studium ist sein Vater ein treuer Zeitungsleser, er hebt die Zeitung mit einer Hand hoch. Wie ein Gesandter im Mittelalter, der in einem Dorf den Befehl des Königs verkündet: „Willst du, dass da drin auch über dich berichtet wird?" Was hätte Andreas dazu sagen sollen? Sein Vater knüllt die Zeitung zusammen. Andreas blickt ihn an. Er formt die Zeitung zu einem Ball, schmeisst sie gegen die Wand. Fehlt nur noch, dass er schreit wie ein Diskuswerfer, denkt sich Andreas. Beide schauen auf den Fleck Druckerschwärze an der Wand.
„Es gibt nur einen Weg. Du musst dich der Polizei stellen und kooperieren. Nur so kommst du mit einer möglichst milden Strafe davon. Was weißt du über diesen Markus?"
„Wir sind zusammen in die Berufsschule gegangen. Er war mein einziger Freund."
„Du sagst es: Er WAR dein Freund."

$$$

Markus hat sich an der International Language School in Kairo für einen Arabischkurs angemeldet. Viermal pro Woche büffelt er während vier Stunden Arabisch. Zu Beginn hat er Mühe sich vorzustellen, dass er diese Sprache jemals beherrschen wird. Mit der Zeit verliert er Hemmungen. Sobald er weiss, wie man ich, du, er, wir sagt und einige Verben konjugieren kann, macht er schnell Fortschritte. Er versucht das Gelernte im Alltag anzuwenden, sei es beim Einkauf, im Taxi oder in einem Strassencafé. Die Ägypter schätzen es, wenn Europäer versuchen ihre Sprache zu sprechen. Kaum kann er erste Sätze bilden, lernt er endlich auch Ägypter kennen.

$$$

Rashid war zurück in der Schweiz. Er hatte bei sich in der Wohnung noch zehntausend Franken versteckt. Nun musste er einen Weg finden, um an das restliche Geld zu kommen. Über Andreas wusste er zu wenig, er musste an Guido rankommen. Er wusste, dass sich Markus und Guido im Internat kennengelernt hatten. Von Guido kannte er nur den Vornamen. Wie sollte er das bloss anstellen? Rashid überlegte, wer Guido kennen könnte. Er selbst hatte Guido nur wenige Male gesehen. Sie kannten sich mit Namen, grüssten sich und führten ein wenig Small Talk, das war's. Auf der Szene musste er gar nicht fragen, da kennt keiner vom anderen den Nachnamen. Da gelten nur Vornamen und sogar die stimmen nie.
Als einzige kamen Rashid Markus' Eltern in den Sinn. Die kannten Guido auf jeden Fall. Er musste einen Vorwand finden, um Markus' Eltern zu besuchen.

$$$

Er trägt schwarze Hosen mit Bügelfalten, dazu ein beiges Leinenhemd, die Haare hat er wie immer streng nach hinten gestrichen. Abends um neunzehn Uhr klingelt Rashid bei Stollers, Herr Stoller öffnet. „Guten Abend. Mein Name ist Rashid. Ich bin ein Freund von Markus."
„Hallo. Na, kommen Sie rein, bitte", Rashid zieht die Schuhe aus und tritt ein. Er stellt sich bei Frau Stoller vor. Sie bitten ihn, auf dem Sofa Platz zu nehmen. „Möchten Sie was trinken? Einen Kaffee vielleicht?"
„Machen Sie sich bitte keine Umstände. Ich will Sie nicht stören. Ich wollte mich bloss erkundigen, wie es Ihnen geht?"
„Wie nett von Ihnen", Frau Stoller setzt sich zum ihm auf's Sofa.
„Ich kenne Markus vom Fitnesstraining. Wir haben oft zusammen trainiert. Bestimmt zweimal pro Woche. Manchmal sind wir danach noch was trinken gegangen oder sassen bei ihm in seiner Wohnung und unterhielten uns." Markus' Vater runzelt die Stirn, er fährt sich mit der Hand durch den Bart: „Markus hatte trainiert? Das hatte er uns gar nie erzählt."

„Scheinbar hatte Markus viele Geheimnisse. Ich habe die Sache mit der Bank aus der Zeitung erfahren. Eine ungeheuerliche Geschichte. Hat er Ihnen etwas davon erzählt? Wie fühlen Sie sich? Wie gehen Sie damit um?“
Rashid hatte die Aufmerksamkeit, die er sich wünschte. Die Eltern schätzten es, dass jemand nach ihrem Befinden fragte. Sie erzählten, wie sich Leute im Dorf demonstrativ von ihnen abwendeten. Auch beim Einkaufen im Konsum, hätten sie bemerkt wie die Leute tuschelten. Sie würden nur noch in der Stadt einkaufen. Es sei schwierig. Auch die Polizei sei mehrmals da gewesen. Das schlimmste war aber die Sendung *Aktenzeichen XY*, ihr Sohn als gesuchter Bankräuber mit Bild im Fernsehen, es war schrecklich.
„Markus war ja oft mit Guido zusammen. Kennen Sie ihn?“
„Sie meinen Guido Keller? Mit ihm war er auf dem Internat. Klar, kennen wir ihn, warum?“
Rashid hatte erhalten, was er gesucht hatte. „Ich dachte nur. Da sie häufig zusammen unterwegs waren, hab ich mich gefragt, ob Guido eventuell etwas weiss. Herr Stoller, es ist nur so eine Idee.“
„Was sollte Guido denn wissen?“
„Vielleicht wo Markus steckt. Ich dachte, ich sei mit Markus gut befreundet. Dann lässt er mich stehen, ist plötzlich wie vom Erdboden verschwunden und dann diese Story im *Blick*.“
Markus‘ Eltern schütteln mitleidig den Kopf. „Warum hätte Markus jemanden einweihen sollen? Er war ein Eigenbrötler. Falls Sie Guido fragen wollen, er wohnt in der Stadt. An der Hauptstrasse. Ich habe die beiden oft genug vom Internat abgeholt, grüssen Sie Guido von uns.“
„Danke, das werde ich.“

$$$

# Der Anruf

Ende Juli war Markus verschwunden. Nachdem der *Blick* reisserisch über den Bankraub berichtet hatte, griffen noch lokale Zeitungen die Geschichte auf. Danach blieb es ruhig. Guido gewöhnte sich daran, dass in seiner Garage eine Million Franken in zwei Winterreifen steckte. Oder besser: Er vergass es. Je mehr Zeit verging, umso weniger dachte er an die Sache. War doch alles nur halb so wild.

Im August fuhr er mit seiner Freundin in den Urlaub nach Frankreich. Sie mieteten Kanus, lagen in der Sonne und spannten aus. Seinen Job hatte er auf Ende August gekündigt. Im Oktober beginnt er seine neue Arbeitsstelle in einer kleinen Schreinerei. Bis dahin hatte er frei. Er hatte den Arbeitsbeginn der neuen Stelle absichtlich auf Oktober gelegt. So gönnte er sich einen freien September. Als Pufferzone zwischen den beiden Jobs.

Das Geld, welches er beim Packen der Reifen genommen hatte, gab er sporadisch aus. Er versteckte es in Platten und Büchern in seinem Zimmer. Wenn er Geld brauchte, kramte er eine Joe Cocker Platte hervor und entnahm ein paar Scheine. Ein schlechtes Gewissen hatte er dabei nicht. Das schlechte Gewissen hatte ihn die ersten Tage nach dem Coup geplagt, damals bewegte er sich wie auf Nadeln. Ständig fühlte er sich beobachtet, bei jedem Anruf im Geschäft zuckte er zusammen. Er hatte sich auf verschiedene Fragen der Polizei vorbereitet, doch die Polizei kam nicht. Noch nicht.

Für den freien September hatte er noch keine Pläne. Seine Eltern waren im Urlaub, er hatte sturmfrei. Er wollte in den Bergen wandern gehen. Es kam anders. Der Schweizer Herbst bot Regen am Stück, es war nass und grau. Guido entschied sich, seine Eltern in Spanien zu besuchen. Sie machten Urlaub in einem Ferienhaus in der Nähe von Barcelona.

$$$

Statt mit dem Auto, fährt er mit dem Zug nach Spanien.
Während seine Eltern an den Strand fahren, bleibt Guido am Pool, liest und schwimmt viel, geniesst den verlängerten Sommer.

Eines Abends als er mit seinen Eltern auf der Terrasse beim Nachtessen sitzt, klingelt das Telefon. Wer um Himmelswillen weiss, dass seine Eltern hier im Urlaub sind? Seine Mutter steht auf, nimmt den Hörer: „Hallo?“
„Hallo Mami, ich bin‘s.“
Am Telefon ist Guidos Schwester Susanne. Sie will mit Guido sprechen. Guido steht auf und hört jemanden am anderen Ende sagen: „Hey Guido, weißt du wer ich bin?“ Ihm gefriert das Blut in den Adern. Seine Stimme ist weg: „Ja“, nuschelt er. Es war Rashid.

Rashid bricht los wie ein Wasserfall: „Ich bin gestern von der Polizei verhört worden. Die dachten, ich sei am Bankraub beteiligt. Aber easy, die konnten mir nichts nachweisen. Sie haben mir geglaubt, dass ich nichts damit zu tun habe.“
„Aha.“
„Guido, hör zu. Als ich bei der Polizei im Büro verhört wurde, sah ich auf einem Stapel Papier, dass bei dir eine Hausdurchsuchung geplant ist. Wo habt ihr das Geld versteckt? Ich bringe es in Sicherheit, damit die nichts finden.“ Scheisse, denkt Guido, eine Hausdurchsuchung bei mir. Auch das noch. Aber besser, Rashid versteckt das Geld an einem anderen Ort, als dass die Polizei es bei ihm findet. Während seine Eltern hinter ihm die Ohren spitzen, deutet er an, wo und wie das

Geld versteckt ist. Am Telefon sagte er nur abgehackte Worte: „Ja. Klar. Gib mir meine Schwester. Unten in der Garage. Winterreifen. Ja. Drinnen. Ja. Pass auf. Tschüss."
Guido legt auf. Wieder fühlt er den Pulsschlag bis in die Ohrmuscheln. Er ist froh, kommt das Geld weg aus dem Haus seiner Eltern. Wenn die Polizei es später findet, hatte er wenigstens nichts damit zu tun. Er war aus dem Schneider. Aber was sollte er seinen Eltern erzählen? Sie hatten das Gespräch einseitig mitgehört. Shit.

Er setzt sich wieder an den Tisch, lädt sich mit der Gabel ein Stück Fleisch auf und kaut als wäre er Testesser in einer Fernsehshow. „Wer war das am Telefon?", will seine Mutter wissen. „Susanne. Hast du doch gehört."
„Was wollte sie? Und was ist in der Garage? Was ist mit deinen Winterreifen?"
„Ach nichts, ein Freund von mir hat Probleme mit seinem Auto. Der fährt auch einen alten Toyota wie ich und brauchte einen Ersatzreifen. Soll er doch meinen nehmen." Seine Mutter schien sich damit abspeisen zu lassen. Guido wechselt das Thema. Er sagt, dass er morgen nach Barcelona fährt, um sich die Stadt anzuschauen.

Als seine Mutter das Geschirr spült, kommt sein Vater zu ihm auf die Terrasse. Guido steht neben dem Pool, blickt auf den Hügel, in der Ferne sieht er das Meer. „Was hast du angestellt?", sein Vater fragt ihn das so ruhig, als würde er ihn fragen, ob sie noch eine Partie Boule spielen wollen. „Ich hab Scheisse gebaut." Am liebsten hätte er alles gesagt, mit niemandem hatte er darüber gesprochen. Er war mit seiner Freundin drei Wochen in Frankreich gewesen, kein Wort hatte er gesagt. Zu Hause, hatten alle ihn darauf angesprochen. Viele wussten, dass er und Markus Freunde waren, wie ein Trottel hatte er stets den Unschuldigen gespielt. Im Betrieb dasselbe. Immer hatte er wie ein Taubstummer genickt und mit den Schultern gezuckt. Scheinbar hatte er diese Nummer ganz gut drauf. Jetzt wird Rashid das Geld an einem

anderen Ort verstecken, endlich kann er darüber sprechen. Die verdammte Geheimnistuerei hatte ein Ende. „Hat es etwas mit Markus' Geschichte zu tun?" Damit hatte Guido nicht gerechnet. Wie kommt er bloss darauf? Ungläubig antwortet er: „Ja, scheisse, nochmal. Aber es kommt gut. Keine Angst, ich verspreche es."
„Wer möchte ein Dessert? Es hat Eis oder Eis." Guido nimmt zwei Kugeln Schokolade und eine Kugel Vanille. Am nächsten Tag fährt er nach Barcelona, danach zurück in die Schweiz.

$$$

Markus sieht Sarah ab und zu. Vorerst nur an der Schule, später treffen sie sich regelmässig auf einen Tee. Sie beschliessen am Wochenende zusammen auszureiten. Sarah hatte seit Kindesalter Reitunterricht genommen. Markus war mal in einem Zoo auf einem Pony geritten. Dasselbe auf einem Pferd konnte nicht so schwierig sein, dachte er sich.
Bei der Cairo Horse Riding School leihten sie sich zwei Pferde für einen Ausritt. Mohammed, dem Vermieter war es egal, ob sie Reiterfahrung hatten. Er schirrte für sie zwei Pferde, erklärte die Kommandos, schon ging's los.

Als Markus oben auf dem Pferd sitzt, sieht die Welt anders aus. Plötzlich hat er Respekt. Den ersten Ausritt beginnen die beiden in lockerem Tempo. Meistens trottet Markus hinter Sarah her. Von weitem sieht er aus, wie Don Quichote, der ähnlich, wie ein Sack Kartoffeln im Sattel hängt. Markus ist vom Ausritt beeindruckt. Was für ein Gefühl, mit Sarah durch die Wüste zu reiten. Er ist von ihr und den Pferden begeistert. Der Eindruck wird verstärkt durch den Ausblick auf die Pyramiden im Abendlicht. Von der Reitschule waren sie in zehn Minuten bei den Pyramiden. Abends leuchten diese golden, je tiefer die Sonne steht, wechselt das Gold ins Rot. Welch erhabener Anblick. Vor ihnen die Pyramiden, dahinter die endlose Häuserwüste Kairos.

Von den Pyramiden zurück gibt Sarah ihrem Pferd die Sporen. Sie galoppiert an Markus vorbei. Dieser zögert keine Sekunde: Er rammt seinem Pferd beide Fersen in den Bauch und ruft: „Heya!“ Auch seines setzt zum Galopp an. Markus lehnt sich nach vorne, krallt mit den Händen Zügel und Mähne, versucht sich dabei mit den Knien ans Pferd zu klammern. Vorne zieht Sarah davon, dahinter nimmt Markus die Verfolgung auf. Nach kurzer Zeit drosselt Sarah ihr Pferd auf Schritttempo runter. Markus weiss nicht was tun, er reisst gleichzeitig an Mähne und Zügeln und schreit: „Stopp!“ Das Pferd gehorcht und schaltet gefühlte zwei Gänge runter. Markus ist erschöpft von seinem ersten Ausritt, aber auch ein wenig verunsichert. Alles gut gelaufen.

$$$

„Was bist du nur für ein Arschloch!“ Mit diesem Satz wird Guido von seiner Schwester Susanne begrüsst. „Nur ruhig, mir ist klar, dass ich Scheisse gebaut habe. Hat alles geklappt?“ Sie sitzen in einem Café, Susanne ist drei Jahre älter als Guido, sie kennt Markus nur flüchtig. Er war einer der Jungs, der mit ihrem Bruder rumhing. Sie hatte natürlich die Geschichte mit dem Bankraub mitbekommen. Damals fand sie das lustig. Er hatte der Bank Geld geklaut, hatte niemandem was getan, keinen verletzt und nun war er weg. Die Bank wird den Raub verkraften können.

Damals stand sie klar auf seiner Seite. Als sie aber plötzlich dieses Geld in ihren Händen hielt, veränderte sich ihr Standpunkt. Sie wollte da nicht reingezogen werden. Und dass ihr Bruder was damit zu tun hatte, das hätte sie nie gedacht. Nicht im Traum wäre sie darauf gekommen.

Stets war ihr Bruder das Muttersöhnchen gewesen. Der kleine Bruder durfte alles machen, was sie früher nicht durfte. Als Kind durfte er länger Fernsehen. Als Jugendlicher länger weg. Wie die meisten älteren Geschwister, fühlte sie sich benachteiligt. Sie musste stets

Vorspuren, der kleine Bruder konnte sich dann ins gemachte Bett legen. Dass ihr Bruder an einem Bankraub beteiligt war, war der Gipfel!

„Hat alles geklappt mit den verdammten Reifen?"
„Was hast du dir dabei gedacht? Spinnst du? Weißt du, dass du da mit drinsteckst?"
„Das war doch keine Absicht! Glaub's mir. Ich bin froh, dass das Geld weg ist. Aber erzähl mal."
„Ein Riesenscheiss war das! Plötzlich klingelte es wie wild an der Tür. Ich öffne: Da steht dieser Rashid, grinst und sagt, dass er zu dir müsse. Schöne Freunde hast du da!"
„Rashid ist nicht mein Freund. Ich kenne den kaum, er ist eine Dumpfbacke. Jetzt sag schon, ist alles weg?"
„Wir gingen runter in die Garage. Unterwegs kam prompt die Nachbarin und müllte uns zu mit ihrem Klatsch. Als wir die abgeschüttelt hatten, suchten wir die Winterreifen. Vier Stück haben wir in mein Zimmer hochgeschleppt. Keine Ahnung was sich die Frau Nachbarin dabei gedacht hat, war bestimmt ein schönes Bild."
„Jetzt beruhig dich. Es tut mir leid, dass ich dich da reingezogen habe. Scheisse, ich hätte von Anfang an Nein sagen sollen."
„Dann hatten wir diese Reifen in meinem Zimmer. Meinst du, dieser Rashid wusste, wie man einen Reifen von der Felge trennt?" Guido muss laut lachen. Er gluckst und verschluckt sich beinahe vor Lachen.
„Ihr konntet die Reifen nicht öffnen?"
„Einen Scheiss konnte der! Wir haben mit einem Messer versucht den Reifen aufzuschlitzen. Dieser Stümper stand da in seinem Anzug. Am Ende massakrierten wir den Pneu mit Hammer und Messer. Es war ein Riesenmurks." Guido schüttelt sich vor Lachen. „Es ist nicht lustig! Am Ende lag das gesamte Geld auf dem Teppich. In meinem Zimmer lag plötzlich eine Million und hundertzehntausend Schweizer Franken!"

Guido hört auf zu lachen, als hätte jemand mit dem Finger geschnippt.
„Scheisse nochmal, und dann?“
„Wir haben das Geld in Mülltüten abgepackt. Rashid sagte dauernd ich soll mir was einstecken. Aber vergiss es, ohne mich. Ich wollte, dass dieser Arsch die Knete nimmt und so schnell wie möglich verschwindet.“
Guido lehnt sich zurück und überlegt. War seine Schwester tatsächlich so ehrlich und hatte nicht zugelangt? Es hätte ja keiner mitgekriegt, er verzichtete darauf sie jetzt noch zusätzlich zu provozieren. Er hoffte aber insgeheim, dass sie einige Tausender eingesteckt hatte.
„Wo ist das Geld jetzt?“
„Da musst du ihn fragen. Rashid wollte, dass ich ihm dabei helfe. Er sagte, er werde es im Wald vergraben. Hauptsache, es ist weg. Stell dir vor, die Polizei hätte das Geld bei uns gefunden.“
„Gingst du mit ihm in den Wald?“
„Spinnst du? Er fragte mich, ob ich ihn noch irgendwo hinfahren könnte. Dann haben wir die zerschnittenen Reifen in den Kofferraum geladen. Ich hab ihn dann in der Nähe des Kinderspitals ausgeladen.“
„Was geschah mit den Reifen?“
„Er meinte, er werde sie entsorgen. Ich denke aber, er liess sie dort, wo ich ihn ausgeladen hatte am Strassenrand stehen. Danach hab ich ihn nicht mehr gesehen.“
„Weißt du in welchem Wald er das Geld versteckt hat?“
„Nein.“
„Du glaubst mir gar nicht wie froh ich bin, dass diese Scheisskohle endlich weg ist.“
„Weißt du eigentlich wo Markus steckt?“
„Nein, aber wir hatten vereinbart, dass er mich demnächst anruft.“

# Antro Bar

Rashid gefiel das Jetset Leben. Er mochte es, mit Geld um sich zu werfen. Nun hatte er sich auch das Geld beschafft, welches bei Guido gebunkert war. In seiner Wohnung hatte er die Noten in verschiedene Mülltüten verpackt. Er verfügte über 1,1 Millionen Schweizer Franken. Das klang einfacher als es war. Einerseits freute er sich über das Geld. Andererseits hatte er Angst, dass es wieder so schnell zerrinnen könnte, wie in Buenos Aires.

$$$

Rashid beschliesst, es diesmal schlauer anzugehen. Wenn er das Geld verteilt, ist es besser aufgehoben, als wenn es ihm gestohlen wird. Denkt sich Rashid.

Als erstes besucht er seinen Vater. Sein Vater lebt getrennt von seiner Mutter, er wohnt in Basel, seine Mutter in Finnland. Das Verhältnis zu seinem Vater ist unterkühlt. Sie sehen sich nur selten, keiner interessiert sich für das Leben des anderen. Dennoch wendet sich Rashid an ihn. Wem sonst, sollte er eine solch grosse Menge Geld anvertrauen? Er besucht seinen Vater in Basel. Er wohnt in einer kleinen Wohnung, arbeitet immer noch in einem Restaurant und führt ein zurückgezogenes Leben. Rashid trägt schwarze Bundfaltenhosen und ein weisses Hemd.

Zur Begrüssung gibt's eine Umarmung. „Friede sei mit dir mein Sohn. Wie geht es dir?"
„Danke, viel zu gut. Vater, ich freue mich, dich zu sehen."
„Willst du einen Tee?"
„Sehr gerne. Danke Vater."
„Was führt dich zu mir? Du hast dich lange nicht gemeldet."

Er kennt seinen Sohn und wusste, dass er sich eine Zeit lang mit Dealen durchgeschlagen hatte. Auch, dass sein Sohn zu einer Gefängnisstrafe verurteilt wurde. Als Rashid damals ins Gefängnis musste, brauchte sein Vater Zeit, um das zu verarbeiten. Er hatte ihn enttäuscht. Rashid war sein Sohn und würde das immer bleiben. Aber wozu sollte er sich über ihn den Kopf zerbrechen? Er war alt genug und musste für sich selbst sorgen. Das war jetzt drei Jahre her.

Nun sitzt Rashid bei ihm und trinkt Tee. „Was hast du angestellt? Sag's mir."
„Vater, ich habe gar nichts verbrochen. Freust du dich nicht, mich zu sehen? Warum denkst du, dass ich was angestellt habe?"
„Du kommst mich nur besuchen oder rufst an, wenn du Probleme hast."
„Vater..."
„Spiel mir nichts vor, Rashid. Erzähl's mir."
„Ich weiss von einem, der hat eine Bank ausgeraubt."
„Eine Bank? Rashid, pass auf was du sagst."
„Hör mir zu. Vater, der Typ, der die Bank ausgeraubt hat, war ein guter Freund von mir. Ich wusste davon. Ich hätte nie gedacht, dass er es machen wird. Er hat mir seinen ganzen Plan anvertraut."
„Und jetzt, was willst du von mir?"
„Ein Teil des gestohlenen Geldes hat er mir gegeben. Vater, glaub mir. Ich hab Angst, dass mich die Polizei verhaftet. Deshalb lass ich das Geld bei dir."
„Geld? Du willst mir Geld geben?"
Rashid nimmt seine Tasche und zieht ein Paket hervor. „Das ist für dich. Mach damit was du willst. Mach etwas Schlaues, Vater, bei dir ist es besser aufgehoben als bei mir."
„Wie viel ist das?" Rashids Vater hält das Paket in beiden Händen. Er zögert, überlegt, als würde er es wägen. Er schwankt zwischen Begeisterung und Angst. „Hunderttausend Schweizer Franken."
„Magst du noch einen Tee?"

Rashid hätte sich nie eingestanden, dass er ein Einzelgänger war. Er kannte viele Leute von der Szene. Wenn er durch die Stadt spazierte, winkte er ständig jemandem zu, aber Freunde hatte er keine. Es gab niemanden, dem er vertrauen konnte. Sein einziger Freund war weg und nun war er dabei ihn zu betrügen. Aber so weit dachte Rashid nicht. Er überlegte, wem er noch Geld anvertrauen konnte: Seiner Schwester.

Rashid ruft bei ihr zu Hause an. Ihr Mann nimmt ab: „Deine Schwester ist weg. Sie ist bis nächste Woche in Marokko. Kann ich dir helfen?"
Rashid kannte den Mann seiner Schwester nur oberflächlich. Er hatte ihn einige Male gesehen, mit ihm Bier getrunken, geraucht und gelacht. Er hatte keine Zeit, um zu warten, bis seine Schwester aus Marokko zurück ist. „Ich muss mit dir etwas besprechen. Können wir uns morgen in Zürich treffen?"
„Sicher, komm vorbei. Du weißt ja, wo wir wohnen."
Sie trafen sich am nächsten Tag in Zürich. Was Rashid nicht wusste: Sein Schwager war heroinsüchtig. Rashid war bekannt, dass sein Schwager ab und zu über die Stränge schlug. Wie sehr er abgestürzt war, blieb ihm verborgen. Er gab ihm ein Paket mit 100'000 Franken: „Das ist für meine Schwester und für dich. Kauft euch was Schlaues. Ich verreise für eine Weile ins Ausland."
„Wo fährst du hin?"
„Nach Buenos Aires."
Das war der Anfang vom Ende von Rashids Eskapaden. Sein Schwager wandelte das Geld in Heroin um, welches er sich in die Venen drückte.

$$$

Rashid hatte nach wie vor einen Schrank voll Geld und keinen Plan. Als die Zeitungen über den Fall berichteten war Rashid in Argentinien. Auch die Sendung *Aktenzeichen XY* hatte er verpasst. Rashid entscheidet sich, ein zweites Mal nach Buenos Aires zu reisen. Einerseits will er von Pedro das Geld zurück, andererseits ist er gierig nach Kokain.

Zwei Tage bevor er fliegt, sitzt er im Café *Vegas* an der Bar.
Während er einen Daiquiri trinkt, kommt ein alter Bekannter vorbei. Ruben, der Typ, bei dem Rashid vor über einem Monat seine 6000-fränkige Schuld beglichen hatte. Als Ruben Rashid erblickt, setzt er sich zu ihm an die Theke. „Hey Rashid. Lange nicht gesehen? Sag mal, wo warst du?“
„Ich war reisen. Warum?“
„Hältst du mich für blöd? Ich weiss woher die 6000 Franken stammen, die du mir damals gegeben hattest.“
„Schau Ruben, ich hatte Schulden bei dir. Die hab ich beglichen, also was willst du?“
„Was ich will? Fandest du es auch krass, wie Markus die Bank beklaut hatte? Was für ein Zufall: Du warst die ganze Zeit mit ihm zusammen. Kaum ist er weg, drückst du mir sechs Riesen in die Hand.“
„Ach, das hat nichts mit dem zu tun. Ruben, sei froh, dass ich zahlen konnte.“
„Verarschen kann ich mich selbst. Und jetzt warst du reisen? Einfach so? Wo denn?“
„In Argentinien. Sehr schönes Land.“
„Ich möchte auch mal nach Argentinien. War noch nie dort.“
„Sprichst du Spanisch?“
„Si claro. He Muchacho! Oye como va. Was denkst du denn? Klar spreche ich Spanisch. Natalie, noch zwei Bier, bitte.“

Rashid und Ruben kannten sich vom Dealen. Rashid hatte von ihm verschiedene Male Stoff gekauft, meistens Kokain. Ruben hing so gut wie nie auf der Szene rum, er war unsichtbar. Rashid wusste, wo er wohnte. Wenn er was brauchte, klingelte er bei Ruben. Egal was er suchte, Ruben konnte es beschaffen. Er lieh Rashid vor einiger Zeit sein Auto aus.

Rashid musste dringend etwas transportieren. Einmal mehr versaute er es. Er war bekifft und fuhr zu schnell. In einer Kurve schleuderte er seitwärts in ein Garagentor. Das Auto erlitt Totalschaden. Rashid fuhr damals ohne Ausweis. Er wollte erst ins Ausland verschwinden, weil er sich vor Rubens Reaktion fürchtete. Der war zwar wütend, meinte nur, wenn er ihm 6000 Franken gab, war die Sache in Ordnung. Rashid war in Rubens Schuld. Dieser rechnete nicht damit, in absehbarer Zeit das Geld zu erhalten. Man wusste nie, dachte sich Ruben. Rashid war ihm was schwach, irgendwann werde er dies einfordern. Dann drückte ihm Rashid 6000 Franken in die Hand, die Schuld war beglichen. Spannender fand Ruben, dass und wie Rashid zu Geld gekommen war. Da war bestimmt noch mehr zu holen. Er hatte Rashid damals einen Gefallen getan, mal schauen was jetzt für ihn rausspringt.

„Ruben, ich fliege übermorgen nach Argentinien. Ich hab dort noch eine Rechnung offen."
„Du gehst nochmals nach Argentinien? Hombre qué tal! Dir scheint's gut zu gehen."
„Ich könnte deine Hilfe gebrauchen."
„Klar, helfe ich dir. Um was geht's denn?"
„Das ist eine lange Geschichte. Erzähl ich dir, wenn du mitkommst. Ruben, hättest du Lust mich nach Buenos Aires zu begleiten? Flug und Hotel bezahle ich."
„Du fragst, ob ich mit nach Buenos Aires komme?" Ruben hebt sein Bierglas: „Hombresito! Klar bin ich dabei! Wann legen wir los?"
„Übermorgen fliegen wir. Komm, gehen wir auf's Reisebüro."

Sie stossen an. Rashid wusste nicht, ob das gut kommt. Aber das wusste er sowieso nie. Als er allein war, hatte er gegen 150'000 Franken in Buenos Aires verloren. Das Geld will er zurück. Wenn Ruben ihn begleitet, umso besser.

$$$

Rashid buchte Rubens Flug nach Buenos Aires, Rashid flog 1. Klasse, Ruben Economy. Ruben war gespannt, was in Argentinien auf ihn zukommen wird. Er fragte sich, woher Rashid plötzlich Geld hatte? Es war nachvollziehbar, dass er mit Markus gemeinsame Sache machte. Aber Markus war vom Erdboden verschwunden und Rashid gab mit vollen Händen die Kohle aus? Das ergab keinen Sinn. Oder, hatte Rashid in Argentinien eine neue Quelle angezapft? Kam er dort billig zu Drogen und verkaufte diese teuer in der Schweiz? Koks aus Argentinien, warum nicht? Ist vielleicht weniger auffällig als aus Kolumbien. Vom Flughafen nehmen sie ein Taxi in ein Vier-Sterne-Hotel im Stadtteil Recoleta. Für Rashid war es wichtig, in der Nähe der Bar zu logieren.

Nachdem sie im Hotel eingecheckt hatten, setzen sich die beiden an die Hotelbar. Rashid klärt Ruben über deren Mission auf. Er erzählt ihm, Markus habe ihm einen Teil des Geldes anvertraut. Sie hätten geplant, damit in Marokko ein Hotel zu kaufen, stattdessen sei er vom Reisefieber gepackt worden. Rashid schwärmt vom besten Koks, welches er mit Pedro gezogen hatte und von der Feier mit den Stripperinnen. Ruben läuft das Wasser im Mund zusammen. Genau das wollte er auch mal erleben. Haufenweise Koks und willige Mädchen, die nur darauf warten, ihn zu verwöhnen. Er war begeistert, bis ihm Rashid erklärte, dass sie jetzt nicht zum Feiern da waren. Pedro hatte ihn um 150'000 Franken beklaut. Das will Rashid mit seiner Hilfe zurückholen. Ruben bestellt zwei weitere Daiquiris.

Der Plan war einfach. Sie mussten versuchen über den Barmann an Pedro zu gelangen. „Also, vamonos. Wie heisst die Bar?“, will Ruben wissen. „Antro Bar. Wir laufen aber nicht zusammen in die Bar ein. Kann sein, dass der Barmann und Pedro zusammengehören. Wenn der Barmann mich sieht, wird Pedro nicht aufkreuzen. Ruben hör zu, du gehst allein hin. Setz dich an die Bar und bestell was zu trinken. Dann frag ihn nach Pedro. Sag ihm, du willst was kaufen. Verstanden?“

„Sicher hab ich verstanden, woher weiss ich ob es derselbe Barmann ist, wie bei deinem letzten Besuch?“
„Ist ein grosser Typ. Latino, sympathisches Auftreten. Aber eigentlich ist‘s egal. Hauptsache Pedro kommt, verstehst du?“ Schon sind sie unterwegs zur Bar. Rashid kennt den Weg auswendig, er fühlt sich in diesem Stadtteil heimisch. Als nächstes plant er Spanisch zu lernen. Kurz vor der Antro Bar gibt Rashid Ruben nochmals die Anweisungen durch. Rashid wird in einem Café auf ihn warten. Er soll sich Zeit lassen.

Ruben sieht tiefschwarz als er vom sonnigen Abendlicht in die Antro Bar tritt. Die Augen müssen sich erst an die Dunkelheit gewöhnen, der Barmann ist nur als Silhouette erkennbar. Ruben setzt sich an die Bar, er ist der einzige Gast. Er bestellt einen Cuba Libre und versucht sich in Small Talk auf Spanisch. Er gibt sich als Deutscher aus, Rashid dachte das sei weniger auffällig. Nach einer Weile fragt Ruben nach Pedro. Er möchte bei ihm was bestellen. Der Barmann antwortet: „Pedro kommt heute nicht. Aber morgen wird er da sein. Komm so gegen acht Uhr vorbei, dann wirst du ihn treffen.“

Nach einem weiteren Drink verabschiedet sich Ruben. Er trifft sich mit Rashid im Café. Als er auf ihn zugeht, zwinkert ihm Ruben zu. „Hat es geklappt? Kommt Pedro?“
„Klar, ging ganz einfach. Morgen wird er da sein. Schöne Bar, übrigens. Es gefällt mir in Buenos Aires.“
Ihre Hände klatschen Gimme Five.

Den nächsten Tag verbringen sie am Strand, dort toben sie sich aus. Es ist Frühling in Buenos Aires, die Sonne scheint. Die beiden mieten Jetskis, brausen mit denen durchs Wasser.

Am Abend steuern Rashid und Ruben auf die Antro Bar zu. Kurz nach acht steht Ruben am Tresen. Rashid wartet draussen. Erst wenn Pedro

da ist, will auch er kommen. Gegen halb neun beobachtet Rashid wie Pedro in die Bar eilt. Zeit für Rashid. Er kann's kaum erwarten. Ruben sitzt an der Bar und unterhält sich mit Pedro. Rashid schleicht sich von hinten an die beiden an und erschrickt Pedro: „Na, kennst du mich noch?" Pedro bleibt ruhig, sieht ihm in die Augen. „Hola muchacho! Todo bien?"
„Scheisse mit bien. Wo ist mein Geld? Was hast du damit gemacht?" Pedro dreht sich auf dem Absatz und will davonrennen. Doch Ruben war gefasst, er packt ihn am Arm und zieht ihn zurück an die Theke. Dabei dreht er Pedros Arm auf den Rücken. „Kein Theater, Amigo. Sonst ziehen wir die Daumenschrauben an." Er dreht Pedros Arm hinter seinem Rücken nach oben. Dieser winkt mit der anderen Hand ab. „Brich mir nicht den Arm, verdammter Gringo." Ruben hält Pedro auf diese Weise unter Kontrolle. Mit einer Hand umklammert er Pedros Arm hinter dessen Rücken. Pedro steht zwischen den beiden. „Also", wiederholt Ruben, „mein Freund hat gefragt, wo sein Geld steckt."

Pedro antwortet auf Spanisch, Ruben übersetzt: „Es tue ihm leid. Er fragt, was du in derselben Situation getan hättest." Rashid ist überrumpelt. Klar, hätte er dasselbe gemacht, stimmte sogar, aber darum gings jetzt nicht.
„Ich will mein Geld zurück! Sonst passiert dir was!" Ruben verstärkt den Griff an Pedros Arm. „Ich habe das Geld ausgegeben. Alles weg!" Während Rashid Pedro auslacht, übersetzt Ruben. „Unmöglich, dass du in so kurzer Zeit das Geld verprasst hast, erzähl uns keine Märchen. Wozu hast du das Geld denn ausgegeben?" Pedro hält einen Finger an die Nase: „Coca!" Rashid überlegt. Er hatte keine Ahnung, wie viel Geld Pedro ihm geklaut hatte. Waren es 100'000 oder mehr Franken gewesen? Wenn Pedro für 100'000 Koks gekauft hatte, war das eine Menge. „Dann gib uns den Stoff!"
„Vergiss es! Unmöglich! Der gehört mir nicht."
„Quatsch!" Rashid schlägt mit der Faust auf den Tresen. „Klar, du hast es mit meinem Geld bezahlt! Das Koks gehört mir."

Der Barmann fragt, ob sie noch was zu trinken wünschen. Ruben bestellt drei Bier.
„Pedro, ich sag dir jetzt wie wir das machen. Wir trinken ein Bier und werden wieder Freunde. Ok?“ Ruben übersetzt laufend. „Dann fahren wir zu dritt zu dir nach Hause. Du gibst uns das Koks, kapiert?“ Pedro sieht wie hoffnungslos seine Lage ist. „Wie viel Koks hast du gekauft?“
„Ein Kilo.“
„De puta madre“, sagt Ruben und zu Rashid: „Der verarscht uns. So hätte er für ein Kilo 100‘000 Franken bezahlt. Entweder hat er noch Geld oder er hat wesentlich mehr Stoff gekauft. Was denkst du?“
„Frag ihn.“
„Pedro, erzähl uns keinen Scheiss. Wie viel hast du für das Kilo bezahlt?“
„Coca ist teuer. So viel Geld war es gar nicht. Es waren nur wenig Dollares. Das andere waren Banknoten, die ich noch nie vorher gesehen hatte. Die hatten weniger Wert als Dollares.“
Ruben lacht als er für Rashid übersetzt. „Der Idiot hatte wohl noch nie Schweizer Franken gesehen.“ Sein Dealer habe ihm einen schlechten Wechselkurs gegeben. „Komm wir fahren zu ihm. Dann werden wir sehen.“

Pedro wollte die beiden nicht bei sich zu Hause haben. Was sollte er tun? Mit Rashid wäre er fertig geworden, aber gegen Ruben hätte er nicht viel auszurichten. Ruben überragt Pedro um einen Kopf und hatte ihm vorher fast den Arm gebrochen. Rubens Arme schienen mächtiger als Pedros Oberschenkel. Er sieht keine Chance, sie hatten ihn.

„Los, gehen wir zu dir.“ Draussen winkt Ruben ein Taxi heran. Pedro nennt dem Taxifahrer seine Adresse. Die Fahrt bis zu ihm dauert fast eine Stunde. Er wohnt im Viertel Nueva Pompeya. „Was wenn er uns

an einen anderen Ort führt?“ Rashid versteht die Frage nicht. „Was, wenn er uns in eine Räuberhöhle fährt? Zu seinen Drogenfreunden! Was dann?“
„Dann musst du uns dort raushauen, Ruben. Ist das klar? Doch das kommt schon gut.“

Das Taxi hält in einer Gegend, wo Ruben nicht mal tagsüber hätte aussteigen wollen. Keine Touristengegend, die Strassen sind eng, Strassenlampen beleuchten die Strasse nur schwach, es ist dunkel. Am Strassenrand stehen Gruppen von Leuten rum, die sich unterhalten oder nur rumstehen. Es hat kaum Verkehr. Es ist kein Elendsviertel, keine sogenannte Villa Miseria, aber nahe dran. Wer hier wohnt, hat nur wenig zum Leben.
Pedro war zwar ein kleiner Gauner, doch er war zu wenig gerissen, dass er die beiden in einen Hinterhalt gelockt hätte. Er kannte ein paar üble Typen, aber wenn die ihm geholfen hätten, wäre er danach in ihrer Schuld gestanden. Auch so wäre er das Kokain los gewesen. Mal sehen, vielleicht kann er mit den Schweizern verhandeln. Oder sogar in Zukunft mit ihnen gute Geschäfte machen. Geld scheinen sie auf jeden Fall zu haben.

Ruben weist den Taxifahrer an, zu warten. Er gibt ihm zehn Dollars Trinkgeld und verspricht ihm, bei der Rückfahrt nochmals zehn zu geben. Die drei steigen aus. Sie stehen vor einer Bodega, einer einfachen Bar, welche in einer ehemaligen Garage eingerichtet wurde. Immerhin ein Zeichen von Zivilisation, denkt sich Ruben als er versucht den Gästen zuzunicken. Rashid scheint es wurscht zu sein, wo sie sich befinden. Der denkt nur an die Drogen. Ruben hält Pedro nach wie vor am Arm, er zieht in zu sich ran. Pedro bleibt brav. Sie stehen vor einem Haus auf der rechten Strassenseite. Jede Hausmauer, sogar jede Etage ist in einer anderen Farbe bemalt. Andere Häuser scheinen nur aus rohen Backsteinen zu bestehen. Die Türen im Erdgeschoss sind alle vergittert. Auch die Fenster bis in die dritte Etage sind mit Gitterstäben geschützt. Die Häuser sehen aus wie übereinander geschichtete Container. Über die Jahre haben sich die Leute darin eingerichtet. Pedro öffnet eine Tür, durch einen Gang gelangen sie in einen Hinterhof. Auch hier blicken sie auf übereinander gestapelte Container. Jeder Container verfügt über eine eigene Eingangstür und ein Fenster, alles mit Eisenstäben vergittert. Pedro zeigt zu einem Backsteinquader gegenüber. Dort wohnt er. Sie treten ein. Er bietet den beiden ein Glas Wasser an, Rashid lehnt ab, Ruben nickt. Während sie sich im Raum umsehen, zieht Pedro den Stoff unter einem Schrank hervor. Ein Kilo Kokain verschweisst in Plastik. Die beiden Schweizer hatten schon häufiger solche Mengen Koks gesehen, dennoch staunen sie. Erstens weil Rashid weiss, wie wertvoll die Ware ist. Zweitens, weil sie noch nie an einem solchen Ort waren.

Rashid hält das Kilo in der Hand: „Das kann noch nicht alles sein. Wo ist der Rest meines Geldes?"
„Das ist alles! Das war nicht viel Geld, keiner kannte diese Banknoten. Die hatten kaum mehr Wert als argentinische Pesos. Hast du in der Umgebung etwa eine Bank gesehen?"
„Du Idiot, verglichen mit argentinischen Pesos haben Schweizer Franken fast den gleichen Wert wie Dollars." Rashid kratzt derweil mit dem Fingernagel das Plastik auf. Er hält sich einen Finger voll Koks unter die Nase und zieht es hoch. Als Ruben das sieht, schreit er ihn an: „Sag mal spinnst du! Warte gefälligst damit bis wir fertig sind." Mit einem Haken legt Ruben Pedro zu Boden. Pedro liegt auf dem Bauch, während Ruben ihn mit beiden Knien fixiert. Mit einem Knie drückt er ihm die Schulter zu Boden, mit dem anderen das Gesäss. Gleichzeitig dreht er ihm den Arm auf den Rücken. „Wo ist das Geld?"
„Mehr hab ich nicht", winselt Pedro.
„Rashid, los durchsuch die Wohnung! Schau dort im Schrank, auf der Toilette, mach schnell, ich will raus hier!"
Rashid tut wie befohlen. Er öffnet Schubladen, wühlt in den Schränken, durchstöbert die Küche, das Badezimmer.

„Nichts." Ruben dreht an Pedros Arm, bis dieser schreit: „Ich hab kein Geld."
„Rashid, schau zwischen den Tellern, im Kühlschrank, im Spühlkasten. Los!"
Rashid gleitet wie ein Tänzer durch den Container. Seine grösste Sorge scheint zu sein, dass seine Kleider verschmutzt werden könnten. Den Spühlkasten auf dem Klo mag er nicht kontrollieren, so sehr ekelt es ihn. Zudem hängt der fast zwei Meter über dem Boden. Ruben zischt ihn an: „Jetzt steig gefällgist aufs Klo. Dann hebst du den Scheissdeckel und greifst in diesen verdammten Spühlkasten, kapiert? Ist nur Wasser drin und vielleicht noch mehr." Rashid tut wie befohlen. Sein Hemd wird staubig von dem ganzen Dreck, der an der Wand um am Spühlkasten klebt. Mit einer ruckartigen Bewegung zieht er eine Plastiktüte aus dem Kasten. „Bingo!"
In der Tüte stecken etwa 50'000 Franken. Ruben weist ihn an: „Feiern können wir später. Verpack Geld und Stoff in einer sauberen Tüte. Aber Tempo. Gib mir einen Pullover und zieh deinen Gurt aus. Los!" Ruben kniet immer noch auf Pedro. Er stopft ihm einen Teil des Pullovers in den Mund, dann verknotet er die Ärmel hinter seinem Kopf. Mit dem Gürtel fesselt er seine Hände auf seinem Rücken. Das sollte ihnen genug Zeit verschaffen, um ins Taxi zu gelangen.

„Los, hauen wir ab!" Ruben schliesst die Tür von aussen ab. Den Schlüssel wirft er unter die Treppe. Mit zügigen Schritten eilen sie davon. Das Taxi ist weg, Ruben flucht. „Die Strasse runter, und dann rechts. So kommen wir auf eine befahrene Strasse. Mit Glück finden wir dort ein Taxi." Es ist Nacht, es riecht nach Urin. Auf dem Gehsteig stehen Typen rum, trinken Bier, unterhalten sich. Sie gehen an ihnen vorbei. Möglichst ohne aufzufallen, was bei Rashids Auftritt fast unmöglich scheint. Keiner sollte erfahren, dass in seiner Tasche ein Kilo Kokain und 50'000 Schweizer Franken stecken. Sie kommen zur Hauptstrasse. Nach einigen Minuten hält ein Taxi.

# Platzspitz

Andreas' Vater besorgte seinem Jungen einen bekannten Strafverteidiger. Es war klar, Andreas hatte sich saudumm verhalten. Er hatte eine Straftat begangen. Nun galt es, ihn so gut es ging, da rauszuboxen. Zusammen mit dem Anwalt, schreitet Andreas die Treppenstufen zum Polizeihauptgebäude empor. Die schwere Tür öffnet sich wie von Geisterhand von selbst. Sie treten ein, Andreas wendet sich an den Polizisten beim Infoschalter. Er möchte sich stellen, er habe einen Teil der Beute von Markus Stoller bei sich versteckt. Er heisse Andreas und sei geständig.

Hauptkommissarin Franziska Moser atmet auf. Endlich ein Hinweis, der nicht nach einer Wichtigtuerei klingt. Sie nehmen Personalien und Aussage von Andreas auf. Sein Anwalt sitzt neben ihm und schaut zu. Das war anders, als Andreas dies aus Filmen kannte. Der Anwalt erhebt bei keiner einzigen Frage der Polizistin Einspruch. Im Gegenteil, er nickt ihm meistens zu, damit er die vorher abgesprochene Antwort runterleiert.
„Wo haben Sie das Geld versteckt?"
„Bei uns zu Hause im Bastelzimmer, in einem Schrank."
Kurz darauf fährt die Polizei mit Andreas und Anwalt zum Haus seiner Eltern auf dem Land. Er zeigt ihnen den Schrank mit der Segeltuchtasche. Mit Handschuhen trägt Kommissar Gerber die Tasche ins Auto. Es ist dieselbe Tasche, welche bereits die Tankwartin bei ihnen abgegeben hatte. Gerber beginnt zu grübeln. Was war mit dem Inhalt der anderen Tasche passiert? Die Tankwartin sprach von zwei Typen. War einer davon Andreas? Oder war da noch jemand weiteres beteiligt? Warum war die eine Tasche voll Geld, die andere leer? Hatte Markus Geld in einem Wald vergraben? Oder jemandem übergeben?

Zurück auf dem Posten berichtet Andreas alles, was er über Markus wusste. Das brachte die Polizei kaum weiter. „Wissen Sie, ob sonst noch jemand Geld versteckt hat? Hatte Markus von weiteren Helfern erzählt?"
„Keine Ahnung. Er bat mich um einen Gefallen, dummerweise war ich so blöd, ihm zu helfen. Ich wusste nicht, dass er seine Bank ausrauben wollte. Er fragte mich lediglich, ob ich etwas für ihn tun könne."
„Warum haben Sie keinen Blick in die Tasche geworfen, nachdem Sie sie erhalten hatten?"
„Ich hatte Markus vertraut. Er fragte mich, ob ich für ihn diese Tasche aufbewahren könne. Das tat ich."
„Ja, aber..."
„Er versicherte mir, dass alles rechtens sei. Keine Drogen oder so. An Geld hatte ich keine Sekunde gedacht. Erst als ich die Geschichte im *Blick* las, wusste ich, dass er mich benutzt hatte."
„Sie hätten sich schon damals bei uns melden müssen."
„Ich weiss. Aber, ich hatte Angst. Weil ich wusste, dass ich einen Fehler gemacht hatte."
„Kennen Sie Freunde von Markus? Haben Sie ihn mal mit anderen Jungs getroffen?"
„Wir waren immer nur zu zweit unterwegs. Wobei einmal..." Andreas stockt, er erstarrt, schaut Hauptkommissarin Moser an. „Doch, einmal als wir zusammen in der Stadt waren, haben wir einen Typen getroffen. Ein Marrokkaner, der schien ein guter Freund von Markus zu sein. Ich hatte mich noch darüber gewundert, dass er solche Typen kannte."
„Erinnern Sie sich noch, wie der hiess?"
„Rashid."

$$$

Rashids Schwager fackelte nicht lange rum. Kaum war Rashid verschwunden, ging er grosszügig Drogen einkaufen. Er torkelte mit einer Plastiktüte voller Scheine auf den Zürcher Platzspitz. Der Platzspitz

war die grösste offene Drogenszene Europas. Am heiterhellen Tag wurde in aller Öffentlichkeit mit Heroin gedealt. Verwirrte Gestalten zogen durch den Park. Entweder waren sie auf der Suche nach Stoff, oder sie suchten sich einen Ort, um in Ruhe die Spritze anzusetzen. Polizisten und Sicherheitspersonal patrouillierten, alle schauten zu. In der Schweiz war man sich uneinig, was das kleinere Übel war: Eine offene oder eine verdeckte Szene? Zürich und Bern entschieden sich für offene Szenen. Nach kurzer Zeit setzten sich Süchtige aus halb Europa ihren Schuss mitten in Zürich.
Vom Deutschen Fernsehen bis zur New York Times berichteten Medien über den Platzspitz. Die Tonalität war stets dieselbe: Im Auenland Schweiz gibt es einen Platz, auf dem öffentlich gefixt wird. Das passte gar nicht zum Image der Schweiz.
Dealer verkauften Stoff, Süchtige hockten sich unter den nächsten Baum und setzten die Nadel an.

Rashids Schwager liegt unter einem Baum. Die Zürcher Polizei kontrolliert ihn routinemässig. Als sie seine Plastiktüte voller Banknoten sieht, verhaftet sie ihn auf der Stelle.
Rashids Schwager ist noch weggetreten vom eben gesetzten Schuss. Wie durch Watte nimmt er wahr, was mit ihm geschieht. Was war denn jetzt los? Warum nimmt ihn die Polizei mit? Er war doch nur ein kleiner Fixer, der sich einen Schuss gesetzt hatte. Auf dem Polizeiposten hängt er auf einem Stuhl. „Woher haben Sie das Geld?“, die Polizisten hören nicht auf zu fragen. „Von Rashid“, wiederholt der Schwager seine Antwort.

$$$

Rashid und Ruben vergnügten sich noch während Tagen in Buenos Aires. Ruben hatte seinen Job getan, nun hauten sie auf den Putz. Sie tranken, schnupften und fickten sich durch Buenos Aires. Am Ende hatten sie ein paar hundert Gramm die Nase hochgezogen. Nicht nur sie allein. Sie feierten wilde Feste mit Nutten bis in den nächsten Tag hinein. Damit Rashid kein zweites Mal Geld gestohlen wurde, mieteten sie für solche Partys ein Penthouse in einem anderen Hotel. Sie lernten einen anderen Dealer kennen, mit ihm schmiedeten sie Pläne für künftige Drogenlieferungen. Im Rausch sah sich Rashid bereits als Pablo Escobar der Schweiz. Er würde billig Kokain einkaufen und dieses später in der Schweiz zu Gold machen. Er fragte sich, warum alle stets nur von Kolumbien sprachen. Auch in Argentinien lag der Stoff buchstäblich auf der Strasse. Während nur die Passagiere aus Kolumbien auf Drogen kontrolliert würden, werde er sich den Stoff durch die Hintertür beschaffen. Rashid träumte von einem Imperium in Weiss.

Ihr Dealer arbeitete tagsüber als Concierge im Hotel, in dem Rashid und Ruben wohnen. Er hatte täglich mit Touristen zu tun. Schon oft hatte er für reiche Touristen einen Ausflug arrangiert oder Karten für ein bereits ausverkauftes Konzert besorgt. Noch nie hatte er jemanden erlebt, der sorgloser mit Geld umgeht als Rashid. Die Art und Weise wie und in welchen Mengen er bei ihm Drogen bestellt, die wilden Partys, die Rashid feierte, so was war neu für ihn. In den paar Tagen, welche sie im Hotel wohnten, hatten Rahsid und Ruben 24‘000 US-Dollars für Sonderleistungen ausgegeben. Das waren spezielle Essenswünsche, Telefongespräche ins Ausland, Blumen und Alkohol. Rashid hatte die Rechnung bezahlt, ohne auch nur einen Blick darauf zu werfen.

Als er eines Abends mit Rashid und Ruben in einem Café sitzt, fragt er die beiden: „Seid ihr an einem schnellen Geschäft interessiert?“ Rashid streicht sich mit den Händen das Haar nach hinten, lehnt sich zurück, spreizt die Beine und nimmt einen ersten Schluck von seinem Kaffee. „Kommt drauf an, was für uns dabei rausspringt“, Ruben schaut Rashid an, sagt aber nichts. Es ist schliesslich nicht sein Geld. Erst mal hören, was der Dealer vorschlägt.

„Wie ihr wisst, arbeite ich im Hotel Trianon. Unser Hotel plant, sämtliche Zimmer mit Fernsehgeräten auszurüsten."
„Und was soll uns das angehen?", will Ruben wissen. „Unser Hotel kaufte die Fernseher bisher stets beim gleichen Händler. Der musste jedoch seinen Laden wegen Krankheit aufgeben. Nun sind sie auf der Suche nach einem neuen Händler."
Rashid hat bereits angebissen: „Wie viele Fernseher braucht dein Hotel?"
„Lasst mich doch mal ausreden. Als nächstes werden die Zimmer mit Meerblick ausgerüstet. Da werden mindestens 50 Fernsehapparate benötigt."
„Sag deinem Chef, dass du jemanden kennst, der ihm diese Fernsehgeräte günstig verkaufen kann." Ruben gefällt das Ganze nicht. „Weißt du denn wie teuer ein Fernseher ist? Hast du eine Ahnung wie viel das Hotel pro Gerät bezahlt?" Rashid will von Rubens Einwänden nichts hören. „Es geht immer um's Gleiche. Genau wie beim Kokain. Günstig einkaufen, teurer verkaufen. So einfach ist das."
Der Dealer klopft Rashid kollegial auf die Schulter. „Du gefällst mir Rashid, so machen wir das. Und noch was: Der bisherige Händler, der nun geschlossen hat, hat noch ein paar Geräte an Lager. Wenn du willst, können wir ihn gemeinsam besuchen."
„Klar, machen wir." Rashid bezahlt die Getränke und vereinbart mit dem Dealer ein Treffen am nächsten Tag. Ruben ist wie immer mit dabei, schliesslich muss er ständig zwischen den beiden übersetzen. Vom angekündigten Geschäft hält er gar nichts. Auch wenn dieser Verkauf von Fernsehern gelingen sollte, weshalb sollte sich Rashid darauf einlassen. Er hatte genug Geld. Wozu wegen ein paar zusätzlichen argentinischen Pesos unnötig ein Risiko eingehen?

Am nächsten Tag besuchen Rashid und Ruben zusammen mit dem Dealer den Händler. Der Laden befindet sich in einer Seitenstrasse unweit des Hotels. Im Gegensatz zu den Schilderungen des Dealers hat der Laden geöffnet. Nichts deutet auf eine baldige Schliessung hin. Neben ihnen sehen sich weitere Kunden im Laden um. Das Geschäft war überstellt mit Geräten aller Art. Es gab Waschmaschinen, alte gebrauchte Radios, Plattenspieler, Küchengeräte und auch Fernseher zu kaufen. Kaum waren sie im Laden, werden sie vom Besitzer überschwänglich begrüsst. Für ihn war es ein leichtes, Rashid um den Finger zu wickeln. Erst offeriert er ein Glas Weisswein, danach war Rashid nicht mehr vom Kauf abzubringen. Er bestellt 30 Sony Fernsehapparate, für die er 16'000 US-Dollars hinblättert. Die Fernseher lässt er ins Hotel liefern. Dafür mietet er eigens ein separates Zimmer.

Als die Fernseher geliefert wurden fragte ihn der Dealer: „Sag mal Rashid, woher hast du eigentlich so viel Geld?"
„Mein Vater hat in der Schweiz eine Kleiderfabrik. Das Geschäft läuft gut, ich werde es in Kürze übernehmen."

$$$

Markus wartet im Café L'Hirondelle auf Sarah. Er mochte die ägyptischen Cafés, dennoch zog er es meistens vor, bei einem Europäer einzukehren. Das war zwar ein wenig teurer, dafür schmeckte es ihm besser. Einem französischen Koch vertraute er mehr als einem ägyptischen. Gemüse und Salat wurde bei denen mit Trinkwasser gewaschen, bevor es auf den Tisch kam. Die Ägypter verwendeten dazu Leitungswasser, obwohl sie alle das Gegenteil behaupteten. Er glaubte ihnen nicht. Wenn er bei einem Ägypter was gegessen hatte, konnte er von zehn rückwärts zählen. Bevor er bei eins war, rannte er bereits aufs Klo. Das waren die Schattenseiten.

Nachdem er einen Fleischmarkt in Kairo besucht hatte, verzichtete er auf Fleisch. Sowas hatte er noch nie gesehen. Stand um Stand wurde frisch geschlachtetes Fleisch verkauft. Das Fleisch hing tagsüber in der ägyptischen Sonne. Ganze Rinderhälften baumelten an Haken. Daneben ausgeweidete Kaninchen und Enten. Er sah Rinderhüften gross wie Autotüren und weitere Stücke mit rotem Fleisch. Das Blut tropfte runter aufs Brett. Fliegen schwirrten ums Fleisch, krabbelten über die Knochen oder lagen tot im Blut. Markus war der Appetit vergangen. Für ihn war klar, er wird in Ägypten kein Fleisch mehr essen.

Er bestellt sich ein Croissant mit Camembert Käse. Während er auf Sarah wartet, blättert er in der Zeitung Le Monde. Viel scheint nicht los zu sein im Rest der Welt. Der Deutsche Bundeskanzler Kohl trifft sich mit Gorbatschow und in Israel wird gewählt. Er überfliegt die Artikel. Immer das Gleiche, denkt er sich. Auf Nachrichten und Zeitung kann er getrost verzichten. Er legt die Zeitung beiseite, sitzt im Schatten und beobachtet die Leute auf dem Gehsteig. Egal, wo in Kairo er sich hinsetzt. Das Schauspiel ist stets dasselbe: Massen von Fussgängern ziehen am Café vorbei. Leute, unterwegs zur Arbeit, Blumenverkäufer, welche die Cafés abklappern. Dazwischen Touristen, mit einem Stadtplan in der Hand, immer auf der Suche. Markus geniesst es dem Treiben zuzusehen. Sarah sieht er, als sie noch weit entfernt ist. Sie ist grösser als ein Durchschnittsägypter, sie hat schwarzes Haar wie eine Ägypterin. Schon bald wird man sie kaum mehr von den Einheimischen unterscheiden können. Je länger sie hier sind, umso ähnlicher kleiden sie sich wie die Bewohner Kairos. Nach der Kleidung folgt der Gang. Als Europäer musste er sich an die Gemächlichkeit im Nahen Osten gewöhnen. Früher ging bei ihm immer alles schnell. Sei es im Restaurant, im Bus oder im Supermarkt. Nick der Australier sagte ihm mehr als einmal: „Chill man! You're in the middle east." Beruhig dich mal, du bist im Nahen Osten. Markus lebte fortan nach diesem Motto: Er geht es langsamer an, in Kairo bewegt er sich entspannter als zu Hause. Der Stechschritt ist weg, federleicht gleitet er durch die Gassen.
Sarah schreitet noch wie eine Europäerin auf ihn zu. Sie überholt ständig Leute, schon steht sie vor ihm. Zur Begrüssung geben sie sich drei Küsschen. Für ihn war das neu. In der Schweiz gab man sich zur Begrüssung die Hand, lediglich bei seiner Mutter täuschte er jeweils

drei Küsschen an. Im Ausland schien das ein gebräuchliches Begrüssungsritual zu sein. Umarmung, bei Schweizerinnen drei Küsschen, bei Ausländerinnen zwei. Na gut.
„Sorry, dass du warten musstest."
„Kein Problem. Auf dich warte ich gerne. Zudem ist's nie langweilig. Wollte erst die Zeitung lesen, aber der Blick übers Trottoir ist spannender." Er deutet auf den Strom von Menschen vor ihnen auf dem Gehsteig.
„Was möchtest du trinken?"
„Einen Tomatensaft, bitte."
Markus bestellt. Da Sarah neben ihm sitzt, ordert er die Getränke auf Arabisch: „Itnen asir tomatim lausamacht."
„Dein Arabisch klingt immer besser."
„Übung macht den Meister. Wobei der Kellner sogar Französisch versteht. Mal schauen was er uns bringt."

Die beiden sahen sich zwei-, dreimal die Woche. Für Markus hatte sich seit der ersten Begegnung auf der Dachterrasse nichts verändert, Sarah gefiel ihm. Für ihn war sie mehr als nur eine flüchtige Bekanntschaft. Er möchte sie als Freundin. Auf oberflächige Flirts oder Abenteuer mit Frauen konnte er verzichten. Er wollte sich auf eine Frau einlassen können, mit ihr durch dick und dünn gehen. Sarah hatte dieses besondere Etwas. Lag es an Kairo? Bei ihr schwang stets der Hauch des Geheimnisvollen mit. Sie war eine besondere Frau. Einmal pro Woche ritten sie durch die Wüste. Meistens trafen sie sich an einem anderen Tag auf einen Kaffee oder sie schlenderten durch Kairo. Für heute hatte er sich etwas Besonderes ausgedacht, er wollte sie überraschen.
„Was hältst du von einem Ausflug an die Küste?"
„Ans Meer?" Sarah muss lachen, was für eine tolle Idee. „Zur Auswahl stehen zwei Küsten: Mittelmeer oder Rotes Meer?"
Markus lehnt sich zurück und geniesst es, mit ihr in diesem Café zu sitzen. „Hitze oder gemässigtes Klima?"

Beide lachen. Nach Wochen im stickigen Kairo war die Antwort für sie klar.
„Ich dachte an einen Ausflug nach Alexandria. Ein wenig Sightseeing und baden im Meer.“
„Hmmm“, Sarah freut sich über das Angebot. Sie rührt mit dem Strohhalm in ihrem Tomatensaft. Während sie trinkt beobachtet sie Markus. Er schaut ihr zu. „Ich war noch nie in Alexandria“, sagt sie. „Wie kommen wir da hin?“
„Ich miete ein Auto. Unter stetem Hupen verlassen wir Kairo und fahren nach Norden bis wir am Meer sind.“
„Interessant.“
„Dort suchen wir uns ein Hotel mit Blick auf die Bibliothek. Den Rest planen wir, wenn wir dort sind. Du bist selbstverständlich eingeladen.“
„Wow!“ Sarah umaramt ihn und küsst ihn auf den Mund.
Markus fällt ein Stein vom Herzen. Geschafft. Er dürckt sie fest an sich. Dann hebt er sein Glas Tomatensaft zum Anstossen: „Abgemacht!“

$$$

Hauptkommissarin Moser hatte Andreas‘ Tipp innert Kürze ausgewertet. Erst ging sie die Kartei durch mit den zur Fahndung ausgeschriebenen Personen: Kein Rashid. Als sie bei den Vorbestraften suchte, ging es schnell. Sie klaubte das Polizeifoto von Rashid hervor und hielt es Andreas vor die Nase. „Ist das derselbe Rashid?“ Andreas nickt.

# Der Kontakt

Markus und Guido hatten ursprünglich vereinbart, dass Markus für sich behält, wo er hinfliegt. Die beiden hatten in letzter Minute entschieden, dass Markus ihn anrufen werde. Markus soll in eine Telefonkabine im Nachbardorf anrufen. Genau zwei Monate danach. Ende September, abends um neun Uhr. Guido fährt mit dem Fahrrad in die Stadt, trinkt auf der Piazza ein Bier. Als er sicher ist, dass ihn weder Polizei noch sonst jemand beobachtet, fährt er zu dieser Telefonzelle. Er wartet. Punkt 21 Uhr klingelt es. Am anderen Ende ist Markus.

„Ich glaub‘s nicht. Mann!"
„Hey Guido, wie läuft‘s? Wie ist das Wetter bei euch?"
„Beschissen. Es ist schon Herbst. Am Morgen hat es Nebel. Zurzeit ist‘s um die 16 Grad."
„Ich stehe hier in Shorts und T-Shirt."
„Von wo rufst du an? Du klingst, als würdest du mich vom anderen Ende der Welt anrufen."
„Aus Kairo. Und, was läuft so bei euch in der Schweiz?"
„Was soll ich sagen? Ich mache es kurz: Als ich in Spanien im Urlaub war, hat Rashid angerufen." Guido schildert ihm, was passiert war. Er erzählt von Rashids Aktion mit seiner Schwester, von den Zeitungsartikeln, von der Sendung *Aktenzeichen XY*. Abgesehen davon sei alles ruhig.
„Hauptsache die Kohle ist in Sicherheit. Hast du Rashid seitdem gesehen?"
„Auf gar keinen Fall. Ich bin doch nicht blöd, die Bullen sind an Rashid dran. Die haben den vorgeladen und verhört. Da rufe ich ihn bestimmt nicht an. Du kannst Gift drauf nehmen, dass die Polizei Rashids Telefon abhört. Nein, nein. Vergiss es. Der wird die Kohle irgendwo vergraben haben."

Markus gibt Guido seine Adresse und Telefonnummer. Für Notfälle oder was auch immer. Sie legen auf.

$$$

Am nächsten Tag besucht Guido Markus' Eltern. Er erzählt ihnen, wie gut es Markus geht. Er sagt so wenig wie möglich. Die Storys in der Zeitung stimmten, Markus sei weit weg und lasse sie herzlich grüssen. Sie brauchten sich nicht zu sorgen. Die Eltern sind erleichtert.
„Sag uns Guido, wo ist unser Sohn hingeflogen?" Markus' Vater lässt keinen Zweifel aufkommen, dass das nicht als Frage gemeint war. Er erwartet eine Antwort.
„Ich habe Markus versprochen, dass ich das niemandem verrate. Je weniger Leute davon wissen, umso sicherer ist er."
„Ist er in einem sicheren Land? Wo treibt er sich rum? Wo wohnt er? Er hat bestimmt eine Menge Geld mitgenommen."
„Er ist doch noch ein Kind, unser Markus", wendet seine Mutter ein.
„Er reist wie ein normaler Tourist. Er ist auf Urlaub in einem beliebten Ferienland. Er wohnt in einem Hotel, tagsüber liegt er am Strand", lügt Guido.
„Wir könnten ihn dort besuchen", schlägt die Mutter vor.
„Ich denke, das ist keine gute Idee. Wenn Sie ihn besuchen, erfährt das die Polizei sofort. Dann landet Markus im Gefängnis."
„Wir schreiben ihm einen Brief. Wir versichern ihm, dass wir zu ihm stehen. Egal was passiert ist. Am besten, er kommt zurück und stellt sich. Wir unterstützen ihn dabei. Hauptsache es passiert ihm nichts. Wir haben bereits einen Anwalt organisiert. Für den ist klar, sich stellen ist die beste Lösung." Guido kennt Markus' Eltern seit der Zeit im Internat. Nie hätte er gedacht, dass er ihnen mal eine solche Nachricht überbringen muss. Er staunt, dass sie bereits einen Anwalt eingeschaltet haben.
Markus' Vater fragt: „Was hältst du von einem Brief?"

„Sie schreiben den Brief. Ich hole ihn bei Ihnen ab und schicke den Brief an Markus. Aber ich werde Ihnen nicht verraten wo er steckt."
Markus' Vater reicht ihm die Hand.
„Machen wir so."

$$$

Guido fährt nach Hause. Unterwegs geht er das Gespräch nochmals durch. War der Brief eine gute Idee? Er gerät ins Stocken. Er fährt mit dem Fahrrad runter an den Fluss, setzt sich auf eine Bank. Moment mal. Die Polizei hört bestimmt das Telefon von Markus' Eltern ab. Schliesslich wäre es möglich, dass er sich bei ihnen meldet. Kann die Polizei auch den Postverkehr überwachen? Kann die Polizei die Post anweisen, dass Briefe an einen Markus Stoller aussortiert werden? Falls das möglich ist, würde ein solcher Brief alles verraten. Wenn er den Brief abschickt, dann im Ausland. Dort ist die Schweizer Polizei machtlos. Er blickt auf den Fluss, schaut wie stetig Wasser an ihm vorbeifliesst. Es ist frisch geworden.

Warum hatte Markus' Vater ihn nicht nach dem Geld gefragt? Er sagte, dass Markus bestimmt eine Menge Geld mitgenommen hatte. In der Zeitung war von 2,8 Millionen Franken die Rede. Wenn Guido jetzt über Herr Stollers Worte nachdenkt, so klingt das fast ein wenig verdächtig. Woher wusste er, dass Markus nicht mit dem gesamten Geld unterwegs war? Markus hatte stets ein gutes Verhältnis zu seinen Eltern gehabt. Er würde es ihm zutrauen, dass er seinen Vater eingeweiht hatte. Wusste Markus' Vater am Ende mehr als er sagte? Spielte er nur den Unwissenden?

$$$

Zwei Tage später holt Guido bei Markus' Eltern den Brief ab. Er ist immer noch vorsichtig. Er traut niemandem, nicht mal der Post. Mit seiner Freundin fährt er für ein Wochenende nach Paris. Auf einer Post in Paris wirft er den Brief ein. Er freut sich über sich, wie er die Schweizer Polizei mit dieser Finte austrickst. Sicher ist sicher, denkt sich Guido. Seiner Freundin hat er erzählt, dass er weiss wo Markus ist. Mehr hatte er ihr nicht verraten.

$$$

Rashid und Ruben sitzen auf der Dachterrasse des Hotels Trianon. Vor ihnen liegt der Hafen, dahinter blicken sie auf die Weite des Meeres. Dutzende Oeltanker und Frachtschiffe liegen vor dem Hafen vor Anker. Wie Geisterschiffe ruhen sie im Wasser und warten, dass sie in den Hafen einlaufen können. „Ruben, ich hab mir etwas überlegt. So kann es nicht weitergehen.“

„Was denn?“ Ruben schaut, wie sich ein Tanker ganz langsam an einem anderen vorbeischiebt und langsam Richtung Hafen fährt.

„Mir gefällt es in Buenos Aires. Ruben, ich denke ich kaufe mir eine Wohnung. So muss ich in Zukunft nicht immer im Hotel übernachten.“

„Eine Wohnung kaufen? Was kostet das?“

„Ich habe mir bereits eine angeschaut. Sie kostet 53‘000 US-Dollars. Stell dir vor Ruben, meine eigene Wohnung in Buenos Aires. Dann kann ich herkommen und hier umsonst wohnen, solange ich lebe. Ist doch super! Findest du nicht?“

Ruben beobachtet wieder den Tanker. Der Tanker fährt nun nicht mehr selbst. Er wird von einem Schlepper sachte Richgung Dock gezogen. „Willst du meine Meinung hören?“

„Aber klar, Ruben, deshalb frag ich dich ja.“

„Besser du steckst das Geld in eine Wohnung als in weitere Fernsehgeräte. Die Wohnung gewinnt vielleicht sogar an Wert. Eines Tages kannst du sie teurer verkaufen.“

„Zudem hab ich jetzt Platz für die Fernseher. Die kommen als erste da rein.“

„Was passiert nun mit den Geräten?“

„Der Dealer will sie an ein anderes Hotel vermieten. Er meint, damit würde ich mehr verdienen, als wenn ich sie verkaufe."
„Mir egal, mich geht das zum Glück nichts an."

Am nächsten Tag unterschreibt Rashid einen Vertrag über 53'000 US-Dollars. Er kauft eine viereinhalb Zimmerwohung im sechsten Stock an der Avenida Santa Fe in Buenos Aires. Sein Dealer hatte den Kauf vermittelt und erhält dafür eine flotte Provision.
Noch am selben Tag kauft sich Rashid einen Jetski. Für einen Suzuki Wetbike mit einem 50-PS Motor legt er 6000 US-Dollars hin.

$$$

Markus drückt aufs Gaspedal seines Renault 4. Seit Tagen fieberte er dem Ausflug entgegen. Er und Sarah verbringen zusammen ein Wochenende in Alexandria, der Stadt Alexanders des Grossen. Er konnte es kaum erwarten. Nun sitzt sie neben ihm auf dem Beifahrersitz. Sie trägt ein leichtes Sommerkleid und eine Sonnenbrille. Er gibt sich Mühe, anständig zu fahren, er versucht das Tempo einzuhalten. Nach ein paar Kilometern auf ägyptischen Strassen passt er seinen Fahrstil an die hiesige Fahrweise an. Anders hat er keine Chance vorwärts zu kommen. Sonst wird er stets ausgebremst und kommt kaum vom Fleck. Er hupt, wenn er eine Vespa überholt. Ein Bus wartet an einer Haltestelle und lässt die Fahrgäste aussteigen. Markus fährt neben dem Bus vorbei. Auch da hupt er. Sarah und er machen sich einen Spass daraus. Sie hält Ausschau nach Hup-Motiven. Sie sieht Leute, welche einen Fussgängerstreifen überqueren wollen. „Los, mach schon. Hup!" Beide grölen. Sie verlassen Kairo über die Cairo-Alexandria Desert Road. Eine achtspurige Autobahn, die, je länger die Fahrt dauert, auf vier Spuren schrumpft.
Je weiter sie sich von Kairo entfernen, umso weniger Verkehr hat es. Anfangs wird die Wüstenroute noch von Häusern und Fabriken gesäumt. Kurz nachdem sie den Flughafen passiert haben, verlassen

sie das bewohnte Gebiet. Links und rechts der Autobahn sehen sie nur noch Sand. Die Autobahn führt schnurgerade durch die Wüste. Sand soweit das Auge reicht. „Jetzt nur keine Panne“, scherzt Markus, „möchte nicht testen, wie lange die ägyptische Pannenhilfe braucht, um uns zu retten.“ Je näher sie Alexandria kommen, umso grüner und bebauter zeigt sich die Umgebung. Die Zivilisation rückt näher.

Das Wochenende in Alexandria fliegt an den beiden vorbei. Markus und Sarah kommen sich endlich näher. Sie schlendern Arm in Arm der Corniche entlang, setzen sich auf die Mauer und schauen wie sich die Wellen über den Steinen brechen. Markus lädt Sarah zum Essen ein. Sie dinieren in einem gehobenen Restaurant mit Blick auf Festung und Meer. Markus bestellt zur Vorspeise Austern, dazu einen kühlen Rosé. „Du bist Vegetarierin, aber Austern isst du?“
„Bei Meeresfrüchten mache ich eine Ausnahme. Zudem sind Austern keine Tiere.“
„Sondern?“
„Muscheln.“
Er hält ihre Hand und schaut, wie sie gekonnt mit der anderen Hand eine Auster hält und diese ausschlürft. „Elegant! Als hättest du zu Hause nur Austern zu essen gekriegt.“
„Fast. Mein Vater liebt Austern. Immer zu Weihnachten gibt‘s bei uns Austern zur Vorspeise. Mein Vater sagte immer: Stell dir vor, wie mutig der erste Mensch gewesen sein muss, der eine Auster gegessen hat.“
„Das hat was, da gebe ich deinem Vater 100 Punkte.“ Markus schnappt sich die nächste Auster und zieht Fleisch und Flüssigkeit in einem Zug in sich hinein.

Wenn er könnte, würde er die Zeit anhalten. Am liebsten würde er mit Sarah für immer in Alexandria bleiben. Es war paradiesisch. Sie pendelten zwischen Hotel, Corniche, Strand und Restaurant. Wozu brauchte er Millionen Schweizer Franken? Er hatte alles, was er sich zum Leben wünschte. Er hatte eine Frau gefunden. Das Geld konnte ihm in diesen Minuten gestohlen bleiben. Zum ersten Mal überlegte er sich, was für einen Riesenmist er angestellt hatte. Wenn er auf sein bisheriges Leben zurückblickte, war er mit vielem unzufrieden. Ausbildung und Arbeit in der Bank waren ok. Aber der Rest? Er hatte Drogen verkauft, aus reiner Profitgier. Es musste immer mehr sein. Der Lohn bei der Bank war ihm zu wenig. Es mussten noch einige Tausender mit Dealen verdient werden. Sogar das reichte nicht. Er betrog seine Bank um satte drei Millionen Franken. Dann verschwand er. Kaum war er weg, veränderte sich sein Leben. Er dachte zurück an Dahab, den Trip auf den Mosesberg, die Ankunft in Kairo, alles ging so schnell. Innert Kürze hatte er neue Freunde gefunden. Mit dieser Leichtigkeit traf er sogar seine erste grosse Liebe. Einen Haken hatte das Ganze. Sarah wusste nur wenig über ihn, sah in ihm den weltoffenen Freigeist. Einer, der den Job gekündigt hatte, um durch die Welt zu reisen. Wie sollte er ihr das bloss beichten?

$$$

Genug gefeiert. Rashid und Ruben beschliessen nach Hause zu fliegen. Sie versuchen, ein Kilo Kokain in die Schweiz zu schmuggeln. Der Dealer hatte sie diesbezüglich beraten. Er habe dies schon häufiger mit Touristen gemacht. Es sei immer gut gegangen. Weder Rashid noch Ruben hinterfragten diese Geschichten. Der Junge war nur ein kleiner Drogendealer aus Buenos Aires. Sein Interesse war, Koks zu verkaufen. Was danach mit dem Stoff passiert, war ihm egal. Sein Tipp an die bisherigen Schmuggler war stets derselbe: Das Kokain in Plastik wickeln. Eine Tasche mit Kaffeebohnen füllen und den Stoff darin versenken. Wichtig sei, dass das Kokain regelrecht im Kaffee schwimme. Wegen des Kaffeegeruchs würden die Hunde am Zoll die Drogen nicht riechen. Soweit die Theorie. Rashid und Ruben vertrauten ihm.

Sie verschwendeten keinen Gedanken daran, dass Argentinien kein klassisches Kaffeeanbaugebiet ist. Wer bei der Ausreise aus Kolumbien oder Brasilien mit Kaffee im Gepäck kontrolliert wird, kein Problem. Aber Kaffee aus Argentinien? Sie befolgten die Tipps und verstauten das Kokain in Rubens Tasche. Da Rashid den Trip bezahlt hatte, erklärte sich Ruben bereit, das Maultier zu spielen. Sie beschlossen, im selben Flugzeug, jedoch getrennt zu reisen. Da gemäss Dealer Einzelpersonen weniger häufig kontrolliert wurden.

Rashid und Ruben schieben ihr Gepäck auf einem Rollwagen vor sich durch den Aeropuerto de Ezeiza in Buenos Aires. Im Flughafen wimmelt es von Polizisten, die meisten patrouillieren mit Hunden. Ruben beginnt an der Schmuggeltheorie zu zweifeln. Als sie im Hotelzimmer sassen, das Hirn vom Koks zugedröhnt, sah das anders aus. Alles schien einfach. Null Problem, das schaffen wir mit links. Wär doch gelacht, wenn wir wegen einem Kilo Koks den Schwanz einziehen würden. So in etwa die Worte von Ruben. Jetzt, als er nach Tagen mal wieder einen klaren Kopf hat, bekommt er‘s mit der Angst zu tun. Stets sprachen sie lediglich vom Schweizer Zoll. Du fährst mit deinem Gepäck durchs grüne Tor. Dort wo‘s heisst: Nichts zu verzollen.

Auf der Suche nach dem Check-In Schalter gehen Ruben wilde Szenarien durch den Kopf: Was passiert mit ihm, wenn der argentinische Zoll Drogen bei ihm findet? Welche Strafen stehen auf Drogenschmuggel in Argentinien? Wer würde ihn im Knast in Buenos Aires unterstützen? Womit sollte er einen Anwalt bezahlen? „Rashid, lass uns einen Kaffee trinken.“

Die beiden setzen sich in eine Flughafenbar. Ruben bestellt zwei Espresso. „Ich mache das nicht.“
„Was machst du nicht, Ruben?“
„Ich bin doch nicht blöd und marschiere mit einem Kilo Koks im Gepäck durch den argentinischen Zoll. Hast du die Polizei gesehen?“

„Ruben, mach keinen Stress. Der Typ hat versichert, dass der Stoff sicher vor den Hunden versteckt ist. Wo liegt das Problem?"
„Das Problem ist, dass ein Kilo bei mir in der Tasche steckt. Wenn es so einfach ist, nimm du doch das Koks zu dir."
„Ruben, wir haben das doch besprochen, ich habe den Trip bezahlt, du übernimmst den Transport. Jetzt in den Taschen zu wühlen und Gepäck auszutauschen ist eine schlechte Idee. Verstehst du?"
„Ich verstehe sehr gut, dass du nichts damit zu haben willst. Aber weißt du was? OHNE MICH!"
„Was hast du vor?"
„Ich werfe das Paket in den nächsten Mülleimer. Denkst du ich will in einem argentinischen Knast landen? Vor der Kontrolle in der Schweiz habe ich keine Angst. Aber was, wenn wir hier kontrolliert werden? Dann wandere ich für die nächsten Jahre ins Loch. In einen verdammten argentinischen Scheissknast! Darauf kann ich verzichten! Entweder nimmst du den Stoff, oder ich schmeisse das Zeug weg."
„Sachte Mann! Ruben."
„Ich bin ruhig. Ich war noch nie so ruhig seit wir angekommen sind. Willst du das Koks nehmen?"
Rashid überlegt. Er hatte keinen Bock auf argentinische Gefängnisse. Andererseits konnten sie mit dem Stoff eine viertelmillion Franken verdienen. War es das Risiko wert?
„Denk mal an die Kohle, die wir damit in der Schweiz verdienen können. Wir machen halbe-halbe wie vereinbart."
„Mir egal. Auch bei achtzig-zwanzig ist mir das Risiko zu gross. Vergiss es."
„Und daran denkst du erst jetzt?"
„Lieber jetzt, als wenn mich die Polizei in der Zange hat."
Rashid kann Ruben nicht umstimmen. Sie entsorgen das Kokain im Abfall. Erleichtert schiebt Ruben den Gepäckwagen zum Schalter.

# Im Netz

Rashids Schwager hatte eine Plastiktüte voller Banknoten bei sich, als ihn die Polizei verhaftete. Darin befanden sich 91'000 Franken. Über Umwege landete diese Meldung auf dem Pult von Hauptkommissarin Franziska Moser. Dieser Rashid hatte also Geld verschenkt. Rashid war ein Bekannter von Markus. Laut seinem Schwager war Rashid zurzeit in Südamerika. Wann er zurückkommt, wusste er nicht. Über die Swissair hatte die Polizei erfahren, dass er nach Buenos Aires geflogen war. Der Rückflug war noch offen. Die Swissair werde sie informieren, sobald Rashid den Rückflug bestätigte.
Moser versuchte über die Polizei in Buenos Aires zu erfahren, in welchem Hotel Rashid übernachtete. Das war aussichtslos. Erstens wussten sie nicht, ob er in Buenos Aires war. Zweitens, ob er in einem Hotel wohnte. Er konnte irgendwo in Argentinien stecken.
War Rashid zusammen mit Markus in Südamerika?
Bei Andreas hatte die Polizei eine halbe Million Schweizer Franken sichergestellt. Sie hatten eine volle und eine leere Segeltuchtasche. Die Tankwartin hatte ausgesagt, dass Markus mit jemandem zusammen in einem blauen Auto unterwegs war. Andreas verneinte, dass er mit Markus bei dieser Tankstelle war. Ihm konnten sie glauben, der wollte seine Haut retten und gab zu, was er wusste. Hatte die Tankwartin Markus zusammen mit Rashid beobachtet? Sie mussten die Tankwartin nochmals befragen.

Das Hotel Atlas in Kairo hatte keinen Gast namens Markus Stoller. Rigi, Bodensee, Kairo und jetzt Buenos Aires. Langsam kamen sie der Sache näher.

$$$

Rashid reist erste Klasse. Er geniesst den Flug. Kaum hat er Platz genommen, bietet ihm die Stewardess ein Glas Champagner an. Es sollte für eine Weile der letzte Luxus sein.
Vom Moment an, als er das Flugzeug in der Schweiz verlässt, wird er von der Polizei beobachtet. Ein Polizist in Zivil steht neben ihm, als Rashid seinen Koffer vom Gepäckband nimmt. Als er den Gepäckwagen vom Rollband wegschiebt, tritt ein weiterer Beamter an ihn heran. „Guten Tag. Egger, Kriminalpolizei. Bitte kommen Sie mit uns."
„Was soll das? Wohin soll ich kommen?"
„Routinekontrolle. Wir würden gerne einen Blick in Ihren Koffer werfen."
Rashid denkt an die Drogen, zum Glück hatte er das Kokain nicht mitgenommen. Auf eine Kontrolle war er dennoch nicht scharf. Er hatte in Buenos Aires grosszügig eingekauft und auch noch viel Bargeld bei sich. „Hören Sie Herr Egger. Ich muss dringend den Zug erwischen, der in zwanzig Minuten fährt. Ich hab keine Zeit für eine Kontrolle."
Ehe er das Wort Kontrolle ausgesprochen hatte, rastete eine Handschelle an seinem linken Handgelenk ein. „Herr Rashid Bouteflika, wir verhaften Sie wegen mutmasslicher Beteiligung an einem Bankraub. Sie haben das Recht die Aussage zu verweigern. Alles was Sie sagen, kann vor Gericht gegen Sie verwendet werden. Kommen Sie."
„Lassen Sie mich los!", schreit Rashid. Mit der rechten Hand fuchtelt er um sich. Vom Gepäckband eilen zwei weitere Beamte hinzu. Zu viert führen die Polizisten Rashid samt Gepäck in ein Büro. Ruben steht neben dem Rollband. Mit steinerner Miene beobachtet er die Verhaftung, er krallt sich seinen Koffer und verlässt den Flughafen.

Noch am selben Tag überführt die Zürcher Polizei Rashid zu den Kollegen Moser und Gerber. In seinem Gepäck finden sie 100'000 Franken in bar. Weiter beschlagnahmt die Polizei eine Breitling Uhr im Wert von 15'000 Franken.

Rashid sitzt im Büro auf dem Polizeiposten, ihm gegenüber die beiden Polizisten. „Nun erzählen Sie mal. Woher haben Sie das Geld, welches wir in Ihrem Koffer gefunden haben?"
Diese Landung war hart. Von argentinischen Bars auf einen sterilen Polizeiposten. Seine Hände stecken in Handschellen. Erst druckst Rashid rum. Er habe Geld gewonnen, nur weil er Ausländer sei, sei er kein Verbrecher. Rashid schaffte es oft, Leute mit seiner einnehmenden Art für sich zu gewinnen. Bei der Polizei biss er auf Granit, er war geliefert. Als er das einsah, begann er zu erzählen: „Das Geld stammt von einem Bankraub. Markus Stoller hatte das Geld im Krantzburgerwald vergraben. Als er weg war, hab ich mir das Geld geholt."
„Was haben Sie in Buenos Aires getrieben?"
„Das Leben genossen, wild gefeiert. Ein grosser Teil des Geldes wurde mir gestohlen."
„Hatten Sie in Buenos Aires Kontakt zu Markus Stoller?"
„Nein."
„Wann haben Sie ihn das letzte Mal gesehen?"
„Am Tag als er die Bank geplündert hat."
„Können Sie uns die Stelle im Wald zeigen, wo das Geld vergraben war?"
„Sicher."
„Woher wussten Sie, wo das Geld vergraben war?"
„Markus nahm mich mit. Wir haben den Ort zusammen ausgesucht."
„Führen Sie uns dorthin."

Die beiden Polizisten fahren mit Rashid in den Krantzburgerwald. Rashid weist ihnen den Weg in den Wald zu den drei Tannen. Schon von weitem ist die Stelle sichtbar, wo das Geld vergraben war. Nachdem Rashid das Geld vor Monaten geholt hatte, verzichtete er darauf, das Loch zuzuschaufeln.
„Wie viel Geld hatten Sie hier versteckt?"

Rashid überlegt kurz: „Etwas über eine Million Franken.“ Kommissar Gerber nimmt eine Kamera und beginnt das Loch und die Stelle im Wald zu fotografieren. Danach misst er mit einem Zollstock Tiefe und Umfang des Lochs.

Die Polizisten glauben Rashid nicht. Einerseits scheint das Loch zu klein um eine solche Menge Geld zu verstecken. Andererseits gibt es noch die Aussage der Tankwartin. Diese deutet auf ein weiteres Versteck hin. Die Polizei schliesst daraus, dass Markus Geld im Wald und bei Andreas versteckt hat. Andreas hatte ausgesagt, Markus habe ihm das Geld in der Segeltasche in den Kofferraum gelegt. Eine weitere Segeltasche wurde leer gefunden. Auf der Segeltasche fand die Polizei Fingerabdrücke von Markus und von einer unbekannten Person. Die Tankstelle befindet sich im Nordwesten der Stadt. Der Krantzburgerwald und die Stelle, wo die Übergabe an Andreas stattfand, im Südosten. Praktisch diagonal gegenüber. Hauptkommissarin Moser war überzeugt, dass Rashid mehr wusste als er sagte. Deckt er noch jemanden? Warum lügt er uns an? Weiss er wo Markus steckt?

$$$

In der Untersuchungshaft überlegte sich Rashid, was er der Polizei sagen soll. Als erstes verlangte er einen Anwalt. Er erzählte ihm was passiert war, worauf ihm der Anwalt empfahl, zu kooperieren. Was passiert war, konnte er nicht rückgängig machen. Er konnte einzig noch versuchen, eine möglichst milde Strafe zu bekommen. Aber es sehe schlecht aus für ihn, meinte der Anwalt.

Rashid legt darauf die Karten auf den Tisch. Er erzählt vom Plan, in Marokko ein Hotel zu kaufen. Er berichtet, wie er an das Geld in Guidos Winterreifen kam. Dass er seinem Vater hunderttausend Franken gegeben hatte, verschweigt Rashid. Auch von der gekauften Wohnung in Buenos Aires und den Fernsehern, erzählt er nichts.

# Das Verhör

Guido startet seinen neuen Job im Oktober. Es gefällt ihm. Er geniesst viele Freiheiten, kann Kunden persönlich beraten, darf Möbel nach seinen Ideen designen und schreinern.

Der Chef ist locker. Alle sind per Du. Ein Traumjob. An einem Mittwochmorgen um neun klingelt das Telefon. Die Angestellte im Büro nimmt ab: „Guten Morgen. Hier Moser. Ich würde gerne mit Herrn Guido sprechen." Sie verbindet mit Guido, eine Frau Moser wolle ihn sprechen. Guido nimmt ab, schluckt leer, sein Blut fliesst in die Füsse. „Guten Morgen Herr Guido, hier Moser Kriminalpolizei. Sie wissen bestimmt, warum ich anrufe." Stille. Guido weiss, dass er aufgeflogen ist. „Ist es wegen der Fotoausrüstung, die mir vor zwei Wochen geklaut worden ist?" Das war die dümmste Antwort, die er geben konnte. Er erwartet eine Antwort wie: „Nein, Sie sind uns aufgefallen, weil Sie noch mit den Sommerreifen fahren. Haha." Hauptkommissarin Moser sagt nur: „Können Sie bitte in einer Viertelstunde zu uns auf den Posten kommen oder müssen wir Sie abholen?"
„Alles klar." Guido hängt auf. Es ist aus. Er blickt auf das Telefon. Was jetzt? Abhauen? Aber wohin? Nach Kairo? Vielleicht ist es nur eine Routinebefragung. Aber dann hätte sie wohl kaum gedroht, ihn abzuholen. Da muss er durch, er zieht seine Jacke an, im Büro sagt er knapp: „Ich muss kurz zu einem Kunden. Ok?" Schon war er zur Tür raus.

$$$

„So Herr Guido. Nun erzählen sie uns mal, wie das ging damals mit diesen Winterreifen." Er sitzt in diesem Büro auf dem Polizeiposten. Gegenüber von ihm Frau Hauptkommissarin und der Kommissar. Beide in Zivil. Sie sitzen an ihrem Arbeitsplatz. Ihre Pulte bilden zusammen einen grossen Tisch, überstellt mit Akten. Sie blicken sich bei der Arbeit an, denkt sich Guido. Frau Moser war der böse Cop, Herr Gerber der Nette. Guido überlegt sich, ob er mit einem Hechtsprung durchs Fenster springen soll. Mit Glück würde er unten von einem 40-Tonner überrollt. Er will weder in den Knast, noch will er so enden wie im Film Midnight Express. Er hatte sich auf alles vorbereitet, nur nicht auf ein solches Verhör. Woher wussten die von den Reifen? Er versucht nochmals mit der gestohlenen Fotoausrüstung das Thema zu wechseln. Das stimmte sogar, ihm war tatsächlich eine Fotoausrüstung aus seinem Auto gestohlen worden. Er hatte den Diebstahl ordnungsgemäss auf demselben Posten gemeldet, auf dem er nun verhört wird.

„Vergessen Sie die Fotoausrüstung. Uns interessieren vier aufgeschlitzte Autoreifen. Was für ein Auto fahren Sie?" Hauptkommissarin Moser dreht sich leicht in seine Richtung. Sie streicht sich mit zwei Fingern übers Kinn. Sie sieht aus wie eine Lehrerin. Doch, als Lehrerin hätte Guido sie durchgehen lassen. Aber es geht nicht um Geografie, sondern um einen Bankraub. Guido antwortet: „Einen Toyota Corolla. Einen blauen."
„Bei einem Tankwart in Oberstetten sind vier aufgeschlitzte Winterreifen gefunden worden." Ein Polizist in Uniform tritt ins Büro, Hauptkommissarin Moser streckt ihm die Hand entgegen, er reicht ihr einen Zettel. Moser blickt direkt in Guidos Augen, dann auf den Zettel: „Die Felgen passen auf einen Toyota Corolla. Nochmal: Erzählen Sie uns, wie die Felgen dort hingekommen sind."
„Keine Ahnung. Meine Felgen sind bei mir zu Hause in der Garage."
Wie von einer Tarantel gestochen springt Hauptkommissarin Moser auf. „Gut, machen wir einen Ausflug zu Ihnen nach Hause. Führen Sie uns in diese Garage und zeigen Sie uns Ihre Winterreifen. Gehen wir!"
Nun hatte sie nichts mehr mit einer Lehrerin gemein. Anstatt aufzustehen, versinkt Guido im Holzstuhl. Die verdammte Polizei weiss alles. Kommissar Gerber wendet sich väterlich zu Guido: „Wir können uns diesen Ausflug auch sparen. Erzählen Sie uns, was sich abgespielt

hat. Die Reifen werden übrigens auf Fingerabdrücke untersucht. Es ist ungewöhnlich, dass Reifen mit solch gutem Profil aufgeschlitzt und entsorgt werden."
„Ich habe die Reifen nicht aufgeschlitzt."
„Was war denn in den Reifen drin?" Hauptkommissarin Moser setzt sich wieder. Guido denkt an den Telefonanruf in Spanien. Hatte die Polizei den Anruf womöglich abgehört? Wusste die Polizei bereits alles? Sollte er schon nach zehn Minuten auf dem Posten alles rausposaunen? Er muss auf Zeit spielen, die Polizei hinhalten. Er hatte das in unzähligen Filmen gesehen, das gehört dazu. Solange er nicht gefoltert wird, bleibt er stumm. Warum hatte er sich bloss keine Antworten auf solche Fragen überlegt? Er beisst sich Stück für Stück in die Innenseite seiner Unterlippe.
„Wie gut kennen Sie Markus Stoller?"
„Wir sind zusammen ins Internat gegangen." Guido nimmt sich vor, nur das Nötigste zu sagen.
„Eure Internatgeschichten sind uns egal, uns interessiert der Bankraub vom 29. Juli. Bei dem Raub wurden 2,8 Millionen Franken erbeutet. Markus Stoller ist seither verschwunden. Was wissen Sie darüber?"
„Markus hat oft geprahlt, dass er mal ein grosses Ding drehen wird. Geglaubt hat ihm das aber keiner."
Hauptkommissarin Moser knallt mit der Hand wuchtig auf die Pultplatte. Ein Kugelschreiber wird dabei zu Kommissar Gerber rüber geschleudert. Dieser fängt ihn reflexartig mit der linken Hand. Wie ein Eishockeytorwart, denkt sich Guido.
„Wann haben Sie Markus Stoller zum letzten Mal gesehen?" Guido denkt an den Anruf aus Kairo. Er sieht Markus in Shorts am Strand vor sich. Was soll er diesen Polizisten sagen?
„Das war am Joe Cocker Konzert in Zürich. Mitte Juli. Etwa zwei Wochen vor der Tat."
Guido kennt die Tricks der Polizei nicht. Es gibt einfache Anzeichen, die verraten, ob eine Person lügt oder die Wahrheit sagt. Geübte

Polizisten erkennen das sofort. Eine Person, welche die Wahrheit sagt, blickt mit den Augen während sie überlegt nach rechts. Es ist kein bewusster Blick. Das Auge schnellt nur für eine Zehntelsekunde in eine Richtung. Schaut das Auge nach links, ist die Wahrscheinlichkeit gross, dass die Person lügt.
Hauptkommissarin Franziska Moser lehnt sich zurück. Sie dreht ihren Sessel Richtung Guido. Im Gegensatz zu ihm, sitzen die Polizisten auf Ledersesseln. Ihn haben sie auf einen Holzstuhl gesetzt. Sie blickt ihn an: „Wann waren Sie letztmals im Café *Vegas*?"
Guido stützt beide Ellbogen auf seinen Knien ab. Sein Kopf versinkt in seinen Händen. Einzig sein Nasenspitz schaut zwischen den Handflächen hervor. Keiner sagt was. Er hört seinen Atem über die Innenseiten seiner Hände. Er schiebt seinen Kopf nach oben. Stützt ihn auf seinen Fingerspitzen ab. Er sitzt in Kauerposition, blickt hoch an die Decke. Er ist überführt.
„Ich lese Ihnen vor aus dem Protokoll. Zeugenaussage von Frau Natalie, Bar-Chefin Café *Vegas*: Der angeschuldigte Markus Stoller verkehrte regelmässig in unserem Café. In der Woche vor der Tat traf er sich zwei Mal mit seinem Freund. Schweizer, Name unbekannt, Grösse etwa ein Meter fünfundsiebzig. Dunkelblondes Haar. Freundlicher Typ. Normale Kleidung. Ungefähr gleiches Alter wie der Angeschuldigte M. Die beiden waren Stammgäste. Ich erinnere mich deshalb an das Treffen, weil sie eines Abends an einem anderen Tisch sassen, statt an ihrem gewohnten Stammtisch. Obwohl dieser frei war. Die beiden unterhielten sich angeregt. Einmal haute einer der beiden laut auf den Tisch. Darauf umarmten sie sich. Seither habe ich keinen der beiden mehr gesehen."
Kommissar Gerber zu Guido: „Herr Guido. Finden Sie, die Beschreibung passt zu Ihnen? Dunkelblondes Haar. Freundlich. Gleiches Alter. Stammgast? Haben Sie den Krimi gestern Abend geschaut?"
Guido hält seine Finger ineinander verschränkt. Fragend dreht er sich zu Kommissar Gerber: „Welchen Krimi?"
„Na Derrick, was sonst. Haben Sie gestern geschaut?"

„Nein. Warum?"
„Es melden sich immer Leute, welche den Verdächtigen beobachtet haben. Wollen wir jetzt gleich zusammen ins Café *Vegas* gehen? Ich war noch nie dort. Sie scheinen regelmässig dort zu verkehren. Oder wollen wir das Spiel abkürzen?"
Hauptkommissarin Moser zu Guido: „Sie lügen. Sie haben Markus Stoller nicht am Konzert zuletzt gesehen. Was haben Sie mit Markus Stoller in der Woche vor dem Überfall im Café *Vegas* besprochen? Was gab es da zu feiern?"
Guido sitzt immer noch da. Die Ellbogen auf den Knien. Den Kopf auf die Handballen gestützt. Wie ein Depp kommt er sich vor, wie ein Schüler, der beim Spicken erwischt worden ist. Nur, dass es jetzt ernst ist. Er wollte doch mit dem Ganzen nichts zu tun haben. Vielleicht bluffen die Bullen nur. Kann sein, dass sie die Reifen gefunden haben, aber nicht deren Inhalt. Wie sind sie blos über die Reifen auf ihn gekommen? Während er versucht sich eine Antwort zurecht zu legen, greift Frau Hauptkommissarin Moser zu einem Ordner. Sie blättert und zieht ein Foto raus.
„Kennen Sie diese Tasche?"
Guidos Pulsschlag reicht bis hoch in die Ohren. Sein Blut schiesst in den Kopf. Woher wissen sie von dieser Segeltasche?
„Die Frau des Tankwarts hat einen jungen Mann. Schweizer, etwa eins fünfundsiebzig gross beobachtet, wie er diese nagelneue Segeltasche entsorgt hat. Ich lese Ihnen aus dem Protokoll vor: Er fuhr einen blauen Wagen. Eventuell ein japanisches Modell. Erst pumpte er Reifen in seinem Kofferraum. Der gesuchte Bankräuber Markus Stoller stand daneben. Danach entsorgten sie diese Tasche im Mülleimer neben der Zapfsäule. Herr Guido, wir verhaften Sie wegen Verdachts der Mittäterschaft beim Überfall auf die Bank. Sie werden fotografiert und ihre Fingerabdrücke werden abgenommen. Danach können Sie sich in einer Zelle überlegen, was Sie uns erzählen wollen." Hauptkommissarin Moser wählt eine Nummer und sagt nur: „Ja. Jetzt gleich." Die Tür öffnet sich, ein uniformierter Polizist kommt rein. „Mitkommen."

Guido steht auf, folgt dem Polizisten. Keine Handschellen, er könnte immer noch fliehen.
Er trottet neben dem Polizisten durch den Gang. Vorbei an Türen mit Schildern mit Nummern drauf. Am Ende des Ganges stehen sie am Schalter. Derselbe Schalter, an dem er vor vierzehn Tagen seine gestohlene Fotoausrüstung gemeldet hatte. Er kam sich damals besonders schlau vor. Der Polizist fragt den Schalterbeamten nach Raum 14. Sie treten ein in diesen Raum 14.

Guido muss seine Jacke ausziehen, ein Beamter erklärt ihm was nun folgt: Er muss geradeaus blicken, ohne zu lachen. Er wird von vorne und von beiden Seiten fotografiert. Als es blitzt muss Guido blinzeln.

Danach drückt er seine Finger in ein Stempelkissen. Ein Beamter nimmt jeden Finger und presst ihn, in einer leichten Drehbewegung auf ein Blatt Papier. Zehn Mal, für jeden Finger hat's ein separates Feld.

Der Polizist geht mit ihm zurück durch denselben langen Gang bis zu einem Lift. Sie fahren drei Stockwerke runter. Davor waren sie im Parterre, nun sind sie unter dem Boden. Hier hört die Welt auf, er befindet sich in einem Labyrinth. Sie marschieren durch einen weiteren grauen Gang bis zu einem Schalter. Hinter einer Glasscheibe sitzt eine Frau, Guido muss sämtliche persönliche Gegenstände abgeben. Seine Uhr, seinen Freundschaftsring, Portemonnaie, Schlüsselbund und seine Halskette. Die Frau packt alles ein, Guido unterschreibt.
„Was passiert jetzt mit mir?" Er komme in eine Arrestzelle, sagt die dicke Frau hinter dem Glas. „Was hast du denn angestellt? Und sag jetzt eines bloss nicht: nichts."
„Ich hab Scheisse gebaut." Die Frau drückt auf einen Knopf, es summt. Eine Eisentür öffnet sich. Guido hätte nie gedacht, dass er selbst mal

durch eine solche Tür schreiten wird. Der Polizist öffnet eine Zellentür und deutet mit der Hand ins Innere der Zelle: „Warten Sie, bis wir Sie rufen."

$$$

Guido blickt um sich. Was sonst als warten sollte er tun? Was bedeutet Arrestzelle? Auf jeden Fall war es was anderes als Untersuchungshaft. Es hat ein Bett, ein Klo, ein Waschbecken. Das war's, er setzt sich auf das Bett. Was denken wohl seine Arbeitskollegen wo er steckt? Es war Mittagszeit, aber der Hunger war ihm vergangen. Er spielt das Verhör nochmals im Kopf durch. Was weiss die Polizei? Sie scheinen die Winterreifen gefunden zu haben, wissen von der Segeltasche. Sie wissen, dass er sich mit Markus oft im *Vegas* getroffen hat. Was wissen sie sonst noch? Wissen sie wo das Geld ist? Was hatte diese Hauptkommissarin Moser gesagt? „Wir verhaften Sie wegen Mittäterschaft beim Bankraub?" Er war doch kein Täter. Er hatte nur geholfen das Geld zu verstecken. Er wusste nicht mal, wo das verdammte Geld jetzt war. Oder bluffte die Polizei? Seine Fingerabdrücke waren auf jeden Fall auf der Segeltasche. Bewies das etwas? Auf den Reifen auch, aber das waren schliesslich seine Reifen. Auch das bewies nichts.

Guido kommt zu folgendem Schluss: Es gibt nur eine Möglichkeit, dass die Polizei vom Geld in den Reifen wissen kann: Rashid. Entweder hat Rashid ihn verraten oder die Polizei hat Rashid geschnappt. Wenn er sich mit Markus im *Vegas* getroffen hatte, so ist das noch lange kein Beweis, dass er schuldig ist. Klar, macht es ihn zu einem Verdächtigen. Aber reicht das? Seine Fingerabdrücke auf der Segeltasche? Das wäre nur dann ein Beweis, wenn nachgewiesen werden könnte, dass sich darin das Geld befunden hatte. Wie will die Polizei das beweisen? Guido beschliesst, dicht zu halten. Er setzt auf die Strategie: Abwarten. In Filmen sagen die Angeschuldigten kein Wort ohne einen Anwalt. Braucht er einen Anwalt?

Was Guido nicht weiss, keine hundert Meter Luftlinie sitzt Rashid bereits in Untersuchungshaft.

$$$

Eine Stunde später sitzt Guido wieder im Büro der beiden Kommissare. „Ihre Fingerabdrücke stimmen mit den Abdrücken auf der Segeltasche überein. Wir wissen, dass diese Segeltasche von Markus Stoller benutzt wurde, um das Geld aus der Bank zu schaffen. Sagen Sie uns, welche Reise das Geld danach genommen hat."
„Ich sage nichts ohne einen Anwalt."
„Ach, hören Sie doch auf! Sie brauchen keinen Anwalt. Sie müssen uns lediglich erzählen, was mit dem Geld passiert ist. Danach sind Sie frei."
Guido rutscht auf seinem Stuhl herum, kratzt sich am Kinn.
Kommissar Gerber dreht seinen Stuhl zu Guido: „Sie müssen kein schlechtes Gewissen haben, ihren Freund Markus zu verraten. Der ist sein Geld so oder so los. Kennen Sie Rashid?"
Guido nickt. „Wir haben Rashid gestern am Flughafen Zürich verhaftet. Er hat uns eine lustige Geschichte zu den Winterreifen erzählt. Nun wollen wir wissen, ob das stimmt. Wo waren diese Winterreifen versteckt?"
„Bei uns zu Hause in der Garage."
Kommissar Gerber bleibt beim väterlichen Plauderton: „Wie kam es, dass wir diese Reifen zerschnitten in einer Autowerkstatt gefunden haben?"
Guido erzählt, wie er in Spanien den Anruf entgegennahm, wie Rashid ihn über seine Schwester kontaktiert hatte. Er erzählt, wie Markus ihn um einen Gefallen bat, wie Markus das Geld in die Reifen gepackt hatte und wie er danach die Reifen bei der Tankstelle gepumpt habe. Nun war es draussen. Endlich.
„Wissen Sie, wo Markus Stoller ist?"

„Nein. Er wollte das zu seinem Schutz für sich behalten. Wir hatten vereinbart, dass niemand erfährt, wo er ist."
Hauptkommissarin Moser mustert Guido, er schien die Wahrheit zu sagen. „Gut, das wär's soweit. Unterschreiben Sie das Protokoll. Wir sind gespannt, ob Ihre Schwester Ihre Aussage bestätigt. Bis wir ihre Aussage haben, kommen Sie in Untersuchungshaft."
Guido zuckt zusammen, doch Midnight Express, denkt er sich. Derselbe Polizist wie vorhin holt ihn ab. Dasselbe nochmal. Sie gehen durch diese endlosen Gänge bis zum Schalter mit der dicken Frau. Seine Wertgegenstände sind noch dort. Summer, Tür, er setzt sich in der Zelle aufs Bett.

$$$

Guidos Schwester Susanne reagiert äusserst gereizt als die Polizei sie befragen will. Hauptkommissarin Franziska Moser gibt ihr den Tarif durch: „Am besten Sie hören auf rumzuzicken und sagen was passiert ist. So wie es aussieht, haben Sie keine rechtswidrige Handlung begangen. Je schneller Sie uns Ihre Version der Geschichte erzählen, umso eher wird Ihr Bruder aus der U-Haft entlassen."
Eine Stunde später kann Guido nach Hause.

$$$

# Nichts geht mehr

Markus hat Besuch. Er hat Sarah und zwei Besucher aus der Schweiz bei sich zum Essen eingeladen. Markus kocht sein Lieblingsmenu: Chicken Madras. Eigentlich isst er kein Fleisch mehr. Wenn er Gäste hat wie heute, macht er eine Ausnahme. Hähnchen kann er verantworten, denkt er. Die Gewürze hat er auf dem Markt gekauft, das Hähnchen in einem französischen Supermarkt. Für Sarah kocht er eine vegetarische Variante, mit Gemüse. Während Stunden lässt er die Sosse köcheln.

Zum Aperitif überrascht er seine Gäste mit einer handgemachten Limonade. Er hat sich an das Leben in Ägypten angepasst, er verzichtet auf Alkohol. Das kommt einerseits daher, dass in Ägypten nur selten Alkohol ausgeschenkt wird. Wenn er was trinkt, dann wie die Einheimischen: Tee, Wasser oder schwarzen Kaffee.
Gleich hält er es mit Cannabis. Seit Dahab hat er nie mehr geraucht. Das Bedürfnis zu kiffen war weg. Gut so. So nüchtern wie die letzten Monate war er schon lange nicht mehr. Er fühlt sich gut, klar im Kopf. Er hat Mühe mit der Vorstellung, ständig zugedröhnt zu sein. Wenn er zurück an die Szene oder die Abende mit Freunden denkt, da ging es stets nur um eines: Möglichst schnell ein paar hinter die Binde zu kippen. Den Rest des Abends wateten sie wie durch Nebel. In Ägypten lebt Markus anders.

Die Gäste aus der Schweiz bringen einen Hauch Heimat in seine Kairoer Wohnung. Sie erzählen von zu Hause, wie es bereits kalt geworden sei in der Schweiz. Wie der erste Schnee den Verkehr lahmgelegt hatte. Sie sprechen über Probleme, die Markus nebensächlich erscheinen. Philipp, der eine Gast, berichtet begeistert über seine Arbeit bei einem Armeeabschaffungsverein. Er engagiert sich für eine Volksabstimmung, welche im nächsten Jahr stattfindet.

Ziel der Abstimmung ist es, die Schweizer Armee abzuschaffen. Die Zeit in Ägypten hat bei Markus Spuren hinterlassen. Je weiter er von zu Hause weg ist, umso mehr schätzt er das schweizerische System. Aus Distanz gesehen, ist doch gar nicht alles so schlecht. Ohne dass er es merkt, beginnt Markus, die Armee zu verteidigen. Er fragt Philipp, ob er denn Militärdienst geleistet habe. Nein, meint dieser. Dann wisse er gar nicht, worum es gehe. Markus preist die Vorzüge des Schweizer Milizsystems. Jeder Bürger sei ein kleines Glied in der Kette, die Kosten für die Armee seien tief, er redet sich in Rage. Er versucht Philipp zu erklären, dass es einem Land sehr gut gehen müsse, damit das Volk über ein solches Thema abstimmen könne. In Ägypten hätten die Leute andere Sorgen. Zwar sei keiner am Verhungern, aber jeden Monat müssten die Leute rechnen. Fast alle, die er in Kairo kennengelernt hatte, lebten von der Hand in den Mund. Die müssten schauen, wie sie die Miete bezahlen können, es sei ein steter Kampf. Daneben seien das Luxusprobleme, worüber sie da in der Schweiz debattierten.
Philipp will sich verteidigen, als plötzlich das Telefon klingelt. Markus erschrickt. Er sitzt bocksteif auf seinem Stuhl. Er weiss, dass nur zwei Personen seine Nummer kennen. Eine davon sitzt bei ihm am Tisch. Die zweite ist Guido.

Er nimmt den Anruf entgegen. Guido überbringt ihm die Hiobsbotschaft, das Kartenhaus war in sich zusammengebrochen. Ironischerweise war zumindest ein Teil des Plans eingetroffen: Das Geld war weg. Markus musste für die Polizei keine Geschichte mehr erfinden. Guido fasst zusammen was passiert war. Dass Rashid ihn damals am Telefon belogen habe, dass er das Geld für sich wollte. Dass dieser einen grossen Teil des Geldes in Südamerika verpulvert habe, Guido erzählt vom Verhör, den Winterreifen und den Segeltuchtaschen.
„Es ist vorbei. Die Polizei weiss alles bis auf deinen Aufenthaltsort."
Markus bleibt stumm. Er hält den Hörer und schaut an die Wand.
„Bist du noch da?"

„Ja."
„Und was jetzt?"
„Scheisse. Keine Ahnung. Mal schauen. Zurzeit hab ich noch genug Geld, um eine Weile zu bleiben."
Sie hängen auf.

Markus kehrt zurück an den Tisch. Die drei schauen ihn an. Sarah fällt sofort auf, dass etwas passiert ist. Markus setzt sich, sitzt wie benommen am Tisch. Philipp, der Besucher aus der Schweiz, schaut ihn an: „Hast du schlechte Nachrichten gekriegt? Du siehst übel aus."
„Was ist passiert?" will Sarah wissen.
Markus stützt seinen Kopf auf beiden Händen ab. Die Ellbogen auf dem Tisch. Er schaut in die leere Pfanne, welche vor ihm auf dem Tisch steht. Wie hypnotisiert, glotzt er durch diese Pfanne durch. Alle schauen ihm stumm zu, während Markus bocksteif auf seinem Stuhl sitzt.
„Scheisse. Es ist kompliziert."

$$$

Die Gäste aus der Schweiz kehrten bald in ihr Hotel zurück. Markus und Sarah sitzen am Tisch. Die Zeit war gekommen, um ihr reinen Wein einzuschenken. Warum bloss, hatte er es ihr nicht früher erzählt? Er hätte sich ohrfeigen können. Die Nachricht von Guido hatte ihn umgehauen. Schlimmer als diese Botschaft war, dass er Sarah dies nun gestehen musste. Er nahm tief Luft.
„Komm sag's mir endlich." Sarah sieht Markus an, dass er ihr etwas sagen will. Wie soll er beginnen? „Hör mir zu", ringt er sich durch, „was ich dir jetzt erzähle, wird dir gar nicht gefallen."
„Ach komm, was soll schon passiert sein."
„Du wirst mich danach hassen. Meine grösste Angst ist, dass du mich nicht mehr sehen willst. Dass es aus ist zwischen uns."

Sarah nimmt Markus' Hand und zieht ihn zu sich heran. Sie umarmt ihn. „Keine Angst. Ich halte zu dir, versprochen."
Markus atmet nochmals tief ein. „Ich hab Scheisse gebaut. Es ist eine alte und lange Geschichte. Ich mache es kurz: Ich war leitender Angestellter einer Bank und habe der Bank drei Millionen geklaut. Dann bin ich abgehauen nach Kairo." Sarah lässt instinktiv seine Hand los. Sie lehnt sich zurück. „Ich wollte raus aus meinem Leben. Ich war mit allem unzufrieden. Ich wollte ein neues Leben anfangen. Ich hatte meine Midlife-Crisis mit zwanzig, war gegen alles und jeden. Das fing in der Schule an, es war die schlimmste Zeit meines Lebens. Ich musste als Klassendepp herhalten, ständig hackten alle auf mir rum. Damals entstand bei mir der Wunsch und Drang, es denen mal zu zeigen. Für mich war klar: Eines Tages werdet ihr mich kennenlernen. In der Lehre ging das weiter, dann kam das Militär. Auch dort bist du als Rekrut der Trottel, der Depp in Uniform. Immer nur gehorchen. Und eines Morgens als ich erwachte, wusste ich: Ich zeig's denen. Ich zeig's den blöden Bossen in der Bank, den dummen Jugendfreunden von früher und den Offizieren bei der Armee. Ich zeige denen, dass ich alles andere als feige bin. Dann hab ich es getan."
Beide sitzen da. Sarah schaut zu Boden, hebt den Blick, schaut Markus an, dann wieder zu Boden. „Und kaum hatte ich die Schweiz hinter mir gelassen, fing ein neues Leben an. Das geklaute Geld war mir, je länger ich weg war, egal. Ich fand neue Freunde in Kairo. Und vor allem: Ich lernte dich kennen. Unser Ausflug nach Alexandria war das schönste, was ich je erlebt habe. Endlich hatte ich jemanden gefunden. Jemanden wie dich. Jemanden, an den man sich kuscheln kann. Jemanden zum Sprechen. Mit dir kann ich über alles reden. Es war so schön. Ich wollte es dir an dem Abend sagen, als wir Austern gegessen haben, aber ich konnte nicht. Ich hatte Angst, diesen unvergesslichen Abend zu zerstören. Nun ist es draussen. Es tut mir leid. Es tut mir so leid, dass ich dich belogen habe."

Markus schaut Sarah an. Tränen laufen ihr die Wange runter. Sie schluchzt, er will sie in den Arm nehmen, sie wendet sich ab. „Gib mir einen Moment. Ich muss das erst setzen lassen." Markus steht auf, holt Wasser und schenkt ein.
„Du hast eine Bank überfallen? Und was ist jetzt passiert? Wer war da am Telefon? Du bist ja immer noch da."

$$$

Markus erklärte Sarah alles. Er erzählte von Rashid, Guido, Andreas, der Szene und wie die Polizei alles herausgefunden hat. Als er Sarah den Plan erklärte, musste er immer wieder den Kopf schütteln. Wie hatte er nur auf einen solchen Plan setzen können? Hier in Kairo kam ihm das vor wie ein schlechter Witz. Was hatte ihn nur geritten, einen solchen Schwachsinn durchzuziehen?
Sarah reagierte bitter: „Du hast mich enttäuscht." Sie fühlte sich von ihm verschaukelt, er hatte sie angelogen. Markus versuchte ihr zu erklären, dass er sich den Leuten schlecht als Bankräuber vorstellen konnte. Was hätte er sagen sollen? „Hey, bin auf der Flucht. Habe zu Hause eine Bank um paar Millionen erleichtert. Nimms locker und behalte es bitte für dich." Wohl kaum.
Sie verstand das, doch sie verlangte ein wenig Distanz.
Nach ein paar Tagen beruhigte sie sich. Markus musste sich mit dem Gedanken anfreunden, dass Rashid die Kohle verjubelt hatte. Sarah versuchte den Bankräuber in ihm auszublenden. Sie betrachtete ihn als den Freigeist, den sie in Kairo kennengelernt hatte.

$$$

Es war aus. Nicht die Beziehung, aber sein Plan erlitt Schiffbruch. Was sollte er tun? Zurück in die Schweiz? Wozu auch? Markus genoss in Kairo die beste Zeit seines Lebens. Das Geld spielte dabei keine

Rolle. Wichtig war, er war verliebt und konnte tun, was er wollte. Er reiste viel, erlebte Neues, entdeckte Unbekanntes, lernte Arabisch. Warum sollte er jetzt zurück?
Welche Alternativen hatte er?

Er konnte in Kairo bleiben bis ans Ende seiner Tage oder bis die Polizei ihn fand. Was sollte er hier? Vom Geld konnte er noch eine Weile leben. Er hatte noch 18'000 Franken übrig, das reichte eine Zeit lang. Und danach? Sollte er sich hier eine Arbeit suchen? Als Reiseleiter hätte er bestimmt einen Job gefunden. Sein Arabisch wurde laufend besser, er sprach Deutsch, Französisch und Englisch. Was könnte er sonst arbeiten? In einem Café kellnern? Ginge im Notfall, doch dazu hatte er keine Lust.
Er könnte untertauchen. In Dahab liesse es sich ein Jahr oder länger leben mit dem Geld. Was sollte er dort so lange tun? Faulenzen? Mit Rucksacktouristen rumhängen und Gras rauchen? Das war vielleicht eine Woche lustig, aber kein Jahr lang. Dahab war keine Option.
Sollte er planlos durch die Welt reisen, bis er einen Platz findet, wo es ihm gefällt? Wo könnte das sein? Der Nahe Osten gefiel ihm, bis in alle Ewigkeit bleiben wollte er jedoch nicht. Er mochte die Leute, doch es stand stets etwas Unüberwindbares zwischen ihnen. Er war der reiche Europäer, sie die Ägypter, welche von 400 Dollar im Monat lebten. Dieser Unterschied blieb bestehen. Damit konnte und wollte er nicht leben. Wenn er mit sich ehrlich war, sehnte er sich nach westlichen Standards. Sei es beim Essen, bei der Sauberkeit oder bei der Zuverlässigkeit.
Er hätte weiterreisen können, durch Asien, nach Australien oder Südamerika. Auf der Suche nach einem Ort, wo er bis ans Lebensende hätte bleiben können. Das kam ihm vor wie eine Flucht.
Zudem barg das Reisen das Risiko, dass er an einem Zoll hängen blieb. Er wusste nicht, wie intensiv die Polizei nach ihm fahndete. So hätte er ständig in Angst leben müssen, eines Tages entdeckt und verhaftet zu werden.

Eine weitere Alternative war, sofort zurück in die Schweiz zu fahren, um sich zu stellen. Das schloss er aus.
Er entschied sich für die folgende Variante: In Kairo bleiben bis das Geld ausgeht. Erstens gefiel es ihm, zweitens blieben Sarah und er nur so zusammen. Wenn er planlos durch die Welt reisen würde, so sähe er Sarah nie wieder. Er wollte sie nicht aufgeben.

Er war sich bewusst, dass er sich in der Schweiz stellen und für die Tat büssen musste. Immerhin konnte er bestimmen, wann der Zeitpunkt für ein Geständnis gekommen war. Das war ihm lieber, als sich erst in zwei, drei Jahren oder später zu stellen.

$$$

Sarah und er verbrachten weiterhin Zeit in Kairo. Sie reisten nach Dahab, nach Jordanien, nach Israel, besuchten die heiligen Stätten in Jerusalem, gingen shoppen in Tel Aviv und schwammen im Toten Meer. Zurück in Kairo besuchten sie wieder die Sprachschule. Markus genoss es, das Gelernte im Alltag anzuwenden. Er musste oft lachen, wenn ihn Ägypter um ein paar Pfund bescheissen wollten. Er entgegnete ihnen jeweils auf Arabisch, er sei nicht bereit einen so hohen Preis zu bezahlen. Die erstaunten Gesichter der ertappten Ägypter liessen ihn über das Geschehene lachen.

$$$

Mitte April geht Sarahs Aufenthalt zu Ende. Sie fliegt zurück in die Schweiz. Markus beschliesst, ihr zwei Wochen später zu folgen.
Sie fehlte ihm. Je mehr Zeit er allein verbrachte, umso mehr fürchtete er sich vor der Rückkehr. Wenn er abends im Bett lag, packte ihn das schlechte Gewissen. Nicht gegenüber der Bank. Nein, er

fühlte sich schlecht, wenn er an seine Eltern dachte. Was hatte er ihnen bloss angetan? Wie konnte er nur so egoistisch sein, damals. Er wusste, dass er einen grossen Fehler begangen hatte.

Markus liegt auf dem Bett. Er will das Vaterunser beten. Er faltet die Hände über der Brust. Er stammelt die ersten Worte: „Vater unser im Himmel. Dein Reich komme.“ Markus überlegt. „Dein Reich komme...“ Er stockt und fragt sich, wie das Gebet weitergeht. Er wird wütend über sich selbst, denkt sich: Was bin ich nur für ein himmeltrauriger Hund? Tränen rollen ihm die Wangen runter. Er, der nie an Gott geglaubt hat, möchte beten. Aber er hat das Vaterunser vergessen, nicht mal das kann er. Er fühlt sich schlecht, schaut an die Decke und weint. Er sieht seine Zukunft in grau. Er sieht sich als Häftling hinter Gittern. Ein Weinkrampf schüttelt ihn durch. Er denkt an das blöde Geld. Seine Zeit als Held war kurz. Sie war vobei. Heulen tut gut. Er lässt seinen Frust in Tränen raus. Plötzlich klatschen seine Hände reflexartig über der Brust zusammen. Er beruhigt sich. Leise spricht er vor sich hin: „Vater unser der du bist im Himmel. Geheiligt werde dein Name. Dein Reich komme...“ Das gesamte Gebet sprudelt aus ihm raus. Ohne Fehler. Was war denn das? Er bleibt still. Voller Demut hypnotisiert er mucksmäuschenstill die Decke.

$$$

Mit einem Linienflug landet Markus Ende April in Zürich. Er weiss nicht, ob er direkt am Flughafen verhaftet wird. Gerne wäre er zu seinen Eltern gereist und hätte sich am nächsten Tag gestellt. Bei der Einreise am Flughafen muss er durch die Passkontrolle. Er wartet in der Schlange. Die Kontrolle der Reisepässe erfolgt noch von Hand. Der Zöllner entscheidet selbst, ob die Person verdächtig scheint. Wenn ja, gibt er Namen und Passnummer ins System ein. Darauf wird im Fahndungscomputer geprüft, ob diese Person gesucht wird. Markus wartet bis er an der Reihe ist. Mit einem „Grüessech" und einem Lachen überreicht er dem Zöllner seinen Pass. Dieser hält den Pass in der Hand, schaut ihn an und winkt ihn durch.

Markus ist erleichtert, noch ist er frei. Ein heimatliches Gefühl flutet ihn, als er durch die Flughafenhalle schlendert. Vor einem Kiosk bleibt er stehen. Das Angebot an deutschsprachigen Zeitungen überfordert ihn. Er kauft sich eine Ausgabe der *Neue Zürcher Zeitung*. Bei einer Bäckerei wird er schwach, als er Schweizer Backwaren sieht, gerät er in einen Kaufrausch. Er kauft sich ein Nuss-Croissant, Semmel, Kekse und eine Tafel *Lindor* Schokolade. Mit dem nächsten Zug fährt er zu seinen Eltern.

Die Freude über das Wiedersehen ist gross. Nach neun Monaten ist Markus zu Hause. Dort sieht er Guido erstmals wieder. Die beiden gehen nochmals alles durch und sprechen sich ab. Dann telefoniert Markus mit einem Anwalt, den sein Vater für ihn organisiert hat. Sie besprechen das weitere Vorgehen und seine erste Aussage bei der Polizei.

Nach einem Nachtessen mit Geschichten aus Tausendundeiner Nacht verabschieden sie sich. Am nächsten Morgen spaziert Markus um zehn Uhr auf dem Polizeiposten zur Tür rein und stellt sich.

Erst wird Markus auf dem Posten einvernommen. Danach darf ihn sein Anwalt besuchen. Die nächsten zwei Wochen verbringt Markus in Untersuchungshaft.

Nach der Untersuchungshaft beginnt Markus auf Anraten seines Anwalts eine Psychotherapie. Das Warten auf den Prozess beginnt, es dauert über ein Jahr, bis er vor Gericht kommt.

Die Beziehung mit Sarah überlebt diese Zeit nicht. Sarah‘s Eltern und Umfeld haben kein Verständnis, dass sie eine Beziehung mit einem schon bald verurteilten Straftäter führt. Nach einigem Hin und Her beschliesst Sarah dem ein Ende zu setzen. Während der Zeit, in der Markus auf seinen Prozess wartet, trennt sich Sarah von ihm.

# Das Urteil

Das Gericht verurteilte Markus wegen vorsätzlichen Betrugs zu 30 Monaten Gefängnis unbedingt. Zusätzlich zur Strafe erhielt Markus eine Massnahme. Das heisst, er musste sich in psychiatrische Behandlung begeben. Diese fand vor und während seiner Haftstrafe statt. Wegen guter Führung wurde ihm ein Drittel der Strafe erlassen. Nach eineinhalb Jahren war er draussen.

Guido und Andreas wurden wegen Hehlerei verurteilt. Sie kamen mit einer bedingten Gefängnisstrafe von 18 Monaten davon.

Die höchste Strafe erhielt Rashid. Er wanderte für 32 Monate hinter Gitter. Er wurde verurteilt wegen Anstiftung zum Betrug und Hehlerei.

Markus und Rashid sassen zur selben Zeit im Gefängnis. Rashid versuchte nochmals mit Markus anzubändeln. Doch dieser liess ihn abblitzen.

Sie sassen ihre Strafe in einer halboffenen Anstalt ab. Aus Markus' Sicht war dies ein Kindergarten mit Betreuung. Er war zwar eingesperrt, aber es war kein brutaler Knast. Das Gefängnis verfügte über ein Hallenbad, einen Kraftraum und eine Turnhalle. Alle vier bis fünf Wochen verliess er das Gefängnis für einen Wochenend-Urlaub. Er konnte nach Hause und musste am Sonntagabend wieder einrücken. Im Urlaub traf er sich mit Freunden von früher. Zwischen den Urlaubswochenenden gab es regelmässige Besuchszeiten. Freitags konnte Markus im Gefängnis besucht werden. Mal kamen seine Eltern, ein andermal kam Guido oder er erhielt Besuch von Freunden.

Zudem konnte er im Gefängnis arbeiten und er begann eine höhere Schule. Über ein Fernstudium nahm er am Unterricht teil. Prüfungen schrieb er im Gefängnis und sendete die Unterlagen per Post an die Schule.

Sämtliche Insassen hatten eine Einzelzelle mit Fernseher. Im Gefängnis zirkulierten tonnenweise Drogen. Weiche und harte Drogen waren für alle verfügbar. Markus liess seit Kairo die Finger davon. Der einzige Unterschied zwischen Knast und Aussenwelt war, dass die Zelle abends abgeschlossen wurde.

# Das Fest

Fünf Jahre nach der Tat wird Markus entlassen. Guido hatte Markus davor im Knast besucht. Er sagte ihm, er solle sich den Abend seiner Entlassung freihalten.

Mit zwei Freunden hat Guido eine Party organisiert. Sie mieten dafür einen Keller in der Altstadt. Ein Freund zimmert eine Bar, sie bauen eine Theke auf, ein Getränkehändler liefert Kühlschrank und Getränke. Freundinnen stehen an der Bar und mixen Drinks. Der Renner des Abends wird ein neuer Szenedrink aus Brasilien namens Caipirinha.
Freunde schauen für die Musik, sie schleppen eine Anlage in den Keller, mieten zusätzliche Boxen dazu. Auf der Galerie richten sie ein DJ-Pult ein. Zusammen mit drei Freunden sorgen sie für den passenden Sound.
Ein weiterer Freund druckt einen Flyer. Motto der Party: 20 Monate sind genug - heute wird gefeiert. Sie laden Freunde und Bekannte ein.

Um zwanzig Uhr ist der Keller voll. Alle warten auf Markus. Guido hatte ihn am Morgen vom Gefängnis abgeholt. Den Nachmittag verbrachte Markus bei seinen Eltern. Guido weihte Markus‘ Vater in die Festpläne ein. Sie vereinbarten, dass er ihn um zwanzig Uhr in den Keller bringt. Als Markus und sein Vater die Steintreppe zum Partylokal runterkommen, stehen unten rund fünfzig Leute. Sie heben die Gläser und heissen den verlorenen Freund willkommen.

Danach wird gefeiert bis zum Sonnenaufgang. Erst spielt die Band Altstadtgeranien. Mit Schlagzeug, Gitarre, Bass und Saxofon schmettert die Band ein funkiges Set unters Kellergewölbe. Die Party kommt schnell in die Gänge.

Nach dem Konzert legt der DJ Platten auf, hinter der Bar werden Drinks gemixt, davor wird gequalmt, Bier getrunken und getanzt. Die Luft ist feucht und dick. Je länger die Party dauert, umso mehr Neugierige wagen sich Kellertreppe runter. Jeder ist willkommen. Was vor über fünf Jahren im Café *Vegas* begonnen hatte, kommt endlich zu einem Ende.
Jeder hat seine Lehren daraus gezogen. Markus hat seine Strafe abgesessen. Ein neues Leben kann beginnen. Wenn da nicht noch die Bank wäre. Die Bank will das Geld zurück.

$$$

Rund 900'000 Franken hat die Bank zurückerhalten. Einerseits das Geld, welches in Andreas Tasche versteckt war, der Rest wurde in Rashids Gepäck und dessen Wohnung sichergestellt.

Der Bank reichte das nicht, sie wollte mehr und drohte Markus mit einer Zivilklage.
Da Markus im Strafprozess schuldig gesprochen wurde, rechnete sich die Bank gute Chancen aus, bei einer zivilen Klage Recht zu erhalten. Deshalb strebte Markus' Anwalt einen Vergleich an. Das funktionierte, sie mussten kein zweites Mal vor Gericht. In einem Vergleich einigten sich Bank und Markus auf eine Rückzahlung von 200'000 Franken. Markus verdiente in den folgenden Jahren zu wenig, um Geld an die Bank zurückzuzahlen. Die Bank verzichtete darauf, das Geld per Mahnungen und Betreibungen einzufordern. Bis heute.

# Epilog

Zwei Jahre später. Markus setzt sich in seinen Opel Corsa. Der Corsa war ein gutes Auto, aber kein Renault 5 Turbo. Er fährt nach Osten in die Zentralschweiz, setzt die Sonnenbrille auf, geniesst die kurvenreiche Strasse auf die abgelegene Alp. Die wuchtige Kaserne der Schweizer Armee ist von weitem sichtbar. Er fährt die Strasse hoch, parkt am Waldrand. Er steigt aus, geht um den Wagen, schaut runter ins Tal und denkt an seine Sonntagswache. Es gibt Orte, die würde er ohne die Armee gar nicht kennen. Er grinst bis zu den Ohren.

Der Steinhaufen sieht noch gleich aus, wie damals auf der Sonntagswache. Vom letzten Stein waren es zehn Schritte bis in den Wald. Von dort nochmal drei Schritte. Markus steht in der Mitte von drei Bäumen. Er nimmt die Schaufel und beginnt zu graben. Der Boden ist noch hart. Bald sieht er eine schwarze Mülltüte durch die Erde schimmern. Langsam hebt er die Tüte in die Höhe. Er lacht, schmeisst die Schaufel in den Wald. Er wusste es, vertraue nur dir selbst. Gib dem Fisch einen Köder. Herrlich wie dieser Rashid angebissen hatte. Ohne ihn, wäre sein Plan nie aufgegangen.
Markus setzt sich ins Auto. In Frankfurt nimmt er den Flieger nach Guadeloupe.

# Nachwort

Diese Geschichte hat sich Ende der 80er Jahre so ähnlich in der Schweiz abgespielt. Alle Namen sind frei erfunden. Ähnlichkeiten mit lebenden Personen sind zufällig und nicht beabsichtigt.

$$$

Markus investierte seine Zeit im Gefängnis in die Ausbildung. Über ein Ferninstitut holte er die eidgenössische Matura[4] nach und schloss die Prüfung erfolgreich ab. Danach schrieb er sich an der Universität für ein Studium ein, er entschied sich für Theologie. Während des Theologiestudiums arbeitete er regelmässig als Gefängnisseelsorger in einem Zuchthaus. Er betreute Häftlinge, sprach mit ihnen über deren Probleme.

Rashid sass seine Strafe ab. Er lebt mit einer Freundin zusammen in der Schweiz. Mit Markus hat er keinen Kontakt mehr. Das Geld, welches er seinem Vater gegeben hatte, blieb verschwunden. Nachforschungen der Polizei zur gekauften Wohnung in Buenos Aires ergaben nichts.

Andreas und Guido sind sich bis heute nie begegnet.

Die Bank existiert nicht mehr. Mitte der Neunziger Jahre wurden Teile der Bank verkauft. Sie bekam einen neuen Namen. In den 2010er Jahren wurden die letzten Anteile der ursprünglichen Bank verkauft. Die Bank erhielt wiederum einen neuen Namen. Heute hat sie nichts mehr mit der damaligen Bank zu tun.

---

4 Matura, entspricht dem deutschen Abitur

Kassier Rötheler hatte seine Aufsichtspflicht schwer verletzt. Ihm wurde kurze Zeit nach Markus' Verschwinden gekündigt. Die Bankfiliale mit der kleinen Schalterhalle wurde vor Jahren geschlossen. Heute befindet sich dort ein Friseursalon.

$$$

Dank an:
Markus, Guido, Carol & Alex, Ingrid, Bundesamt für Polizei,
Peter, Britt und meine wunderbare Frau.

## In Carmens Bar

### Und weitere Geschichten

*von Heinrich Lüssy*

Zugegeben, die Pariser Bar, die sich als die Königliche selber zu verspotten scheint, verspricht nicht, eine große Bühne zu sein. Wer sich dennoch auf sie einlässt, erfährt, dass auch der bescheidenste Raum imstande ist, eine Welt zu umfassen, zumal wenn Carmens Geist ihn belebt. Ein Ereignis wird zu einer Geschichte, aus Stroh wird Gold gesponnen.

**2021, 224 S., Hardcover mit Schutzumschlag**

ISBN: 978-3-906929-57-6

## Vom Zürichsee

*von Peter Angst*

Annähernd zwei Jahrzehnte dauerte Peters Odyssee bis er den ockergrauen Bären wiedersah. Es war im Toggenburg, wo er und Gefährtin Beatrice die Luft zum Atmen fanden, die sie zum Leben brauchten. Auf Streifzügen in Wildnis erwuchs ihm Gewissheit, dass zwischen Himmel und Erde Kräfte sind, die Dasein vibrieren lassen und lehren, was ein Bärenleben ist.

**2021, 184 S., kartoniert**

ISBN: 978-3-906929-52-1

## Aqua Sacra

*von Keith Henderson*

Die Skepsis der alten Welt trifft auf die Sorgen der neuen Welt in Acqua Sacra, Keith Hendersons flottem neuen Roman über privaten Betrug und öffentliche Korruption. Zu seiner Besetzung gehören ein ehrlicher Architekt, eine mutige Büroangestellte, die moderne Hexe eines trockengelegten Sees und mindestens ein (reformierter) schmutzig-grabender Anwalt.

**2021, 212 S., kortoniert**
ISBN: 978-3-906929-51-4

## SchweinE

*von Hannes Hübner*

Ist ein neues Genre entstanden? Die Entwicklungsgeschichte des Schweins ist von Hannes Hübner eigensinnig in Szene gesetzt. Wir treffen auf eine Vielfalt/Fülle an Zeichnungen, zu denen Worte/Sätze gefunden haben. Wissenschaftliche Behauptungen wechseln mit väterlich-verständnisvollen Wesensbeschreibungen.

**2021, 192 S., Hardcover mit Spotlack**
ISBN: 978-3-906929-49-1

**WOLFBACH-VERLAG.CH**